KB066810

청춘송가 1

청춘
송가 1

남대현 지음

아시아

일러두기

1. 소설 본문은 띄어쓰기와 일부 부호를 제외하고는 북한의 어문법에 따르는 것을 원칙으로 삼았다.
2. 북한에서만 쓰는 단어와 남한에서 익숙하지 않은 단어가 처음 나올 때 괄호 안에 설명을 넣었다.
   예) 걸구(거지 귀신), 겨끔내기로(서로 번갈아), 미누스(빼기), 밤패워(밤새워)
3. 남한에서는 과도하게 사용하고, 북한에서는 과도하게 사용하지 않는 '두음법칙' '사이시옷' 등도 단어가 처음
   나올 때 괄호 안에 남한 어문법에 따라 표기하였다.
   예) 곤난(곤란), 녀선생(여선생), 란간(난간)
      구두발(구둣발), 귀속말(귓속말), 나무잎(나뭇잎)
      부러(일부러), 바나(버너)
4. 독자들의 편의를 위하여 책의 맨 뒤에 표기법이 다른 단어와 남한에서 익숙하지 않은 단어들을 가나다 순으로
   실어 찾아보기 쉽게 하였다.

차례

청춘송가 1

1장 푸른 하늘 푸른 꿈   7

2장 나는 증명할 것이다   63

3장 불길처럼 타오르라   121

4장 사랑을 꽃에 비김은…   197

청춘송가 2

5장 할 수 있는 일과 해야 할 일

6장 정련기

7장 우리는 젊은 세대

종장 아름다워라 청춘이여!

해설 북녘 청년들의 사랑과 야망 임헌영

단어 표기와 뜻풀이

푸른 하늘 푸른 꿈

1

누구나 애타게 바라던 소원이 이루어질 땐 기쁨과 함께 놀라움도 자못 큰 법이다.

바라던 소망이 간절했던 것일수록 기쁨보다 놀라움이 크고 그 놀라움으로 하여 모든 사실이 의심스럽기만 한 것이다.

진호도 바로 그런 심정에 휩싸여 있었다.

너무나도 벅찬 환희의 충격으로 하여 그는 지금 자기가 혹시 꿈을 꾸고 있거나 지나친 기대로 하여 가지게 된 어떤 착각이 아닌가 싶기만 했다.

어떻게 그토록 바라던 소원이 이처럼 쉽사리 풀린단 말인가? 어떻게 그처럼 바라 마지않던 숙망(오랫동안 품어온 소망)이 이렇게 일시에 이루어진단 말인가! 도저히 믿어지지 않았다. 아니 믿을 수가 없었다.

'현옥이가 그런 결심을 다 하다니?'

그는 옆에 있는 처녀를 감히 쳐다보기조차 어려웠다.

자칫 무슨 말을 잘못하거나 고개를 얼핏 들기만 해도 이제까지의 모든 사실이 허황한 꿈으로 흩어질 것 같아서였다. 발밑에 밟히는 뽀드득뽀드득하는 눈 소리조차 저어스럽기만 했다.

"왜 아무 말이 없어요. 혹시 제가 정말 그런 결심을 했을가(까) 하고 의심하는 게 아니예(에)요?"

그랬다. 바로 그 결심에 놀라지 않을 수 없는 진호였다.

그는 아직도 현옥이가 자기의 처지를 어떻게 리해(이해)하고 이런 용단을 내렸겠는가 하는 것이 못내 의문스럽기만 했다.

며칠 전 현지로 가게 된 것이 확정된 그 순간부터 그의 머리속(머릿속)에는 오직 현옥이가 자기를 어떻게 보며 어떤 태도로 나올 것인가 하는 이 한 가지 생각뿐이였(었)으나 그때마다 '아무렴 현옥이가 무엇 때문에 나를, 그것도 사고까지 내고 현장으로 가게 된 나를 따라 나선단 말인가!' 하는 서글픈 심정에 젖어들군(곤) 했었다.

워낙 처녀들이란 아무리 사랑하는 사이라 해도 이런 데서는 나약해지기 쉽다고 하지 않는가! 더우기(더욱이) 이제 겨우 눈뜨기 시작한 자기들의 사랑임에랴.

"너무 걱정하지 말아요. 그게 무슨 큰일이겠어요. 일을 하느라면 누구나 그런 실수를 할 수도 있는 거죠. 저도 제 결심에 대해 곰곰히(곰곰이) 따져봤어요. 저의 행동이 어떤 흥분이 아닐가 하고. 그런 행동이 도리여(도리어) 동무를 괴롭히게 되나 않을가 하고요. 그렇지만 전 저의 결심이 옳다는 걸 또 이럴 땔수록 응당 그렇게 행동해야 한다는 걸 알았어요. 그래서 어머니한테도 벌써 다 말씀드렸는걸요."

"어머니한테?"

진호는 저도 모르게 굳어지고 말았다.

"첨엔 꼭 가야 하느냐, 여기도 공장이 많은데 왜 그리 먼 데로 가느냐 하시더니 마침내는 승낙하시더군요. 아마 저의 집요한 공세에 더는 견디기 어려우셨나 봐요. 어머니도 이젠 우리 관계를 비슷이 짐작하시거던(든)요."

"…"

진호는 어떻게 이런 엄청난 결심을 태연한 표정으로 말할 수 있는지 처녀의 대담성에 놀라지 않을 수 없었다.

그러면서 한편으로는 현옥이의 결심이 혹시 어떤 단순한 호기심과 일시적인 충동의 발현이 아닐가 하는 의혹을 다시금 금할 수 없었다.

"제가 떠나면 오빠네 집에 가 계시겠다나요. 그 편이 뭐 저의 시중을 들기보다 훨씬 편할 거라시면서-"

'오빠?'

그제야 진호는 부의 새 기술심사실장으로 일하는 그의 오빠에 대한 생각에 미쳤다.

한 직장에 같이 있으면서도 어째서 여태껏 그에 대한 생각을 못했는지 알 수 없었다.

사람이란 이런 엄연한 사실도 때로는 망각할 때가 있는 모양인지, 그는 자기가 망각이 아니라 현옥이에 대한 생각 하나에만 몰두한 나머지 주위에 대해서는 생각할 수도, 생각하려고도 하지 않았다는 것을 알지 못했다.

부에 배치 받은 지 얼마 되지 않는데다가 서로 다른 부서여서 상종할 기회는 없었지만 그도 명식에 대해서는, 특히 그의 남다른 능력에 대해서는 여러 차례 들은 적이 있었다.

'그렇다-'

지나친 흥분을 느낄 때마다 그런 것처럼 한껏 심호흡을 하고 난 그는 온몸에 지그시 힘을 주었다.

'그렇단 말이지!'

그는 두 손을 외투주머니에 찌른 채 다소곳이 고개를 숙이고 걷고 있는 현옥이를 새삼스런 눈길로 지켜보았다.

언제나 무슨 생각에 젖어 있는 듯한 그윽한 눈매, 웃을 때마다 잔잔한 미소가 살풋이(살포시) 어리는 자그마한 입술, 그러면서도 이런 모습과 대조되어 더욱 매력을 느끼게 하는 경쾌하면서도 발랄한 몸가짐.

'과연 이 처녀가 나를 따라 제철소로 간단 말인가!'

모든 것이 의심할 바 없는 사실로 확증된 이제와선 응당 기뻐하든가 아니면 하다못해 그만한 고마움이라도 표시해야 하련만 어째선지 그렇게 되지 않았다.

방금 전까지만 해도 꿈으로만 여겨지던 것이 꿈이 아니라 엄연한 현실이라는 것이 확증된 이 순간에 와서는 이상하게도 전혀 다른 감정이

지배하는 것이었다.

'이거야 뭐 사실 응당한 일이 아닌가! 여기에 무슨 기쁘고 고마워할 게 있단 말인가!'

그는 저로서도 이런 감정의 도약에 놀라지 않을 수 없었다.

이제 와서 기쁨을 나타낸다는 것이 현옥이의 진정을 믿지 않았다는 것으로, 그의 헌신을 비속화하는 것으로 될 뿐 아니라 나아가서는 그 자신을 모욕하는 것으로까지 될 수 있다는 생각이었지만 보다는 순정을 기울여 사랑한 사내로서의 자존심이 그런 랭정성(냉정성)을 강요하는 것이었다.

'하긴 이만한 담보(보장)도 없는 처녀를 내가 사랑했을 리 없지! 암, 없고말고.'

"으흠!"

그는 괜히 나오지도 않는 기침을 힘을 주어 깆었다(하였다).

새벽까지 내린 눈으로 하여 거리는 온통 소복단장이였다.

오히려 따뜻한 감조차 든다.

유보도(산책길)는 물론 강기슭에 우쭉삐쭉(삐쭉빼쭉) 어지러이 쌓여 있던 성에장(성엣장)들까지도 지금은 한껏 풍만하게 부풀어 있었다.

유보도에서 벗어나는 큰길 쪽으로 진호가 접어들자 갑자기 걸음을 멈춘 현옥이가 의아스런 눈길로 쳐다보았다.

"또 그리로 가요?"

"그리로라니?"

현옥이가 가리키는 곳이 어디라는 것을 짐작한 진호는 곧 입가에 미소를 지었다.

"왜 싫소?"

"전 차마 못 가겠어요."

진호는 다시금 빙그레 웃었다.

"그래도 인사라도 하고 가야지 그냥 가서야 되겠소? 이젠 진짜 론문(논문)을 완성하러 간다고 말이요."

그들의 산보길은 언제나 이 유보도였었다.

졸업을 앞두었을 때에야 서로 가까워진 이들은 그동안 하지 못했던 교제를 이제라도 봉창(보충)하려는 듯 하루도 빠짐없이 유보도로 나왔던 것이다.

그러나 아무리 사랑에 불타는 청춘들이라 해도, 또 아무리 아름다운 설경과 자연미의 그윽한 정취가 선경같이 보이는 유보도라고 해도 한겨울의 혹한 속에서 오래 거니기는 어려운 법이다.

한두 번의 왕복쯤이면 몰라도 그 이상이면 벌써 몸이 얼어들고 턱이 떨리기 마련인 것이다.

'젠장! 사랑하는 처녀하고 같이 있으면 추운 줄 모른다는 건 새빨간 거짓말이군! 우선 몸부터 녹이고 봐야지 말도 못하겠는 걸.'

어느 날 추위에 견디다 못해 그가 현옥이를 이끌고 들어간 곳은 유보도 바로 옆에 있는 민속박물관이였다.

접수구에 있던 안내원이 어찌도 반갑게 맞아주는지 이들은 첨엔 어리둥절해지기까지 했다.

그의 친절이 어디에서 기인되는가를 진호는 박물관을 돌아보면서야 깨달을 수 있었다.

4층으로 된 커다란 진렬관(진열관)을 다 돌아볼 때까지 자기들 두 사람 외 관람자라고는 단 몇 명밖에 없었던 것이다.

"좋은데, 이제부턴 내내 여기 오기요."

뜨뜻한 온기가 언몸을 누긋이(부드럽고 순하게) 풀어주는 데 만족을 느낀 진호는 굴지의 피서지라도 발견한 사람마냥 흐뭇한 기분이였다.

정말 다음 날부터 그들은 적당한 산보 끝엔 서슴없이 박물관으로 뛰여들군 했다.

"보통 열성이 아니군요. 흔히 젊은 사람들은 민속에 관심을 돌리지 않기 십상인데."

진정으로 감탄해 마지않는 안내원이였으나 또 그만치 진중한 진호의 대꾸였다.

"그럴 수밖에요. 우린 고고학과에 다니는 걸요. 지금 졸업론문을 준비하느라고…"

"글쎄 어쩐지…"

그러던 어느 날, 그날도 진호는 자기의 희망, 강철용해를 위한 우리나라의 새 연료에 대하여, 그 기술안 수행에서 나서는 애로에 대해, 또 그 타개책에 대해 현옥이에게 열정적으로 토로했다.

언제나 구석기 시대의 고인돌이 아니면 원시인들의 토굴집 앞에서 벌리는 토론이였지만 내용은 아직 현실에도 없는 미래의 것이였다.

"론쟁(논쟁)이 활발한 걸 보니 몹시 어려운 문젠가 보지요?"

어느새 나타났는지 입가에 여느 때 없는 미소를 머금고 있는 안내원 앞에서 현옥이는 속이 한줌 만했으나 진호는 이번에도 서슴없이 되받았다.

"아닌 게 아니라 좀 힘이 들군요. 우리가 론증(논증)하려는 건 아직 학계가 인정하지 않는 것이니까요."

"그렇겠지요. 강철이니 연료니 하는 걸 가지고 고고학을 론증한 실례는 아직 없으니 말이예요. 그렇지만 어떻게든 그 론증이 성공하길 바라요."

"?!"

안내원의 얼굴에는 따뜻한 미소가 어렸으나 이들은 고개를 들 수가 없었다.

다음 날부터는 아무리 추워도 더는 박물관에 들어갈 수 없었던 이들이였다.

모란봉을 끼고 도는 강변길은 호젓했다.

저녁 해빛(햇빛)에 싸인 릉라도(능라도) 일경은 한 폭의 그림처럼 아름답게 펼쳐져 있었다.

"솔직히 말하면 전 겁이 나요. 앞으로 어떤 일이 부닥칠지, 그 시련들을 어떻게 이겨나가야 할지… 전 그런 체험이 너무도 부족하거던요. 현실을 안대야 고작 대학 때 실습을 가본 것뿐이니까요."

걱정 말라고, 그 어떤 시련이 닥쳐와도 내 한 몸으로 막아서리라고 말해주고 싶고 또 그런 시련도 없이야 무슨 청춘이며 무슨 재미가 있겠느냐고 말해주고 싶었으나 진호는 그런 말이 앞날에 대한 지나친 과신 같아 참을 수밖에 없었다.

하지만 이제부턴 모든 것이 자기한테 달려 있다는 생각, 새 연료를 만들어내는가 못 내는가 하는 것은 물론 현옥이의 앞날까지도 자기에게 달려 있다는 생각에 미치자 그는 흠칫하지 않을 수 없었다. 틀림없이 어떤 공포라고 해야 할 감정이 일시에 가슴을 훑어 내리는 것이었다.

그는 그것이 한 처녀의 운명을 책임지게 되었다는 의무감에서 오는 불안이나 앞으로 자기들이 직면하게 될 난관에 대한 두려움에서보다도, 바로 그것들을 새삼스레 깨닫게 하고 부담을 가중시키는 일, 잊을래야(으려야) 잊을 수 없는 이미의(이전의) 쓰라린 실패로 하여 느끼게 되는 일종의 후유증이라는 것을 감득하지 않을 수 없었다.

'아무렴! 다시야 그런 일이 있을 텐가!'

한번 된타격(몹시 센 타격)으로 격파 당했던 선수는 자기의 부족점(단점)을 퇴치하기 위해 빈틈없는 준비를 한 다음에야 새 경기에 들어가지만, 그래도 어차피 자신의 쓰라린 체험을 돌이켜 보지 않을 수 없고 아무리 준비를 잘했다고 해도 다시금 그런 일이 없을가 하여 불안해지는 법이다.

기술국에 배치되자마자 그는 대학 때부터 연구해 오던 자기의 새 연료를 수도의 한 강철 공장에서 시험했는데 그것으로 하여 그만 적지 않은 손실을 입혔던 것이다.

대학 기간 삼 년 동안을 고심해오던 것이여서 어느 정도 자신을 가지고 달라붙은 것이였으나 '열부족'이라는 치명적인 선고로 하여 커다란 물의를 일으키는 결과만 초래하고 말았었다.

이 일로 하여 그는 번민에 휩싸였고 한마디의 변명조차 할 수 없는 비참한 처지에 놓여 있었다.

"아무래도 저 친구 일이 무사치 못하겠는 걸!"

"할 수 없지! 응당한 책임을 지는 수밖에!"

사람들이 자길 보며 이렇게 수근 거린다는 것을 모르지 않은 그였지만, 속으로는 차라리 이번 기회에 제철소에라도 보내주었으면 하고 은근히 바랐고 그런 자기의 심정을 당 위원회에 찾아가 솔직히 털어놓기도 했었다.

사실 그는 자기의 연구과제로 하여 대학을 졸업하고는 제철소에 가려는 것이 소원이였는데다가 이번 사고를 통해 현장에 가야 되겠다는 것을 더욱 절실히 깨달았던 것이다. 그것은 실패의 원인이 현장조건에 대한 구체적인 파악과 그에 근거한 기술적인 료해(어떤 사건의 원인이나 일의 진행과정에 대한 분석)가 부족한 데도 있다는 것이 판명되여서였다.

그러나 정작 제철소로 가는 것이 결정되자 그는 어떤 불안에 휩싸이지 않을 수 없었다.

당초의 희망이고 간절한 소원이긴 했으나 그리로 가게 된 것이 애초의 지향 때문이라기보다 사고를 낸 책임으로 하여 가야 하는 처지에 놓이게 되였기 때문이였다.

그때마다 속으로는 '뭘 차라리 잘됐지, 도리여 바라던 일을 할 수 있게 됐으니까.' 하고 위안하군 했으나 그것이 한갓 자기를 기만하는 감정에 지나지 않는다는 것을 그 자신도 모르지 않았다.

사람들은 흔히 누구나 자기가 기어이 하고야 말겠다고 속으로 별렀던 일도 옆에서 누가 그걸 하라고 하면 그 일에 대한 흥미와 의의가 덜해질 때가 있는데 진호의 경우도 바로 그랬다.

자기의 지향을 리해하지 못하는 많은 사람들이 필경 자기의 처지를 다만 무모한 기술안의 실패로 인한 책임으로밖에 치부하지 않으리라는 것을 생각하면 저절로 화가 터져 오르면서 한숨이 새나오군 했다.

특히 현옥이가 자기를 어떻게 여길가 하는 짐작에 부딪칠 때마다 그는 못내 두려움을 금할 수 없었다.

실패로 인한 책임과 애초의 희망! 공교롭게도 기쁨과 치욕이 하나로 얽혀 있는 이 사태를 그가 과연 어떻게 리해하고 받아들일 것인가!

모르긴 해도 현옥이가 어떻게 나오는가 하는 이 하나의 결론에 따라 바야흐로 싹이 트기 시작한 자기들의 사랑도 결정되리라고 생각해온 진호였다.

그런데 현옥이는 고맙게도 자기의 진정을 이처럼 깊이 리해하고 있는 것이 아닌가!

'누가 뭐라든 이제야 무슨 상관이란 말인가! 현옥이가 나를 믿어 주는데야.'

발가우리하게(은은히 도는 빛깔이 발간) 상기된 현옥이의 얼굴을 보느라니 그가 여느 때보다 몇 곱절이나 더 자기에게는 과만한(과분한) 존재로 여겨졌고 자기에게 차례진(주어진) 이 행복을 소중히 여겨야 하리라는 불같은 각오가 솟음치는 것이었다.

'한데 내가 과연 그 새 연료를 만들어낼 수 있을가?'

이전에는 그처럼 성사할 희망이 있는 것이라고 자신을 납득시켜 오던 것이 지금에 와선, 현옥이까지도 자진해나서는 이 마당에 와서는 웬일인지 자기 희망이 혹시 터무니없는 일이나 아닐가 하는 위구(염려와 두려움)가 느껴지기도 했다.

"어떻소 현옥 동무, 동무 생각엔 우리가 거기 가서 새 연료를 만들어 낼 것 같소? 한다 하는 사람들도 도중에서 포기한 걸 우리 같은 햇내기 (신출내기)가 만들어낼 것 같은가 말이요."

"왜요?"

눈으로만 웃는 현옥이의 미소는 틀림없이 과묵하기는 하지만 때에 따라서는 지나치게 열중한 나머지 헤덤비기도(공연히 바쁘게 서두르기도) 잘 하는 다정한 사람의 버릇을 감촉한 데서 오는 것이었다.

"그럼 저의 계획을 말해볼가요?"

마치 미리 말하기는 아까운 것을 털어놓는다는 듯한 못내 아쉬워하는 현옥이의 기색이었다.

"우린 우선 무엇보다 단계별 목표부터 세워야 한다고 봐요. 새 연료가 열량을 담보하게 하는 첫 단계에 이어 강질(강철의 질)과 로 구조에 어떤 영향도 미치지 않게 하는 두 번째 단계 그리고 그 연료를 공장으로 도입하는 마지막 취입 단계를 말이예요. 여기에 나서는 구체적인 과업들을 순차별로 책상 우에 써 놓거던요. 동문 동무대로 전 저대로."

"그래서?"

현옥이의 머리속에는 벌써 숱한 계획들이 장만돼 있는 것 같았다. 그는 그 계획들을 진호가 듣기만 해도 환성을 올릴 것이라고 미리부터 확신하고 있는 것이 틀림없었다.

"그담에야 서로 경쟁이지요 뭐."

"경쟁?"

"한데 한 가지 조건은 수행한 지표를 지울 땐 꼭 파란 색갈(색깔)로 지워야 한다는 거예요."

"그건 또 왜?"

"푸른 꿈의 실현, 그래서 파란색이지요. 그 지표가 파랗게 물들 땐 우리의 꿈이 실현된 때가 아니겠어요. 그렇지 않아요?"

기쁨으로 충만된 현옥이의 얼굴에는 그 어떤 자신심(자신감)까지 너울치고 있었다.

"그렇지만 경쟁은 틀렸소."

"어째서요?"

"경쟁이야 어디까지나 상대가 되여야 하는 게 아니요. 내야 대학 때부터 해오던 일이지만 동무야 전혀 생묵(처음)이니까."

"어머- 생묵이라뇨? 제가 야금기계를 전공했다는 걸 잊었어요? 무대가 제철소니만치 경쟁조건으로 치면 열공학을 한 동무보다 오히려 제 편이 유리할 거예요. 지금도《금속》편집부에 있고."

"그래도 그렇지. 아무렴…"

말할 여지 없다는 듯이 진호는 손을 내저었다.

흔히 뭔가 기쁘고 즐거울 때면 그는 부러(일부러) 이런 태도를 취하곤 했는데 그것은 그때마다 현옥이를 안타깝게 만들어놓기 위해서였다.

"좋아요. 그럼 어디…"

이리저리 사방을 둘러보던 현옥이는 무슨 생각이 들었는지 곧 손을 들어 한 곳을 가리켰다.

"저길 봐요, 저기 눈 덮인 돌층계가 있지요? 저기에 어느 쪽 발이 먼저 닿는지 걸어 봐요. 만약 오른발이면 제가 경쟁에서 이기는 거예요. 어때 요?"

"좋소! 그렇지만 왼발일 땐?"

"동무라고 해두지요."

"흠! 내가 왼재기(왼손잡이, 왼발잡이)라는 걸 아직 모르는 모양이군!"

뜻밖에도 매우 심각한 의의를 갖게 된 걸음을 조심스레 한 발자욱(발 자죽) 한 발자욱 내디디며 진호는 "내다, 아니다, 내다, 아니다" 하고 중 얼거리기 시작했다.

"아이 아녜요."

눈 우에 찍혀지는 발자욱을 내려다보며 옆에서 따르던 현옥이가 별안 간 진호의 팔을 붙들었다.

"너무 폭을 크게 짚었어요. 봐요."

"그럼 대신 요다음 번은 좁게 내딛지. 이렇게."

이윽고 이들은 돌층계 가까이에 이르렀다.

분명 오른발이 닿아야 할 거리였으나 현옥이를 돌아본 진호는 껑충 몸을 솟구며 두 발로 계단에 뛰여올랐다.

이미부터 그러리라는 것을 짐작한 듯 입을 틀어막고 있던 현옥이는 허리를 비틀며 깔깔 웃어댔다.

"좋아요. 그게 더 좋아요."

현옥이의 맑은 웃음소리에는 앞으로 다가올 생활에 대한 기쁨과 환희가 한껏 어려 있었다.

2

흰 눈이 주단(명주와 비단)처럼 폭신하게 깔려 있는 층계들을 밟고 옛 성터의 자그마한 아치형 돌문을 지난 이들은 다시 을밀대 쪽으로 향했다.

왕래가 드문 외진 길일 뿐더러 언제나 음달져 있는 곳이여서 눈은 내린 대로 그냥 부풀어 있었다. 꾸득꾸득해진 눈껍질이 오히려 숫눈(눈이 와서 쌓인 상태 그대로의 깨끗한 눈)보다 밟는 감촉이 한결 좋았다.

'오늘 같은 날은 뭐라고 한마디 하긴 해야 하는데…'

아까까지만 해도 응당한 일로 치부했댔으나 눈 덮인 모란봉의 한적한 오솔길을 걷느라니 불현듯 자기를 위해 모든 걸 바치기로 각오한 현옥이에 대한 고마움이 새삼스레 가슴을 태우는 것이었다. 더우기 오늘 같은 날을 영원한 기억 속에 새겨두기 위해서도 뭔가 꼭 인상에 남는 말을 하고 싶었다.

'뭐라고 한다?'

어떻게든 현옥이에 대한 자기의 진정을 한마디에 담고 싶었지만 그때마다 느끼는 감정의 절반도 제대로 옮기지 못하는 자신의 유치한 구변(말재간)을 생각하고는 곧 자신심을 잃어버렸다.

그는 자기 말이 언제나 요점이 명백치 못할 뿐 아니라 어떤 땐 왕청 같은(생각하였던 것과는 전혀 엉뚱한) 비약으로 의미가 외곡(왜곡)되기까지 해서 남들이 알아듣기 어려울 때가 많다는 것을 모르지 않았다.

모르긴 해도 지금이야말로 그는 늘 현옥이를 그릴 때마다 맘속으로 외워보던 말, 부끄럽기도 하고 두렵기도 하던 그 말을 해야 하리라는 생각이 드는 것이었으나 그 한마디 말이 이제 와선 어쩐지 점점 엄청난 의미로 부각되는 것이어서 좀처럼 입을 벌릴 자신이 없었다.

부끄럽다거나 계면쩍다는 것은 혼자 생각할 때 일이고, 정작 그것을 털어놓아야 할 이 마당에 와서는 줄곧 떨리기만 했다.

'흠! 별 놈의 일이 다 있군!'

이때까지 그는 자기들 사이에서 중요한 것이 어디까지나 서로의 감정이라고 여겼지 그것을 표현해야 할 고백 따위에는 아무런 의의도 부여하지 않고 있었다.

그런 고백은 단지 소설이나 영화에 필요할 뿐이지 실생활에서는 아무런 가치도 가지지 못하는 것이라고 믿어 마지않았던 것이다.

그가 이렇게 여기는 데는 자기들의 생활, 현옥이와의 관계가 그것을 뚜렷이 증명해주기 때문이다.

여태 그런 고백은 없었지만 자기들은 그 의미를 깊이 리해했고 또 그 요구에 서로 충실해 오지 않았는가? 그런데 무엇 때문에 그걸 새삼스레 밝힐 필요가 있단 말인가!

그것이야말로 같은 목적지를 향해 기차를 타고 가던 사람이 갑자기 동행자를 돌아보며 우리 같이 가지 않겠느냐고 하는 것과 같이 우습고 싱겁기 짝이 없는 노릇이 아닐 텐가.

늘 이렇게만 여겨온 그였으나 오늘은 그렇지 않다.

기차를 같이 타고 가기는 했지만 목적지가 같을 뿐더러 거기에서 생사를 같이 하게 된다는 것을 알았을 때의 심정이란 류다른(유다른) 것이다.

오늘에 와서야 그는 비로소 그런 고백이 어느 정도 진실한 것임을, 단지 필요에 의한 형식이 아니라 고귀한 감정의 산물이며 억제할래야(하려야) 할 수 없는 열렬한 충동의 발로라는 것을 깨닫지 않을 수 없었다.

확실히 사랑에도 사춘기가 있어서 첨엔 그것을 짐작하는 것으로도 만족하지만 그 단계가 지나면 거기서부터 한 단계의 새로운 도약을 촉구하는 듯싶었다.

'정녕 이 처녀야말로 내가 바라 마지않던 그런 처녀가 아닌가!'

처녀에 대해, 특히 자기가 바라는 처녀에 대해서는 지극히 남다른 견해를 가지고 있는 그였다.

흔히 한 가지 일에만 열중하는 사람들이 그런 것처럼 그도 실지에 있어서는 사랑이 어떤 것이라는 것을 알지 못했고 그것이 생활에서 어떤 의의를 가지는가에 대해서는 깊이 따져보지 못했지만 자기의 대상이 될 처녀에 대해서만은 아주 명백한 일가견을 가지고 있었다.

그것은 자기의 대상으로 될 처녀는 응당 매력적인 용모와 함께 아름다운 마음을 가진, 즉 안팎이 하나같이 고와야 한다는 것인데 이 점에서는 총각이면 누구나가 흔히 품은 생각이여서 별다를 바 없지만 처녀의 마음, 다시 말해 처녀의 내적인 미에 대해서는 그만이 지니고 있는 독특한 주견이 있었다.

그가 말하는 내적인 미란 일반적으로 얌전하다든가 성실하다든가 하는 마음씨뿐만 아니라 자기 사업에 대한 참다운 리해와 지향으로부터 출발되는 훌륭한 반려로서의 자질과 성품이였다.

자기의 포부를 진심으로 리해하고 거기에 모든 걸 바칠 수 있는 처녀, 바쳐도 열렬히 바칠 수 있는 처녀, 오직 이런 처녀만이 자기의 대상이 될 수 있었다.

그가 이와 같은 요구를 내세우는 데는 무엇보다도 필생의 과제로 삼고 있는 비상한 목표와 관련돼 있었다.

대학 초기부터 그는 야금로에 쓰이고 있는 중유를 우리나라의 연료로 대용하겠다는 것이 유일무이한 희망이였고 확고부동한 결심이였다.

그 기술안이야말로 현실적으로 가장 중요하고 절박하며 그래서 또 어느 것보다도 가장 가치 있는 것이라고 확고히 믿어 마지않고 있었다.

때문에 이 성스러운 포부를 위해 모든 것을 다 바치려는 자기의 지향을 진정으로 리해해주지 못하는 처녀는 상대가 아무리 아름다운 용모에 비단 같은 마음씨를 지녔다 해도 유감스럽지만 자기에게는 인연이 먼 사람으로밖에 될 수 없다는 것이었다.

물론 그로서도 이 두 가지 요소가 다 원만히 구비된 처녀가 실제로는 쉽지 않으리라는 것을, 있다 해도 십상 어느 한쪽에 치우쳐 있기 마련이라는 것을 짐작 못하는 것은 아니었지만 그렇다고 해서 자기의 기준을 낮출 생각은 조금도 없었다.

설사 양보하는 한이 있어도 용모에 대한 기준을 양보하면 했지 지향에 대한 요구만은 조금도 타협할 수 없다고 여기는 것이었다.

"사랑이란 처녀의 외적인 매력과 그가 지니고 있는 내적인 지향의 합으로 이루어지는 걸세. 알겠나? 그렇지만 어디까지나 지향이 우위라는 것만은 명심해두게."

친구들 앞에서 자기가 찾아낸 사랑의 공식을 이렇게 선포하군 했으나 그때마다 실천 속에서가 아니라 머릿속에서 짜냈다는 것으로 하여 빈번히 배격을 받군 했다.

그런데 오늘이야말로 그런 처녀가 현실적으로 확증된 것이 아닌가!

대학적으로 소문난 미인이겠다, 최우등생이겠다, 그리고 무엇보다 이 열렬한 호응이야말로 그 어떤 처녀에게도 있을 수 없는 정신적 매력이 아니고 뭐란 말인가!

'말해야 한다! 이제라도 그 말은 해야 해!'

이런 생각은 그를 점점 긴장시켰다.

마치 어떤 무기의 위력을 뒤늦게야 깨달은 사람이 어떻게 조준을 하고 방아쇠를 당겨야 단번에 목표를 맞힐 수 있겠는가를 따져볼 때처럼 그는 자못 초조하고도 불안한 심정에 처해 있었다.

"또 모슨 걱정인가 보죠?"

빤히 쳐다보는 현옥이의 눈길에 찔끔했으나 그는 얼른 고개를 끄덕이며 벌쭉 웃었다.

그의 이런 실없는 웃음은 언제나 당황할 때마다 드러내군 하는 버릇이였다.

"아닌 게 아니라 걱정이요. 난 말이요. 솔직히 말하면 뭐라고 할가… 그 우리가 하려는 일 있잖소, 새 연료를 만드는 것 말이요. 그걸 혹시 그 새 누가 먼저 시작하지나 않을가 하고 걱정하는 중이요."

다급한 처지에 놓일 때수록 그는 이런 능청스런 대꾸를 곧잘 하군 했는데 그때면 별로 생각해두지도 않았던 말이 목구멍에서 술술 흘러나오는 것이였다.

어떤 정황에서도 우물쭈물 하는 것이 질색이여서 이런 태도를 취하는 것이였으나 이젠 그것도 습관이 된 탓인지 아무 때나 스스럼없이 엮어지는 것이였다.

이런 거짓에 익숙된 자신이 못마땅하긴 했으나 일단 시작한 거짓은 또 그것대로 진실을 기하지 않으면 안 되는 것이여서 그 못마땅한 곳에 다시 발을 들이밀지 않을 수가 없었다.

"생각해보오. 거긴 시험소와 연구소가 있는데다가 대학졸업생들만 해도 얼마나 많이 배치됐소. 그들이 연구 과제를 하나씩은 다 잡았을 거란 말이요. 안 그렇소? 참!"

진호는 서둘러 외투 안주머니에 손을 넣어 편지봉투를 꺼냈다.

"자, 이걸 한번 읽어보오."

편지를 받아들긴 하면서도 현옥이는 여전히 의혹을 금치 못하는 눈치였다.

그의 눈길은 이런 하찮은 근심에 시달리는 사람이 어떻게 그처럼 완강한 투지를 자랑하던 대학 호케이(하키) 팀의 중앙 공격수였을가 하고 의심하는 것 같았다.

'아무래도 좀 있다 털어놔야겠군!'

진호는 그 무기를 마구 다룰 것이 아니라 기회를 봐서 조심히 써야 하리라고 생각하며 조용히 숨을 몰아쉬였다.

"아이! 태수 동무군요."

겉봉을 훑어보던 현옥이가 반색을 지었다.

태수는 대학 시절 진호와 제일 가깝게 지내던 친구였다.

이들의 각별한 우정을 동창들은 물론 선생들까지도 몹시 부럽게 여겼었다. 서로 자주 다투기는 물론 어떤 땐 성난 황소처럼 씩씩거리며 노려볼 때도 있었지만 언제 그랬냐 싶게 다시 화해했고 그것으로 하여 더욱 친밀한 사이로 되군(곤) 했다.

호방하지만 뚝한(무뚝뚝한) 편인 진호에 비해 잘 다듬어지지 않은 수세미처럼 꺼칠꺼칠한 태수는 어떤 일이나 거들지 않고는 배기지 못하는 팔방미인이였다.

대학 안에 있는 연구소조라는 소조에는 거의나 한 번씩 삐쳐(참견해) 보았고 벽신문을 내는 일도 솔선 맡아 했다. 그런 열성에 비해선 너무나도 초라한 평가였으나 그래도 그는 온갖 열성을 다 쏟아 부었다.

무슨 미묘한 일이 일어날 때도 친구들은 한결같이 그를 대표로 선출했는데 그것 역시 그는 응당한 것으로 받아들이고 성실히 수행하군 했다.

마치도 그는 자기 몸에 한량없이 충만된 에네르기(에너지)를 아무 데라도 탕진하지 않고는 견디지 못하는 것 같았다.

특히 대학 대항전이 있을 때마다 솔선 응원대장이 되군 했는데 호케이 경기 때면 언제나 출전한 진호보다도 더 많은 땀을 흘리군 했다.

서로 졸업 후엔 제철소로 갈 것을 철석같이 약속한 이들이였으나 그만 태수만이 소원대로 됐던 것이였다.

"먼저 가서 자리나 잡아두게. 내 이내 따라갈 테니. 글쎄 내가 여기서 뭘 한단 말인가!"

이러며 태수를 배웅한 진호였으나 몇 달이 지나도록 그 약속을 지킬 수 없었다. 그것으로 하여 진호는 태수에 대해 어떤 도덕적 의무를 저버린 듯한 난처한 립장(입장)에 처해 있었다.

"아니! 태수 동무 창안품이 기술경연에서 1등을 했군요. 그런데 어째서 무슨 기계라는 건 밝히지 않았을가요?"

편지를 읽느라고 뒤졌던 현옥이가 놀라움에 넘쳐 부르짖었다.

"그 밑을 마저 읽어보오. 한두 마디로는 다 설명할 수 없다는 거요. 뭐 그렇게 쉽사리 표현한다는 건 그 기계의 완성의 경지를 손상시키는 것으로 된다나? 빌어먹을! 자, 이래도 내가 걱정을 안 하게 됐소?"

진호는 제법 큰소리로 오금을 박았다(함부로 말이나 행동을 하지 못하게 단단히 이르거나 을렀다).

"우리가 그리로 간다는 걸 태수 동무도 알아요?"

"아니, 알리지 않았소. 그렇게라도 한번 놀래워주고 싶어서 말이요. 동무까지 옆에 있는 걸 보면 그 친구가 아마 뒤로 벌렁 넘어질 걸…"

두 눈에 피여난 현옥이의 미소는 홍조 어린 **뺨**에서 맴돌다가 옴폭 패인 볼우물에 고여 찰랑거렸다.

립춘(입춘)이라고는 하지만 아직도 살을 찌르는 겨울바람의 독기는 여전했다.

대동강이 한눈에 훤히 내려다보이는 모란봉 중턱에 올라서자 더욱 싸늘한 강바람이 몰아쳐왔다.

저도 모르게 한쪽 눈으로 감싸쥔 진호는 얼른 바람을 피해 모로 돌아섰다.

언제부터인지 한쪽 눈의 시력이 약해지면서 약간의 자극에도 자꾸만 시려드는 것을 어쩔 수 없었다.

병원에서는 당장 눈을 보호해야 한다고, 육안으로 쇠물(쇳물)을 보는 건 절대금물이라고 했으나 좀처럼 그 요구에 순응되질 않았다.

'그래! 어떤 일이 있어도 저놈의 의자가 있는 데 가선 말하자!'

흰 눈을 뒤집어쓰고 있는 의자를 노려보며 그는 이렇게 다짐했다. 그러자 가슴은 다시금 활랑 거리기 시작했다.

한 걸음 또 한 걸음… 드디어 그 운명의 의자가 있는 좁다란 소로길에 접어들었다.

'덤비지 말고 침착하게!'

치렬(치열)한 공방전의 혼탕 속에서 순간의 기회를 더없이 좋은 득점의 기회를 얻었을 때와 같은 그런 전률(전율)을 느끼며 진호는 현옥이를 힐끗 훔쳐보았다.

하나 그는 실망하지 않을 수 없었다. 현옥이가 눈앞에 펼쳐진 일망무제한 설경, 눈을 인 채 빼곡히 들어차 있는 수려한 나무들이며 얼음이 풀린 여울목으로 미끄러지듯이 내려앉는 물오리 떼들 그리고 멀리 저녁 안개에 휘감겨 한 폭의 묵화처럼 안겨오는 아름다운 릉라도의 정경에 도취되어 당장이라도 탄성을 터뜨릴 것 같은 기색이기 때문이었다.

아니나 다를가 현옥이 입에서는 환희의 경탄이 쏟아져 나왔다.

"아이! 저걸 봐요, 저 눈! 저 나무! 꼭 그림 같지 않아요? 모든 게 눈에 덮여 있지만 확실히 봄은 봄이예요. 그렇지요?"

'젠장!'

그는 발 앞에 있는 솔방울을 힘껏 걷어찼다.

이때까지 고백 따위에는 안중에도 두지 않던 그였으나 정작 그것을 털어놓아야 할 이 마당에 와서는 어째선지 분위기는 물론 감정까지도 더없이 숭엄해야 한다고만 믿게 되는 것이었다.

이런 때의 현옥이 기색은 적어도 폭풍 직전의 바다와 같은 장엄한 고요가 깃들어 있어야 하고 정작 폭풍이 들이닥치면, 말하자면 불같은 자기의 사랑의 포화가 터지기만 하면 현옥이는 일진광풍에 휘몰린 파도처럼 자기 가슴에 왈칵 안기든가 하다못해 그 자리에 흐느끼기라도 해야 한다는 것이었다.

'아무래도 분위기가 맞지 않아. 아니 내 주제에 말로 한다는 건 도저히 불가능한 일이야. 우선 감정을 잡을 수 있어야 말이지. 하긴 뭐 꼭 말로 해야 한다는 법이야 없지 않나. 사실 우리 사이엔 말이 어울리지도 않지. 제기랄! 말보다 더 명백한 건 없나?'

진호가 어떤 생각을 하고 있는지도 모르고 을밀대 란간(난간)으로 다가선 현옥이는 더욱 기쁨에 넘쳐 부르짖었다.

"봐요! 얼핏 보면 추위에 얼어든 것 같지만 자세히 보면 밝은 색갈이 채색돼 있어요. 저 나무줄기들을 봐요.…"

"…"

아무리 그것들을 여겨봐야 밝은 색갈이라고는 찾아낼 수도 없거니와 지금은 도무지 그런 말에 대꾸할 경황이 아니여서 진호는 수긍하는 것 같기도 하고 그렇지 않은 것도 같은 어줍은 미소를 띨 수밖에 없었다.

그러나 심장은 더더욱 세차게 두근거리는 것이었다.

어느새 거리 쪽으로 시선을 옮긴 현옥이는 승용차와 전차들이 줄지어 지나가는 로타리(로터리) 옆에 있는 탑식 아빠트(아파트)를 찾아냈다. 그리고는 여섯 번째 층의 베란다를 꼿꼿한 눈길로 지켜보았다. 바로 자기 방이였던 것이다.

까맣게 보이는 창문 외에는 아무것도 가릴 수 없었으나 그에게는 창

가에 놓여 있는 수선화며 제비꽃 화분은 물론 꽃잎 같은 어항에서 신선
어가 꼬리치는 모습까지도 환히 보이는 듯싶었다.

여기서 내려다 볼 때마다 늘 느끼는 심정이지만 성냥곽(성냥갑)만 한,
아니 그보다 더 작게 바라보이는 바로 거기에 그처럼 알뜰한 자기의 보
금자리가 있다고 믿기에는 너무도 신비스러웠다. 자기 방만 아닌, 무수
히 보이는 매 창문들에도 그런 생활이 꽃피고 있다는 것이 자못 신기하
기만 했다.

'생활이란 정말 얼마나 다양하고 아름다와…'

베란다에 놓여 있는 모든 것, 야경을 관망하기 위해 놓아둔 둥글의자
(회전의자)며 어머니가 각별히 관심을 가지는 선인장들을 그려보던 그는
문득 그 뒤에 놓여 있는 물건에 대한 생각이 미쳤다.

분명 자기에게 퍽 소중했던 그리고 드문하게(자주) 쓰던 것이라는 것
은 확실했으나 그것이 무엇이었던지 가려낼 수가 없었다.

'뭐더라?'

두 눈을 깜빡이며 생각을 더듬던 그는 곧 실소를 머금었다.

'아무 검 뭐람(아무렴 어때)!'

부질없는 상념을 털어버린 그는 뭔가 보다 즐겁고 유쾌한 얘기를 하
리라 생각하며 진호 쪽으로 돌아선 순간 그만 놀라지 않을 수 없었다.

"?"

자기를 묵묵히, 그러면서도 집요하게 주시하며 한 걸음 다가서는 진
호의 눈길은 아직 한 번도 본 적이 없는 그런 시선이었다.

그 어떤 간절한 빛을 띠고 있는가 하면 단호한 각오를 다진 눈빛이였고 그런가 하면 또 밤하늘에 활활 타오르는 화광과도 같이 무섭게 번뜩이기도 했다.

그 눈길이 무엇을 뜻하며 무엇을 바라는가를 륙감(육감)으로 느끼자 그는 온몸이 일시에 전기에 닿는 듯싶었다. 아니 숨이 멎는 것만 같았다.

"아이! 아녜요. 아녜요."

너무나도 불안하고 너무나도 무섭고 또 너무나도 가슴이 떨려 그는 자기가 무슨 말을 하는지도 모르고 연방 같은 말만 되풀이했다.

3

다음 날 직장에서 돌아온 현옥이는 실내옷으로 갈아입기 바쁘게 환기창을 열어놓고는 전축이 있는 웃방으로 올라갔다.

늘 홀로 있게 되는 이 시간이면 특별히 바쁜 원고작업이 제기되지 않는 한 음악을 듣는 것이 하나의 버릇으로 되여 있었다.

얼마나 좋은가! 부드러이 흘러드는 선률(선율)에 하루의 기쁨을 실어보기도 하고 상상의 나래를 한껏 펼쳐보기도 하는 벅찬 랑만(낭만)이란.

그러면 피로는 가뭇없이 사라지고 하루 사이에 있었던 일들이 다시금 즐거이 되살아 오른다.

그는 곡도 그날의 감정에 맞게 고르군 했다.

기쁨으로 하여 혼자서라도 뭔가 속삭이고 싶은 충동이 솟구칠 땐 경쾌한 독주곡이나 경음악을 택했지만 깊은 사색을 필요로 할 땐 잘 소화되지는 않았지만 굳이 협주곡이 아니면 교향곡을 고르는 것이었다.

오늘의 기분에 따라 어떤 곡을 택할가 하고 망설이던 그는 들었던 교향곡 대신 며칠 전에 사온 밝고도 힘찬 영화주제곡을 골랐다.

씩씩한 선률이 방안에 흐르기 시작하자 그의 마음은 한결 명랑해졌다.

그는 오늘 자기의 결심을 동무들에게 터놓았던 것이다.

난생 처음 자기 문제에 대해 자기 스스로가 올바른 결심을 내렸다는 긍지로 하여 자랑스럽기까지 한 심정이었다.

물론 그도 자기의 룡단(용단)이 무엇을 의미하는지 모르지 않았다.

흔히 남자를 두고 생각할 땐 정직한 처녀들이 그렇듯이 그도 진호를 자신의 장래와 결부시켜 몇 번이고 따져보았었다. 성격과 지향 그리고 행복의 온갖 조건들…

점심식사를 한 후 의례히 식탁에 둘러앉아 이런 저런 얘기들을 하기 마련이였으나 오늘처럼 모두가 놀란 적은 없었다.

“아니 네가 현장으로 간단 말이니? 그래 어디루?”

“아무래도 제철소에 가야지 뭐.”

“제철소?”

“넌 늘 편집과젤 제때에 수행하군 해서 평가를 받지 않니. 여기가 마음에 들지 않는 건 아니겠지?”

“물론 싫지는 않아.”

동무들이 자기의 눈빛 하나까지도 놓치지 않는 데 기쁨을 느끼며 그는 나직한 목소리로 대꾸했다.

"그렇지만 난 왜 그런지 남의 원고에만 매달리는 게 성차지 않아. 능력은 없어도 자기 창조물을 내놓고 싶어. 말하자면 남을 위하는 데만 습관되지 않은 나쁜 버릇이 있는가봐."

"음- 그래서 네가 요즘… 난 또 웬 애인이라도 생겼는가 했지?"

남의 일에 끼여들기 좋아할 뿐 아니라 그것을 들고 다니기 즐기는 염금이가 이제야 알 만하다는 듯이 고개를 까닥거렸다.

"그래도 아직은 결심에 불과하겠지?"

"아니 어머니도 찬성하셨어!"

"어머니도? 넌 정말 대단한 결심을 했다 얘."

모두들 현옥이를 달나라에 올라갈 우주비행사라도 되는 것처럼 신기하게 바라보았다.

"얼마나 좋니?"

잠자코 앉아 있던 숙희가 진정에 넘쳐 속삭였다.

"난 네가 부러워! 정말이야! 사실 그만한 포부도 없이야 무슨 청춘이겠니. 나도 그런 생활을 동경은 하지만 정작 결심은 못 내려. 왜 그럴가?"

자기를 둘러싸고 놀라기도 하고 부러워하기도 하던 동무들의 모습을 상기할수록 현옥은 자신에 대한 긍지가 더욱 세차게 솟아올랐다.

펄펄 날려라 위훈 깃든 댕기

용감한 해병들 정의의 싸움길…

선률은 한껏 고조에 이르고 있었다.

그 경쾌한 리듬이 가로수 아지(어린가지)들을 춤추게 하고 어항 안에 있는 금붕어들을 더욱 흥거이 꼬리치게 하는 상(성=추측이나 가능성을 나타내는 말)싶었다.

'며칠 후부터는 새 생활이 시작되겠구나! 힘겹고도 아름찬(보람찬) 생활이!'

그도 지금의 자기로서는 앞으로의 생소하면서도 거친 생활을 감수하기가 무척 베찰(벅찰) 것이라는 것을 어느 정도는 짐작하고 있었다.

듣고 싶은 음악도, 살뜰한 보금자리도 없다. 모든 유혹들을 물리치고 생활 전부를 새 연료연구에 바치는 것, 바쳐도 열렬하게 바쳐야만 하는 것이다.

하지만 바로 이 점으로 하여 그는 미지의 생활에 대한 각별한 매력을 느끼는 것이었다.

누구에게나 한 번밖에 차례지지 않는 청춘 시절, 그 귀중한 시절에 그만한 흔적도 없이야 무슨 보람이 있겠는가!

사람이란 사회에 보탬을 주자고 태어났으며 그렇게 사는 것은 떳떳한 삶인 것이다. 그 권리로 하여 자유롭고 행복하며 그것으로 하여 또 누릴 수 있는 모든 것을 기꺼이 향유할 자격을 가지는 것이 아닌가!

강철용해를 위한 우리나라의 새 연료!

그것이 아무리 어렵고 힘들다 해도 진호와 함께라면 어떤 시련도 뚫고 나갈 것 같은 자신심이 솟구쳐 올랐다. 이미 있은 실패보다 더한 곡절이 자기들 앞을 막아 나설 수 있으리라는 것도 그는 각오하고 있었다. 그것조차 유쾌하게만 여겨졌다.

문득 책꽂이 웃단에 올려놓은 빨간 사진첩에 눈길이 미치자 그는 얼른 그리로 갔다.

원래 사진을 보기 즐겨했지만 오늘따라 별스레 지나온 일들을 더듬어 보고 싶었다.

아무 생각도 없이 사진기 앞에 나섰었고 저도 모르게 찍히운 사진들이였으나 이제와선 매 장들에 어떤 심각한 의미가 깃들어 있는 것 같았다.

첫 장에는 사진 대신 이런 글이 적혀 있었다.

195X년 8월 20일

최고인민회의에서 남조선에 구호물자를 보낼 데 대한 문제를 토의.

XX공장 복구조업식.

무럭무럭 자라나 부디 우리 조국을 받드는 아름다운 꽃으로 피여주기 바란다.

-오빠로부터-

사진첩을 보는 사람마다 태여나는 첫 날부터 그의 오빠가 누이동생에게 얼마나 다심했는가를 감탄해 마지않았다.

다음 장부터는 어릴 적부터의 사진이 드문드문 보기 좋게 배렬(배열) 돼 있는데 정말 꽃으로 피여나는 과정이 순서대로 또박또박 새겨져 있었다.

어머니의 무릎 우에 인형처럼 오도카니 앉아 있는 사진이 있는가 하면 대학모자를 쓴 오빠 옆에서 우스우리만치 차렷 자세를 하고 찍은 것도 있었다.

멀리 휴양소의 합각지붕(ㅅ(사이시옷)자 모양의 지붕)이 바라보이는 호수 우에서 어머니와 함께 뽀트(보트)를 타고 있는 사진 밑에는 '1964년 표창휴가-석암휴양소'라는 글이 새겨져 있었다.

그러나 학교를 다니기 전, 말하자면 유년 시절의 사진이라고는 몇 장 되지 않았다.

전후의 어려운 환경 때문이라는 것을 모르진 않았지만 현옥이는 자주 이런 투정을 했다.

"어머닌 정말 그때 사진을 좀 찍어두지요."

그러면 윤씨는 허거픈(아득하고 어이없는) 웃음을 지었다.

"원 얘두, 사진이 다 뭐냐! 그래도 너니 그만치 있는 줄 알아라!"

사실 고중 시절부터 사진에 남다른 취미가 있은 오빠가 아니였어도 이런 흔적조차 찾아볼 수 없을 현옥이였다. 이땐 벌써 아버지를 대신한 오빠가 집에서는 가장이였던 것이다.

잊지 못할 소년단 시절의 야영생활과 고등기술학교 때의 과외실습 그리고 천리마학급 칭호를 수여받은 기념으로 학급 전체가 찍은 사진이며 백두산과 홍원사적지를 답사하던 대학 때의 추억들… 모든 것이 새라새로운(새롭고 새로운) 의미로 회고되는 것들이었다.

사진첩을 번질(한 장씩 넘길) 때마다 제일 오래동안(오랫동안) 여겨보게 되는 사진에 그는 시선을 모았다.

그것은 눈부실 만큼 흰 체조복장을 한 자기가 정방형 멧드(매트) 우에서 맵시 있는 륜(링) 동작을 하고 있는 천연색 사진인데 머리 우로 높이 쳐든 륜과 날씬한 허리로 쌍 원을 재현한 순간을 포착한 것이었다.

이 사진을 볼 때면 그는 늘 이 매혹적인 동작을 정말 자기가 창조한 것일가 하는 황홀경에 휩싸이는 것이었다.

미소 지은 자기의 얼굴이 드러나 있지 않았더라면 누구든지 이 사진을 어느 화보에서 오려낸 것으로 믿기 십상이리라.

《대학생》 잡지의 표지에도 실린 적이 있는 이 사진을 그는 무척 소중히 여겼다. 경기 때마다 숱한 동무들과 기자들이 샤타(셔터)를 눌러대군 했지만 손에 들어온 것도, 마음에 드는 것도 별반 없었으나 이 한 장이 모든 것을 보충해주고도 남았던 것이다.

대학예술체조 경기에서 개인상을 받던 그때의 일이 눈에 선했다. '바다가(바닷가) 오솔길'이라는 경쾌한 피아노 반주가 들려오는 것 같고 그 선률에 따르는 매 순간의 동작까지도 생생하니 되살아났다.

그때부터 온 대학이 자기를 '갈매기'라고 불렀다는 것도, 별칭이 다만 체조복의 앞가슴에 갈매기를 새겨 넣었기 때문이 아니라 바다를 나는 해연(바다제비)과도 같은 기교에 대한 찬사였다는 것도 즐겁게 회상됐다.

곧게 뻗은 자기의 두 다리를 내려다보던 그는 탄력이 넘치는 허리에 두 손을 얹어보고는 조용히 미소를 머금었다.

다음 장을 넘긴 그는 저도 모르게 터져 나오는 웃음으로 하여 입을 틀어막지 않을 수 없었다.

그 사진은 한 손에 꽃다발을 쥔 자기가 얼음판 우에 주저앉아 있는데 비행사 같은 호케이 경기 복장을 한 진호가 뒤에서 자기를 부둥켜안고 있는 모습이였다.

'난 이때 왜 웃기만 했을가? 바보같이!'

이 사진을 볼 때마다 우습긴 하면서도 처녀다운 수집음(수줍음)이나 랭담(냉담)한 기색이라고는 조금도 없는 자신에 대한 부아가 치솟군 했다.

이때부터랄가? 확실히 그랬다. 바로 이 날부터 그는 진호로 하여 야릇한 마음의 부담을 느끼기 시작했던 것이다.

그날은 전국대학 호케이 결승 경기가 벌어진 날이였다.

이미 두 차례나 결승전까지 올라갔다가 석패한 적이 있던지라 전교생 모두가 미천호반을 둘러싸고 경기 첫 시작부터 응원에 열을 올렸다.

경기는 치렬(치열)했다.

동점 또 동점으로 오르던 경기는 마감 시간을 앞두게 되면서 더욱 맹렬해졌다.

수천 명의 학생들이 저마다 손에 땀을 쥐고 환성과 욕설을 퍼부어대며 매 순간을 지켜보고 있었다.

심판도 자주 시계를 들여다보던 바로 그때였다.

팍(아이스하키에서 쓰는 공=퍽)을 몰고 질주하던 한 선수가 그것을 상대방 문 앞으로 길게 련락(패스)한 순간이였다.

마침 그리로 달려 들어가던 진호는 날아오는 팍을 채에 붙이기 바쁘게 마주 선 방어수(수비수) 하나를 보기 좋게 물리치고는 더욱 문 앞으로 육박해 들어갔다. 어느새 그의 몸이 공중에 비호처럼 날았다.

'휙!' 하는 아츠러운(신경을 몹시 자극하여 듣기 괴롭고 날카로운) 소리와 함께 뽀얀 가루가 허공에 일었다.

"딱!"

일시에 '와-' 하는 함성과 함께 문지기(골키퍼)도 몸을 날렸다.

'꼴(골)인가?'

문지기가 팍을 잡았는지 어쨌는지 멀리서는 얼른 분간할 수 없었다.

한 선수가 부리나케 진호에게 달려가 그를 부둥켜안았을 때에야 학생들은 땅을 차고 뛰여올랐다.

"꼴-"

"꼴이다!"

"이겼다!"

당장 호반(호숫가)이 터져나갈 듯한 환호였다.

현옥이도 발을 동동 구르며 기뻐했다.

마감 시간을 알리는 호각소리가 울리기 바쁘게 꽃다발을 쥔 현옥이는 얼음판으로 나섰다. 경기 때마다 승리자들에게 주는 꽃다발은 언제나 예술체조선수들에게 맡겨지군 했었다.

그는 종종걸음으로 진호에게 다가섰다. 꼭 그에게 안겨주고 싶었던 것이다.

이전에도 합동강의실에서나 대학체육관에서 더러 만난 적이 있긴 했지만 그땐 '바로 저 동무가 강철용해를 위한 새 연료를 연구한다며?' 하는 호기심을 느끼는 정도에 지나지 않았다. 간혹 무슨 얘기를 나누고 싶어도 어쩐지 남들처럼 호락호락 범접하게 되질 않았다.

"축하해요."

너무 급히 다가선 나머지 현옥은 그와 부딪치지 않으려고 안깐힘(안간힘)을 쓰지 않으면 안되였다. 요행 몸을 피한 것까지는 좋았으나 그 바람에 중심을 잃어버린 그는 팔을 허우적거리다가 그만 얼음판 우에 미끄러지고 말았다.

"흐- 하-"

관중들의 폭소로 얼굴에 모닥불을 뒤집어쓴 현옥은 인차(곧) 일어설 념(생각)도 못했다.

이때 자기 뒤로 다가선 진호가 '허참, 여기가 뭐 체조 훈련장인 줄 아우?' 하며 제꺽 두 팔을 안아 일으켜 세웠는데 그 순간을 대학신문 편집부에 있는 한 익살꾸러기가 놓치지 않았던 것이다.

"아이! 이 동문 정말!"

그 담에야 그는 새침한 기색으로 진호의 두 손을 뿌리쳤다. 그런데 어찌된 일인지 자리에서 일어서긴 했지만 발목이 아파 한 발자욱도 옮겨

디딜 수가 없었다. 넘어질 때 발목을 시그러뜨린(접질린) 게 분명했다.

'어떡한다?'

난처한 기색을 짓고 주위를 두리번거리던 진호는 무슨 생각이 들었던지 "어찌겠소. 할 수 없지." 하고는 놀랍게도 대번에 자기를 냉큼 두 팔에 안아드는 것이었다.

"어머머-"

기겁을 한 현옥은 그의 가슴에 얼굴을 파묻었으나 창황(너무 갑작스러워 어떻게 하기 어려운 상황) 중에도 그게 더 부끄러운 일이라는 것을 짐작하고는 다시 그의 어깨를 주먹질했다.

"좋아! 좋아!"

"진호야말로 진짜 꽃다발일세."

관중들은 마치 멋진 휘거(피겨) 경기의 한 장면을 보기라도 하는 것처럼 요란한 박수갈채를 보내기까지 했다.

그때까지만 해도 어딘가 과묵하고 엄엄하게(매우 엄하게) 느껴지던 진호였으나 이제와선 자기의 요구라면 어떤 것도 서슴지 않으리라는 생각이 들자 우습기도 하고 즐겁기도 했다.

그러나 결코 진호가 친절하지만 않다는 것을 때에 따라서는 거칠고 무자비하기까지 하다는 것을 그도 알고 있었지만, 바로 그런 점으로 하여, 그에 대한 사랑을 더욱 뜨거이 느끼게 되는 현옥이었다.

그의 견해에 의하면 남자들이란 아무리 사랑스러운 애인에게라 해도 절대 고분고분하기만 하면 안 되는 것은 물론 어떤 경우에도 자기 주장을 고집할 줄 알아야 한다는 것이였다. 아무리 처녀가 간절히 바래도 사내로서의 억센 담보와 듬직한 무게가 느껴져야 처녀의 가슴도 더욱 사랑에 불타게 된다는 것이였다.

다른 남자들에게 없는 바로 이 점이 진호의 매력이며 이것만은 아무나 노력으로써도 감히 획득할 수 없는 진정한 사내에게만 한하는 천성이라고 그는 생각하고 있었다.

'내가 정말 그의 기술안을 제대로 도울 수 있을가? 도리여 부담으로나 되지 않을가?'

문득 이런 걱정이 앞을 막았으나 그는 자기가 이것을 극복해야 한다는 것을, 그래야 만 후날(훗날) 누구 앞에서라도 자기의 청춘 시절을 버젓이 자부할 수 있으며 '나도 남 못지않게 일을 했어!' 하고 자신 있게 대답할 수 있다는 생각에 미쳤다.

정녕 그때야말로 지나온 생활을 두고 얼마나 크나큰 영예와 자랑을 가지고 행복에 넘쳐 돌이켜보게 될 것인가?

언젠가 한 동무의 집에 가서 사진첩을 본 적이 있었는데 모든 사진들, 말하자면 그가 지나온 생활들은 하나같이 자기보다 초라한 것이였으나 현장에서 찍은 사진들만은 부지중 부러움을 금할 수 없게 했다.

확실히 자기에게는 없는, 아니 자기 생활에선 결여된 공간이였던 것이다.

그때도 그는 순탄하게만 걸어온 자신의 생활에 대해 돌이켜보지 않을 수 없었고 돌이켜볼수록 어쩐지 죄스럽기까지 했었다.

하지만 이젠 멀지 않아 자기 사진첩의 여백에도 철갑을 두르고 솟아 있는 로체(용광로의 몸체) 앞에서 찍은 사진이며 시험로 옆에서 맹렬한 작업을 하고 있는 모습 그리고 무수한 점과 선으로 련결(연결)된 도면 앞에서 피곤에 지쳐 있는 자신의 모습이 나붙게 되리라는 것을 생각하니 저절로 가슴이 후더워 올랐다.

'그 모습이야말로 진정 아름다운 꽃이 아니고 뭐람!'

첨보다 몇 배로 확대된 희열을 느끼며 자리에서 일어난 그는 웃방으로 올라가 새 레코드판을 올려놓고는 곧 부엌으로 내려섰다.

오늘따라 음식을 만들어보고 싶었고 팔을 걷고 나서면 저절로 맛있는 것이 될 것만 같았다.

음악에 맞춰 코노래(콧노래)를 부르면서 자기가 만든 자그마한 맵시 있는 앞치마를 허리에 두르는데 어머니가 문을 열고 들어갔다.

"아니, 오늘은 웬일이냐?"

윤씨는 언제나 시켜도 잘하지 않던 부엌일을 오늘따라 무슨 바람이 불어 하느냐는 듯한 의아한 눈길이었다.

"이제 두고 봐요. 얼마나 맛이 있나, 어머니가 좋아하시는 볶음밥을 만들게요."

"아이구 관둬라! 맛은 무슨 맛, 그저 빛이나 곱겠지."

동 사업을 책임진 데 불과하지만 마치 구역위원장이기라도 한 것처럼 늘 바삐 사는 윤씨였다.

오늘도 그의 겨드랑이에는 두툼한 노트가 두 권이나 끼여 있었다.

목도리를 풀면서 방안으로 들어서던 그는 무슨 생각이 났던지 다시 부엌으로 얼굴을 내밀었다.

"참, 낮에 전화가 왔댔다. 네 오래비한테서."

"왜요?"

"왜라니? 네가 그리로 가는 것 때문이지 뭐냐. 일요일에 꼭 집에 들리라더구나."

흔히 어머니들이 그런 것처럼 딸의 결심에 승낙은 해놓고도 못내 안심찮아 하는 윤씨였다.

"무슨 선물이라도 준비해놓은 모양이지요?"

말끔히 씻어낸 홍당무를 도마 우에 올려놓은 현옥은 그것을 썰기 시작했다.

그가 손을 놀릴 때마다 가락 맞는 장단소리와 함께 빨간 무우는 마치 기계 속을 거친 것처럼 꼭 같은 규격으로 보기 좋게 밀려나오는 것이었다.

4

태양이 빛나는 한낮이었다.

군데군데 쌓여 있는 눈무지들은 쨋쨋한(밝고 좀 따가운) 정오의 해빛을 받아 주변을 흥건히 적시고 있었다.

그 주위에서는 한 패의 조무래기들이 왁자지껄 떠들어대며 눈싸움을 하고 있는데 그것은 막대기 끝에 묻힌 눈으로 상대를 향해 자기 발바닥을 두드려대는 귀여운 눈싸움이였다. 그래도 식은 제법이다.

"돌-기-역-"

"쟌- 쨔쟈-"

눈덩이들이 어깨 우에까지 마구 뛰여올랐으나 돌아서기라도 하면 혹 어린 것들의 즐거움에 방해를 줄 것 같아 현옥은 내처 걷기만 했다.

"달-매-"

"범다리-"

어느새 눈싸움이 칼싸움으로 변했는지 막대기를 휘두르며 마구 내달리는 어린 것들이였다.

해방산의 나지막한 둔덕 우에 여러 채의 독립가옥들과 함께 나란히 자리 잡고 있는 오빠의 집을 보느라니 오늘따라 별스레 유정하게(그윽하고 조용하게) 느껴졌다.

멀지 않아 오빠와 헤여지게 되리라는 생각은 갖가지 추억을 불러일으켰고 그 추억의 파도는 모든 것을 본래보다 더 아름답게 채색하는 것이였다.

있겠노라고 한 오빠는 아침부터 직장에 나가고 없었다. 곧 돌아오리라는 올케의 말이였으나 그것도 두고 봐야 알 일이여서 아까운 시간을 무료히 보내지 않으면 안 되게 된 것으로 하여 현옥은 은근히 화가 났다.

이런 현옥이의 눈치를 알아차린 영숙은 어떻게든 그를 붙들어두려고 서둘러댔다.

신간 잡지들을 응접탁 우에 꺼내놓기도 하고 그새 자기가 수놓은 탁상보도 펼쳐보였으나 그것만 가지고는 시누이를 붙들어놓기가 미안하다고 여겼던지 다시 웃방으로 올라갔다.

경공업위원회 산하 어느 연구소의 산업미술가로 일하고 있는 영숙은 섬세한 생김새와 딴판으로 무척 푸접(붙임성)이 좋고 활달한 성미를 지닌 여자였다.

아무리 복잡하고 까다로운 문제도 그는 삽시에 간단하게 해결해버리군 했는데 그 해답들은 하나같이 명백한 것이었다.

"그런 거야 따져보고 말고가 있어? 누가 뭐라던 맘 내키는 대로 해야지 뭐야!"

이러는가 하면,

"그렇게 심각해질 건 하나도 없어요. 웃고 말아요. 그럼 저절로 머리속에서 사라져버릴 테니 자- 어서!"

하고 제 먼저 깔깔 웃기도 했다.

한참 동안만 그와 마주하고 나면 그의 생기가 자기한테 옮겨진 듯했고 마치 경쾌한 음악을 듣고 난 뒤처럼 마음이 개운해지는 것이었다.

원다반(둥근 쟁반) 우에 귤을 담아들고 들어온 그는 현옥이 옆에 자리를 잡기 바쁘게 한 알을 집어 들고 껍질을 벗기기 시작했다.

"그새 왜 한 번도 오지 않았어? 무척 바쁜가 보지?"

"하는 일도 없이 바쁜 걸요."

"하는 일 없이 바쁜 거야 나지 뭐. 그래서 밤낮 송이 아버지한테 욕만

먹는 걸. 어느 것 하나도 제대로 못해놓는다고, 자-"

껍질을 벗긴 귤 속을 내밀며 그는 방긋 웃었는데 그것은 이제야 현옥이를 붙들어놓게 되었다는 안도감에서 짓는 미소였다.

"언제나 그저 이래라저래라 하는 훈시지. 직장에서도 그러면 부서 사람들이 어떻게 견딜가?"

오빠에 대한 올케의 이런 '불평'이 사실이 그래서가 아니라 반대로 행복에 겨운 녀인(여인)들이 하게 되는 심정의 토로라는 것쯤은 현옥이도 알고 있었다.

어째서 가정을 가진 녀자들이 자기의 속심을 다르게 표현하는지는 알수 없었으나 누구나 의례히 그런다는 것만은 그도 모르지 않았다.

집에서는 물론 직장에서도 결코 이래라저래라 하고 훈시할 오빠가 아니였다.

특히 자기로선 아무리 빈틈없이 준비한 도면이라 해도 거기에서 쉽사리 미흡한 점을 찾아내는 것을 볼 때면 어쩌면 오빠가 이리도 출중한 능력을 소유하고 있을가 하는 경탄을 금할 수 없었다.

생활에서도 마찬가지였다.

자기로서는 며칠을 두고 생각해도 결심할 수 없는 문제도 오빠는 그자리에서 명백한 일가견을 피력하는 것이였다.

"그 일엔 비치지(뜻이나 마음을 밖으로 드러내지) 말어라. 왜냐하면 아직네가 그 일에 대한 자신을 못 가지기 때문이야. 어떤 일이든지 확신을 느끼지 못할 땐 결과가 좋지 않기 마련이니까."

마치 도면에서 나타난 결함을 지적할 때처럼 이렇게 말할 때면 약간의 론쟁이 오가기 일쑤였지만 오빠는 대번에 반박할 여지없이 명백한 론거(논거)를 가지고 자기를 격파해버리는 것이었다.

그때마다 현옥이는 어떤 불가사의한 심정에 사로잡히군 했다. 그러나 이상한 것은 감정으로는 잘 납득되지 않지만 랭정하게 따져보면 오빠의 분석이 조금도 틀리지 않는다는 그 점이였다.

한마디로 말해 자기를 놀라게 하는 오빠의 기질적 특성은 자기의 힘과 정당성에 대한 절대적인 믿음이였다. 자기에게 일반적인 생각하는 바를 그대로 표현할 수 없는 안타까움과 자기가 믿는 것이 혹시 무의미한 것이나 아닐가 하는 의심을 오빠는 한 번도 체험하는 것 같지 않았다.

"참!"

갑자기 영숙은 당장 무슨 기쁜 일이라도 일어날 것 같은 그런 눈길로 현옥이를 쳐다보았다.

"그 동무 잘 있어? 진호라는 동무."

눈길을 아래로 떨군 현옥은 곧 응접탁 우에 있는 화보를 손에 들었다.

올케를 대하는 순간부터 오빠가 자기의 결심을 이미 말했을 것이고 그것으로 하여 올케가 더없이 놀라와하리라고 여겼었는데 전혀 그런 기색이 없었다.

심중한(생각이 깊고 침착한) 오빠니까 그럴 만도 하다는 생각이 들긴 했으나 맘 한구석으로는 어쩐지 서운하기도 했다.

"오빠가 아무 말도 안 했는가 보죠?"

"무슨 말?"

"그 동무 얘기랑 또…"

"아니!"

머리를 저으며 생각에 잠겨 있던 그는 문득 "아- 그래그래!" 하고 반색을 지었지만 현옥이는 벌써 그의 대답이 자기가 바라는 것은 아니라는 것을 알아차렸다.

"뭐라더라… 노력과 재능에선 평가하지 않을 수 없는 동무라던가. 그런데 또 뭐…"

자기를 돌아보는 올케의 눈길에서 이제 해야 할 말이 그리 유쾌한 것이 못 된다는 것을, 그렇지만 어떤 것도 속에 품고 있지 못하는 천성으로 하여 털어놓는다는 것을 직감했다.

"뭐 너무 열중하기 쉬워서 실수도 할 수 있는 그런 사람이라나? 그렇지만 어때? 바로 그런 사람이 일을 해도 큰일을 하니 말야."

"실은 말예요."

현옥은 자기의 결심을 올케에게 터놓으리라 맘먹었다.

"진호 동무 있잖아요. 전 그 동무하고…"

"왜? 무슨 일이 있었어?"

어떤 상서롭지 못한 일이 생긴 것으로 짐작하고 대뜸 심각한 표정을 짓는 올케를 보느라니 현옥은 왈칵 웃음이 솟구쳐 올랐다.

"아니, 아니예요. 아무것도 아녜요."

"?"

영숙이는 더욱 어리둥절한 표정으로 현옥이를 쳐다보았다.

이때 현관문이 열리는 소리가 나더니 곧 외투차림을 한 명식이가 문앞에 나타났다.

"오래 기다렸니? 일요일인데도 영 사정을 몰라주는 친구들이라니!"

피곤에 지친 듯한 기색을 띠운 채 방안으로 들어서는 오빠를 현옥이는 말끄러미 지켜보았다.

"어머니도 같이 오시지 않구!"

"오늘도 직장에 나가신 걸요. 무슨 큰일이나 하시는 것처럼."

"그래?"

말코지(물건을 걸기 위해 벽에 매달아 두는 갈고리)에 건 외투주머니에서 담배를 꺼내며 명식은 껄껄 웃었다.

"송이는 왜 보이지 않소?"

"옆집 경식이하고 썰매를 타느라 야단이예요."

"계집애가 썰매를 타?"

의자를 가득 채우는 둥글둥글한 몸집이며 어느 모로 보나 틀에 잡힌 오빠의 거동은 현옥이에게 이전보다 오빠가 한결 살뜰해진 것 같기도 하고 또 반대로 딴 사람처럼 엄엄하게 느껴지게도 했다. 하긴 이젠 대학을 졸업한 지도 십 년이 넘고 큰 부서를 맡고 있으니만치 그럴 법도 한 일이지만.

재털이(재떨이)를 응접탁 우에 가져다 놓은 영숙은 현옥이를 돌아보고는 방금 하던 자기들의 화제를 다시 꺼냈다.

"오늘 같은 날 집에 같이 오시면 안 돼요? 진호 동무하고 말예요."

"진호?"

무슨 대꾸를 하려던 명식은 쥐고 있던 담배대(담뱃대)에 불부터 붙였다. 다시 고개를 들려는데 이번에는 눈을 찌르는 담배 연기로 하여 미간을 찌푸리며 한 손으로 부채질을 했다.

현옥이는 물론 영숙이까지도 그의 이런 태도가 그에게 있어서는 지극히 드문 일, 즉 특별히 난감할 때만 나타내는 습관이라는 것을 아직 모르고 있었다.

매사를 정확한 판단으로 대하는 명식이에게 있어서 어떤 경우에도 결심이 명백치 않거나 거기에 해당한 리유(이유)가 석연치 않은 적이라고는 한 번도 없었으나 때로는 지금처럼 난처해하는 경우도 있었다. 그가 난처해하는 경우란 아무리 정당한 것을 가지고 론증한다 해도 상대가 리해하지 못하거나 리해하려고 하지 않을 때였다.

누구보다도 그는 엄연한 사실과 그 사실에 따르는 론리를 무시하고 무작정 자기 감정만을 고집하는 사람을 천성적으로 싫어했다.

그때마다 그는 은연중 미간을 찌푸리게 되는데 지금도 바로 그것을 예감한 것으로 해서였다.

사실 그는 이미부터 현옥이에게 자기가 알고 있는 모든 것을 털어놓고 얘기해주고 싶었으나 지금 단계에선 아무리 명백한 사실들을 가지고 말한다 해도 사랑에 들떠 있는 현옥이가 그것을 무작정 반박해 나서리라는 것을 모르지 않았기 때문에 차일피일 미루어오기만 했던 것이다.

그러나 이젠 더는 잠자코 있을 수 없었다.

"그렇지 않아도 내가 널 찾은 건 진호의 일 때문이야."

워낙 에둘러 말하거나 상대의 비위에 맞춰 표현하기를 싫어하는 그는 꼿꼿한 눈길로 현옥이를 마주보았다.

"그래 넌 그가 어째서 현장으로 가는지 그 리유를 알기나 하니?"

"현장이라니요?"

어리둥절해진 영숙은 그게 무슨 소리냐는 듯 현옥이를 돌아보았으나 더 놀란 것은 현옥이였다.

분명 오빠가 진호에 대해, 그의 탄원에 대해 어떤 의혹을 품고 있는 것 같기 때문이였고 그것으로 하여 미상불 자기 결심에 대해서도 찬성하지 않으리라는 직감에서였다.

더우기 일단 내린 결심에 대해서는 그를 안받침(뒷받침)하는 론거가 남달리 명백하고 확고한 오빠여서 그것을 철회시키기란 좀처럼 불가능하다는 것을 알고 있기에 더 불안해지는 것이였다.

"무엇 때문이예요, 갑자기."

오누이 사이에 심상찮은 감정이 교차되고 있다는 것을 느낀 영숙이가 이번에는 조심스레 물었다.

"하긴 그로선 어차피 그렇게밖에 처신할 수 없기도 했지."

"?"

현옥은 소름이 끼쳤다. 그러니 오빠 의혹이 아니라 그의 탄원을 정면으로 부정하고 있는 것이 아닌가!

"어차피라니요? 그건 무슨 말이예요?"

속심을 꿰뚫어볼 수가 없어 두려운 생각이 드는 오빠의 눈을 현옥은 공포에 질려 바라보았다.

"물론 나도 너의 결심을 단순하게만 보지는 않아. 너도 이젠 스물네 살이니까. 그러나 사람이란 일생에서 분별을 가리지 못하는 때도 있거든. 특히 청춘기엔 말이다. 누구나 사랑하는 사람의 일에는 맹목적으로 뛰여들기가 쉽지."

"맹목적이라구요?"

혼란되는 의사를 수습하기 어려웠으나 현옥은 있는 힘을 다해 침착하려고 애썼다.

이런 땔수록 용의주도한 오빠를 납득시키기 위해서는 고집이 아니라 자기에게도 사리정연한 리치(이치), 청춘에 대한, 인생과 생활에 대한 뚜렷한 신념이 있다는 것을 보여주어야 하리라는 생각이 들었기 때문이였다.

"아니예요. 오빤 뭔가 잘못 리해하고 있어요. 하긴 절 그렇게 볼 수도 있겠지요. 전 여태 너무나도 응석꾸러기로 자랐으니까요. 그렇지만 오늘에 와선 그렇게 산다는 것이 무의미하다는 걸 알게 됐고 또 그렇게 살아온 자신이 부끄러워요. 전 이제라도 보답을 하고 싶어요. 나를 키워준 당에, 고마운 우리 제도에. 그래서 그걸 실천으로 옮기려는 거죠. 진호 동무와 함께. 이게 분별없는 처산가요? 맹목적인 건가요?"

"…"

영숙은 너무도 심각한 문제여서 더는 끼여들 생각을 못하는 듯 숨을 죽인 채 앉아 있었다.

"난 너의 결심 자체에 대해서는 의견이 없어. 그러나 한 가지만은, 즉 리성(이성)이 맹목적인 신뢰로 바뀌여 사실을 정당하게 받아들이지 못하는 너의 주관만은 깨닫도록 해야겠단 말이다. 알겠니?"

현옥이가 제법 남들을 놀래우는 열정과 두뇌를 가지긴 했지만 순간순간의 인상에 사로잡히기 쉬워서 곧 자가당착에 빠져 버리군 하는 그런 소박한 처녀에 불과하다고 여기는 명식이였으나 지금은 자못 심중한 기색을 띄운 채 말했다.

"보건대 넌 확실히 아직 그의 현장탄원이 어떤 사정에 의한 것인지도 모르고 있어."

"제가 왜 몰라요?"

"글쎄 모른다니까…"

담배를 재털이 우에 걸쳐놓으며 이제부터 할 말에 대한 의의를 부여하려는 듯 명식은 얼마간 침묵을 지켰다.

"그럼 내 얘기하지."

그는 또다시 한동안 창밖을 내다보다가 말을 이었다.

"물론 우린 어떤 일이 있어도 우리나라의 연료를 만들어야 해. 그게 바로 주체야금법을 실현하는 길이니까. 그래서 우리도 작년에 석 달이나 현지에 가 있지 않았니. 제철소에 말이다. 구체적으로 따져본 결론이 뭔가? 지금 단계에선 도저히 대용연료, 즉 우리나라의 연료를 쓰기는 어렵다는 것이였어. 왜냐하면 열량과 연재(그을음) 때문이였지. 우선 그 연료를 쓰면 1800도의 용해온도를 보장할 수 없는데다가 로 구조에 막대한 영향까지 미치게 되거든. 물론 이외에도 사소한 결함들이 많지만… 우린 이 연구결과에 대해 당에 보고 올리면서 아직 로에만은 중유를 계속 취입할 수밖에 없다는 데 대해서도 제기했지. 모름지기 이제 거기에 대한 해당한 대책이 취해질 게다. 그런데 진호, 그 친구는 제 고집대로 자기가 연구해오던 연료를 공장에 시험도입까지 했지. 그것도 부에서 반대하리라는 것을 알고 아무 토론도 없이 말이다. 결과가 어떻게 됐니? 숱한 자재와 설비가 투하된 다음에야 그게 아무런 의의도 못 가진다는 걸 알았거던. 나도 그 사고심의에 참가했지만 국가에 적지 않는 손실을 끼쳤단 말이다. 자- 이 책임을 누가 지지? 누구던 이 책임을 져야 한다는 거야 명백한 일이 아니냐."

"그럼 그 동무가 사고 때문에 현장으로 간다는 거예요?"

현옥은 경악에 차서 부르짖었다.

"그건 부인할 수 없는 사실이야. 누구나 다 그렇게 인정하고 있고. 너도 생각해보렴. 그래 지금 누가 이렇다 할 담보도 없는 기술안을 위해 현장으로 간단 말이냐? 더우기 이미 불가능한 것으로 당에까지 보고된 기술안인데 말이다."

"아니예요. 그렇지 않아요. 물론 그가 사고는 냈어요. 그렇지만 그는 대학 때부터 그걸 연구해왔어요. 그 하나를 위해서 모든 걸 바쳐왔단 말이예요."

"대학 때부터가 아니라 십 년을 하나의 과제에 바친 사람도 많아! 문제는 연구를 해왔다는 것이 아니라 사고를 냈다는 데 있어! 이걸 봐라!"

명식은 한결 나직한 소리로 말을 이었다.

"사회의 매개 성원들은 누구나 자기에게 맡겨진 특정한 사업을 해야 할 사명을 지니고 있는 게 아니냐. 때문에 누구에게나 자기의 궤도가 있고 그 궤도에서만 달려야 하는 거야. 바로 그게 사회와 조직의 요구니까. 아무리 다른 길로 가고파도 주어진 궤도를 함부로 벗어나선 안 돼! 그건 마치도 하나의 과잉분자가 물질의 규칙적인 운동을 파괴해버리는 것처럼 그런 사람은 본의 아니게 다른 사람들, 나아가서는 집단까지도 혼란시켜놓기 때문이지. 이게 바로 우리 생활방식이고 이것을 어길 땐 그만한 대가를 치러야 하는 것이 또 우리의 생활법칙이야."

"아니예요. 그런 게 아녜요. 오빤 아무것도 모르고 있어요."

위급한 정황에 부딪칠 때마다 언제나 그러하듯이 일정한 한도 내에서 견지하던 자제력을 잃어버린 현옥은 벌써 자기의 감정과 행동을 조절할 능력도 의지도 다 잊어버리고 말았다.

"모르고말고요."

현옥은 더욱 큰소리로 부르짖었다.

"그가 현장으로 가는 걸 누가 지지해준 줄 알아요? 당 위원회에서 해주었단 말이예요. 그렇다면 어째서 당 위원회에서 지지해주겠어요?"

명식의 입가에는 곧 쓸쓸한 미소가 어렸다.

"거야 지지해주구 말구. 그래 앞길이 구만 리 같은 사람한테 어떤 딱지를 붙여 내려 보낼 상싶니? 사람 문제를 그렇게 소홀히 취급하지는 않는 법이야. 더우기 그는 자기가 어떻게 되리라는 것을 알고 한발 먼저 당 위원회에 찾아가 제철소에 보내달라고 했거던. 얼마나 역빠른 처사냐. 어떻게 보면 현명하기도 하고. 그러니 당 위원회에서야 그의 제의를 받아들이는 수밖에. 그런데 문제는 그가 당 조직의 관대한 처사를 악용하여 도리여 사람들을 속이는 데 있어. 너한테처럼 말이다. 그래 네가 이걸 알기나 하니? 이런 걸 알고 한 결심이냐 말이다.”

“?”

현옥이의 두 눈은 갑자기 무엇에 질겁한 사람처럼 대번에 휘둥그래졌다.

‘설마? 아니야! 진호 동문 절대 그런 사람이 아니야. 어떻게 그처럼 진실한 그가 사람들을 속이고 나를 속인단 말인가! 어떻게 그처럼 비렬(비열)하게 자기를 위장한단 말인가! 그럴 수 없어! 절대로 그럴 수 없어!’

심장이 당장 흉벽을 헤치고 밖으로 터져 나올 것만 같아 그는 저도 모르게 가슴을 부둥켜안았다.

사실 명식은 진호를 헐뜯거나 과장하여 비난할 생각은 꼬물만큼도(조금도) 없었다.

그가 진호에 대해 이렇게 얘기하는 것은 어느 모로 보나 그의 현장진출을 사고에 대한 책임, 생활공식을 어긴 데서 오는 필수불가결의 조치로밖에는 달리 볼래야 볼 수 없기 때문이였다.

아무리 복잡한 문제도 그에게는 하나같이 다 명백했는데 그것은 그가 세상만사를 대하는 척도가 남달리 명료한 데 있었다.

어떤 문제가 제기되면 그는 거기에서 그런 일이 일어날 수 있는 요소들과 과정들, 특히 그 일에 내포돼 있는 사람들의 감정에 대해선 일체 무시하고 오직 옳으냐, 그르냐, 할 수 있느냐, 없느냐 하는 타산에 기초하여 결론을 도출해내는 것이었다.

그 엄밀한 타산이야말로 심사사업을 책임진 자기에게 없어서는 안 될 가장 필수적이며 또 제일 귀중한 무기라고 여기고 있었다.

때문에 일부 사람들한테서는 왕왕 '절대치'라는 비난을 듣는 경우가 있었지만 실제에 있어서는 사소한 결함도 나타낸 적이 없는 것으로 하여 언제나 남다른 평가를 받아오는 그였다.

"…"

현옥이는 뭐가 뭔지 도무지 갈피를 잡을 수 없었다.

무작정 오빠에 대한 불만이 솟구칠 뿐이고 그만치 진호를 보고 싶기만 했다. 당장 눈물이 쏟아질 것 같아 그냥 앉아 있을 수가 없었다.

"좋아요."

튕기듯 자리에서 일어난 현옥은 단호한 눈길로 오빠를 쏘아보았다.

"오빠가 그 동물 어떻게 본대두 좋아요. 전 결심대로 하겠어요. 이젠 저도 자기 처신을 어떻게 해야 한다는 것쯤은 알고 있으니까요."

"누이!"

총총걸음으로 나서는 현옥이를 따라가며 영숙이가 소리쳤으나 명식이가 만류했다.

"놔두오."

"그럼 어째요?"

"그만큼 얘기했으니 저도 무슨 생각이 있겠지."

남들이 엄두도 못 낼 일을 곧잘 결심할 뿐 아니라 행동으로 옮기기까지 하는 현옥이지만 그런 처녀들이 흔히 그런 것처럼 인차 또 자기에 대해 뉘우치기도 한다는 것을 알고 있는 명식이였다.

그러나 지금은 불안도 없지 않았다.

그런데는 현옥이 같이 현실을 공식처럼 받아들이는 단순한 초학도들일수록 일시적인 충동에 못 이겨 엉뚱한 짓을 저지르기 십상이기 때문이였다.

2장

나는 증명할 것이다

5

"이번 주 내로 떠나겠다? 그러니 아무래도 난 동무가 떠나는 걸 보지 못하겠군그래."

기술국장 성문규는 나직이 혼자소리처럼 중얼거렸다.

환갑이 가까웠으나 나이에는 어울리지 않게 반반이 옆으로 빗어넘긴 머리며 빠른 하관에 깊숙이 패인 눈확(눈구멍), 더우기 가냘프리만치 연약한 두 어깨는 한눈에도 일생을 과학에만 바쳐온 사람이라는 것이 유표했다.

움직임이 없는 몸가짐과 상대방이 무안을 느낄 정도로 뚫어지게 바라보군 하는 눈길은 무식과 허위를 질시해 마지않는 사람에게만 특유의 싸늘한 랭기(냉기)를 풍기고 있어 누구도 함부로 접근하기를 주저했다.

오직 실력만을 당자의 인격으로 치부하는 그를 어떤 사람들은 도면밖에 모르는 꼬장꼬장한 '도감'이라고 했지만 진호는 이 국장이야말로 자기 직무에 가장 충실한 사람이라고 믿는 터였다.

그는 오늘 저녁차로 새로 건설된 북부지구 강철 공장의 조업 개시를 위한 기술일군(일꾼)으로 떠나야 했다. 그래서 미리 작별인사를 하려고 찾아온 진호였다.

"떠나기 두렵지 않소?"

언제나처럼 꼿꼿한 눈길로 직시하는 것이어서 진호는 그가 어떤 뜻으로 묻는 말인지 가늠할 수가 없었다.

"두렵다니요?"

"아니 됐소. 내가 괜한 걱정을 했는가 보오."

진호는 그와 단둘이 마주앉고 보니 배치돼서 첨 만나던 때의 일이 문득 떠올랐다.

그때도 두서없는 질문을 마구 퍼붓고는 어찌도 지독스레 쏘아보던지 거북하기 짝이 없었다.

"뭘 전공했소?"

"열공학입니다."

"열공학? 그런데 어째 여기 왔소?"

"…"

"희망이요? 아니면 배치됐기 때문에 왔소?"

"배치됐기 때문에 왔습니다."

"희망은 뭔데?"

"연료연굽니다."

"연료연구?"

워낙 까끈까끈하게(깐깐하고 끈덕지게) 파고드는 사람이 질색인 진호는 틀림없이 이 늙은 직속상관이야말로 일단 마주하면 시시콜콜한 질문을 끝없이 들이댈 검질긴(성질이나 행동이 끈덕지고 질긴) 사람 같아 앞으로 지낼 일이 은근히 걱정스럽기까지 했었다.

아닌 게 아니라 문규는 부서에 새 사람이 나타날 때마다 깊은 주의와 흥미를 가지고 살피군 했는데, 그때의 눈길은 마치 새로 사온 금붕어를 어항에 띄워놓고 지켜보는 사람의 유쾌하고도 진지한 시선이었다.

일정한 만족이 가는 경우엔 혼자 고개를 끄덕이였지만 불만을 느끼게 될 땐, 특히 맡겨진 일을 응당한 수준에서 처리하지 못할 땐 가차 없이 발가벗기는 것이었다.

"보아하니 동문 대학에서 오 년 동안 공밥을 먹었군 그래. 여기선 동무가 할 일이 없는데 어떡하면 좋겠소?"

이럴 땐 옆 사람까지도 소름이 끼쳤다.

진호도 그때면 등골이 다 오싹했으나 한편으로는 야릇한 호기심도 누를 수 없었다. 이런 국장이 자기에게 어떤 평가를 내리겠는지 자못 궁금했던 것이다.

자기 사업에 대한 확고한 자신심이 없는 일군이란 결코 이와 같은 과단성이 없다는 것을 그리고 이런 무자비한 일군의 심판이야말로 정당하다는 것을 그도 알고 있었다.

그런데 어느 날 진호는 처음으로 자기가 담당한 도면을 그 앞에서 심사받게 되었다.

이때에야 그는 비로소 심사라는 것이 재판과 비슷하다는 것을, 담당자의 처지가 법관들 앞에 나선 피고와 같다는 것을 알았다.

자기를 중심으로 반원형으로 빙 둘러앉은 심사원들은 마치 검사가 피고의 죄목을 라렬(나열)하듯이 서로마다 노트를 펼쳐들고 도면에서 료해한 부족점들을 들춰내기 시작했다.

"내열성을 담보할 수 없습니다."

"안전계수의 허용한계가 정확치 못합니다."

마치 한 장의 도면에서 결함을 얼마나 들추어내는가 하는 것이 자기 능력을 평가받는 기준이기라도 한 것처럼 그들은 하나같이 열을 올리며 따지고 들었다.

이런 의견들에 대해 어떤 태도를 취해야 한다는 것을 몰랐으며 또 이전의 관례가 어떠하다는 것조차 알 수 없었던 진호는 첨엔 당황했으나 점차 안정이 되면서 해당한 론거들을 가지고 반박하기 시작했다.

그 열자동조절기 도면을 위해 숱한 밤을 밝힌 그였고 현지에도 몇 차례 출장까지 다녀왔던 것이다.

비록 자기의 창안품은 아니였지만 배치 받아 처음 맡은 과제라는 것으로 하여 자기 것 이상으로 고심을 들였다.

이렇게 되자 심사원들의 질문은 점점 까다로와졌고 진호 역시 그들의 의견에 대한 반박에 열을 올리지 않을 수 없었다.

그런데 눈을 게슴츠레 감고 있던 몸집이 뚱뚱한 번대머리(대머리의 낮춤말) 심사원이 진호를 참을 수 없게 만들었던 것이다.

　그것은 이미 충분히 납득이 가게 설명을 했음에도 불구하고 다시금 그 부분에 대한 질문을 들이대는 데도 있었지만 보다는 그 엉터리없는 의견인즉 사실상 열자동조절기의 운명에 '사형'을 선고하는 것과 같이 무지한(거칠고 우악스러운) 것이기 때문이었다.

　그런데도 그는 줄곧 범 잡는 포수처럼 비만한 표정에 숨길 수 없는 우월감을 담고 어디 대답해보라는 듯이 기세등등해 있는 것이었다.

　"도대체 부끄럽지도 않습니까? 그 부분 구조가 왜 그렇게 됐는가 하는 건 도면을 따져보면 다 알 수 있단 말입니다. 도면을 원리적으로 따져볼 능력만 있다면 말입니다."

　"아-니 이 동무가?"

　모두가 불손하기 짝이 없는 진호를 아연한 눈길로 쳐다보았다.

　제기된 의견을 창안자에게 전달하고 그대로 수정하도록 도와주는 것이 담당자로서의 의무인데 이 풋내기는 사소한 의견에 대해서까지도 굳이 반박해나서는 게 아닌가!

　"여보! 누가 동무의 살점을 뜯어내자오? 영 태도가 글렀거던!"

　번대머리가 책상을 두드리며 로골적인(노골적인) 불만을 표시했다.

　심사위원들도 이 겸손치 못한 초학도의 소행에 격분을 금할 수 없다는 듯이, 또 처음부터 신발을 단단히 신겨야 하리라는 기대를 가지고 심사를 책임진 문규에게로 시선을 옮겼다.

그때에야 진호는 자기를 쏘아보고 있는 국장을 보았고 자기의 행동이 지나쳤음을 느끼지 않을 수 없었다.

"미안합니다. 전 사실…"

"뭐라구?"

칼날 같은 목소리였다. 당장 쏟아져 나올 그의 힐난을 기다리며 진호는 묵묵히 고개를 숙였다. 그러나 그의 말은 전혀 뜻밖이었다.

"어쨌단 말이요? 뭐가 잘못됐다는 거요? 그래야 하오! 담당자의 태도는 백번 그래야 옳단 말이요! 이런 태도야말로 도면에 자기의 지혜와 정력을 다 바치고 있다는 게 아니겠소. 자기 과업을 책임적으로 수행한다는 증거가 아닌가 말이요."

체소한(몸집이 작은) 몸을 부들부들 떨며 주먹을 흔들어대는 국장의 흥분한 모습에 진호는 놀라지 않을 수 없었다.

"전에도 말했지만 이때까지 우리의 심사는 심사가 아니라 재판이였소. 엉터리없는 재판! 어째선가? 그건 담당자의 노력이 도면에 가해지지 않기 때문에. 담당자까지도 "예 그렇습니다. 저도 그렇게 생각합니다.""거긴 아직 그런 결함이 있습지요." 하고 거리낌 없이 말하군 했지. 부끄러운 줄도 모르고 말이요. 이거야말로 얼마나 무책임하고 맹목적인 태도요. 그러니까 결국 허 동무와 같은 한심한 질문을 한단 말이요. 허 동무! 부끄럽지도 않소? 그러나 보오. 이 동무! 진호라고 했던가? 얼마나 깊이 연구했소. 얼마나 뜨거운 사랑을 도면에 쏟아 부었는가 말이요. 진호 동무! 앞으로도 절대로 그런 고집을 버리지 마시오. 알겠소?"

그때부터 진호는 그에게서 어떤 매력적인 것을 가려볼 수 있었고 그의 사고의 구체성에 대해 느끼지 않을 수 없었으며 특히는 이 국장이 자기 사업을 완전히 도통하고 있다는 것을 인정하지 않을 수 없었다.

'이런 일군을 다시는 만나기는 쉽지 않을 거야.'

진호는 국장에 대한 신뢰가 클수록 그와의 석별의 정 또한 금할 길 없었다.

"내 얘길 하나 할가?"

무슨 생각이 들었던지 그는 티 하나 없이 깨끗한 자주빛 책상을 손바닥으로 쓸면서 빙그레 웃었다.

"언젠가 손자 녀석을 데리고 문풍지를 바른 일이 있었는데 들어보오. 글쎄 얼마나 우스운 일인가."

말수가 적고 다소 답답한 사람이 그런 것처럼 그도 단둘이 마주앉아 있을 때에는 갑자기 수다스러워져서 대가리 꽁지 없는 얘기를 곧잘 꺼내놓군 했다.

"그 녀석이 풀칠을 해주면 난 의자 우에서 그걸 받아 붙였지. 한참 창문을 바르다보니 이놈이 제 손으로 아래 문턱을 바르고 있는 게 아니겠소. 아마 풀칠한 걸 들고 있기가 지루했던 게지. 그런데 발라놨다는 게 이건 엉망이란 말이요. 하긴 연필도 제 손으로 깎지 못하는 녀석이 그걸 어떻게 제대로 붙이겠소. 한데도 난 꽥 하고 소리를 질렀소. "이놈아, 누가 너보고 바르라던?" 별로 기분 나쁜 일도 없었는데 난 괜히 큰소리를 쳤지. 동무도 알지만 내야 원래 그런 사람이 아니요. 이상하게도 우리

집 아이들은 내가 한마디만 해도 몹시 서러워하는 게 아니겠소. 이붓자식(의붓자식)들처럼 말이요."

어째서 국장이 이런 얘기를 할가 하고 궁리해보았으나 진호는 좀 체로 료량(요량)할 수가 없었다.

"그 녀석은 입을 실룩거리더니 종내 눈물을 떨구더군. 그리고는 제가 방금 붙인 걸 손톱으로 하나하나 긁어내더란 말이요. 그 모습을 보느라니 어쩐지 불쌍한 생각이 들면서 내가 몹시 고약한 사람이라는 느낌이 드는 게 아니겠소. 무엇 때문에 앨 욕했을가 하는 후회가 들더란 말이요. 사실 자기도 할아버지처럼 해보려는 마음, 할 수도 있다는 생각이야말로 얼마나 기특한 것이요. 기특하다기보다 소중한 것이지. 우리의 현실은 아이들조차도 그렇게 되길 바라는 게 아니요. 그런데도 난 어린 마음속에 움트는 그 귀중한 싹을 억눌러버렸으니… 난 곧 자기를 뉘우치는 의미에서 앨 의자 우에 올려 세우며 말했소. "잘 실컨(실컷) 발라봐라. 제대로 붙이지 못해도 좋아." 하고 말이요. 그런데 글쎄 이 녀석이 붙일 념을 해야 말이지. 슬슬 눈치만 보는 게 아니겠소. 내 참! 기가 막혀서… 별치 않은 일이였지만 난 그날 저녁 잠을 다 못 잤소. 그때부터 난 아이들의 욕망, 그것이 비록 부질없고 하찮은 것이라 해도 최대로 묵과하기로 결심했소. 그 때문에 결코 그 귀중한 싹이 억제당해서야 안 되는 게 아니겠소. 안 그렇소? 내가 이 말을 하는 건 동무도 이 담에 참작하라고 해서요. 아이가 생기면 말이요."

그제야 진호는 그의 뜻을 리해할 수 있었다. 왜 이런 말을 하는지 짐작이 갔고 그럴수록 그에 대한 고마움이 가슴 속에 꽉 차오르는 것이었다.

이미의 실패를 두고 소침해질가봐 걱정하는 그, 어떤 경우에 처해도 창조에 대한 열정을 잃지 말라고 고무해주는 그, 그것이 없이는 삶의 보람도, 생활의 재미도 있을 수 없다고 당부하는 그가 아닌가!

그의 기대를 저버리지 않기 위해서도 백배의 정열로 일해야 하리라는 새로운 투지가 가슴 속에 사품쳐(격렬하게 흐르는 강물처럼 요동쳐) 오르는 것이었다.

실상 문규는 지금 진호를 위해 뭔가 더 각근하게(정성을 다해 힘껏) 대해 주고 싶은 심정에 휩싸여 있었다. 그것은 그를 진정으로 도와주지 못했다는 후회가 이제 와서 더욱 가슴을 허비기(날카롭게 긁어 파기) 때문이었다.

그는 진호의 실패가 많이는 자기 때문이라고 여기고 있었다. 물론 미흡한 점이 있는데다가 사전 토론도 없이 도입시킨 데서 온 후과(잘못된 일의 결과)이기도 했지만 보다는 자기가 첨부터 그의 기술안을 소격하게(소홀하게) 대해온 데 있다고 생각했다. 그런 가책으로 하여 뒤늦게나마 그의 남다른 포부를 각별히 고무해주고 싶은 것이었다.

사실 그도 첨엔 현장으로 가려는 진호를 만류하고 싶었지만 그 일에 대한 그의 각오와 열정을 리해하게 되면서부터는 자기의 생각이 한갓(한갓) 로파심(노파심)에 지나지 않는다는 것을, 대공(높고 넓은 하늘)에 깃을 활짝 펴야 할 뭇새를 조롱 속에 잡아두려는 부질없는 짓이라는 것을 깨닫지 않을 수 없었다.

그때부터 그는 당 비서에게 이런 권고를 했다.

"저런 사람이야말로 마땅히 창조의 일선에 서얍지요. 여기선 한 몫을 해도 바라는 데 가서는 꼭 열 배의 성과를 나타낼 사람입니다. 마치 태여날 때부터 그걸 위해 태여난 사람 같단 말입니다!"

그러나 불안도 없지 않았다. 정작 떠나보내자니 이제껏 느끼던 근심이 배로 중대되는 것이었다.

그것은 젊은 사람 일반에게 하게 되는 늙은이로서의 걱정만이 아니라 유독 진호에게만 해당되는 것 즉, 일단 옳다고 생각한 것에 대해서는 진심 하나에만 충만된 나머지 아직은 그것을 선뜻 받아들이지 않는 현실에 대해선 너무도 무관한 그것이었다.

그는 자기가 옳다고만 생각하면 누가 뭐라던 가능성 여부는 어쨌든 간에 무작정 달라붙는데, 특히 남들이 할 수 없다고 결론지은 것들이나 남들이 하다가 물러선 것일수록 더 큰 흥미를 느끼는 것이었다.

그야말로 수업시간에 강사가 "이건 아직 사람의 힘으로는 해결할 수 없는 문제입니다." 하고 말하면 기를 쓰고 달라붙을 그런 류의 젊은이였다.

사람들은 누구나 자기가 하려는 일이 쉽사리 되기를 바라며 그 어떤 장애도 없이 빨리 성사되기를 바라는 법이지만 반대로 자기가 하는 일에 시련과 난관이 있기를 바라는 사람도 간혹 있는 것이다.

이런 사람들은 위험과 위훈(위대한 공훈)이 약속된 생활이래야 흥미를 느끼며 의의를 찾는다. 아무리 바라던 것이라 해도 우여곡절이 없이 순탄하게 이루어지면 거기에서 그 어떤 보람도 느끼지 못하는 것이다.

하지만 이런 사람들은 언제나 자기를 외롭고 고독하고 간고한(어렵고 힘든) 처지에 빠뜨리기가 일쑤인데 바로 이런 사람 중의 하나가 진호였다.

이번 경우에도 여느 사람 같으면 자기의 현장진출을 놓고 주위 사람들의 시비에 신경을 쓰며 고민에 빠져 있기 마련이련만 그는 그런 기색이 전혀 없었다. 그래서 떠나기 무섭지 않느냐고 물어보았던 것이나 그런 내심조차 짐작하지 못하는 상실었다.

'하긴 그럴 수밖에! 워낙 제철소로 가겠다는 것이 소원이였으니까.'

자리에서 일어난 문규는 서류함을 열고 자기가 쓰던 고급계산기를 꺼냈다.

"이거라도 가져가오. 쓰던 거라고 나무라진 말고."

"이거야 저한테도 있는데요."

"그래도 가져가오. 이걸 주는 건 아무리 훌륭한 시도도 결과가 명백할 때만 빛이 난다는 걸 명심하고 두 번 세 번 따져주길 바래서요. 알겠소? 결코 쉬운 일이 아닐 거요. 그렇지만 절대로 의기소침해지진 마오. 일이란 능력보다도 필요성을 느끼는 사람이 언제나 먼저 비결을 찾는다는 걸 꼭 명심하오. 그 필요성이란 뭐겠소? 그건 바로 우리 당에서 간절히 바라고 있다는 것이 아니겠소."

'당에서 바라는 일!'

국장과 헤여진 그는 몇 번이고 이 말을 입 속으로 중얼거리며 자기 방으로 돌아왔다. 어떤 책임감이 새삼스레 어깨를 내리누르는 것이였다.

갑자기 복도 쪽에서 웅성거리는 소리가 나더니 문이 열리면서 낯익은 얼굴들이 일시에 우르르 밀려들었다.

강연회가 끝난 모양이였다.

모두들 진호를 보자 마치 오래간만에 만나는 사람처럼 반가와했다.

"다 돼가나?"

"다가 뭔가? 이제 겨우 시작일세. 무슨 수속이 그리도 복잡한지 원."

"그래 송별회는 언제쯤 하자나?"

"난 이제라도 준비됐으니 가자는 말만 기다릴 뿐이네."

"넨장! 신랑이라도 된 기분일세그려."

"가만가만 아까 그 할례혜성(핼리혜성)인지 뭔지 하는 게 언제 들이닥친다구?"

방금 있은 과학강연에서 들은 인상을 지워버릴 수 없었던지 한 친구가 심각한 표정으로 물었다. 오늘은 천체에 대한 강연이 있은 모양이였다.

"언제라던가? 어쨌든 멀지는 않아! 혹시 이번엔 그놈이 궤도변화를 일으켜 지구를 정면으로 들이받는 게 아니여?"

"설마? 그럼 우린 어떻게 되지?"

"제발 그런 끔찍한 소리는 하지도 말게!"

"걱정 마십시오. 여러분! 아무런 걱정도 하지 마십시오."

아무 말이나 재치 있게 둘러대는 기표라는 친구가 한 걸음 나서며 너스레를 떨었다.

"그땐 지구의 모든 사람들이 인공위성을 타고 다른 행성에 옮겨 앉게 될 테니 말입니다."

그러면서 그는 무슨 생각이 들었던지 옆에 있는 진호의 어깨를 철썩 갈겼다.

"자- 보십시오. 이 진호 동물 보십시오. 벌써 우리 시대의 새로운 위성을 타고 들끓는 새 행성으로 가지 않나. 이게 바로 우리의 과학이고 우리의 미래란 말입니다. 우리 모두 열렬한 박수로 이 우주비행사를 환영합시다. 단딴따…"

그의 입나팔에 맞추어 요란한 박수가 터져 올랐다.

"그런데 단독비행인가?"

이번엔 기표 뒤에 있던 키껏다리가 물었다.

"천만에요. 옆에는 꽃 같은 춘향이가 앉아 있지요."

"어랍쇼. 그러니 혼성비행이군그래."

또다시 "으하" 하는 웃음판이 터졌다.

이때 출입문으로 근식이라고 불리우는 친구가 고개를 기웃거리며 들어섰다.

떠들썩한 분위기와는 너무도 대조되는 그의 심각한 태도가 대번에 사람들의 시선을 끌었다.

무엇 때문인지 그는 친구들 쪽은 거들떠보지도 않은 채 제자리에 가 앉는 것이었다.

언제나 묘한 사건들과 남들이 모르는 비밀들을 용케 알아내가지고는 친구들을 놀래우군 하는 그여서 기술국에서는 청우계(기상관측에 쓰는 기압계)와 같은 존재였다.

그래서 친구들은 그를 근식이라는 이름 대신 '소식'이라고 불렀는데 한편으로 무슨 불만이 그리도 많은지 자주 부르터 있어서 그럴 땐 '근심'이라고도 했다. 그의 표정을 보고 '소식'이냐 '근심'이냐를 판별하군 했던 것이다. 그러고 보면 지금은 분명 무슨 '근심'이었다.

"모를 일인걸! 아무래도 모를 일이야!"

아니나 다를가 예보장치가 움직이기 시작했다.

친구들이 자기를 주시하고 있다는 것을 알자 그는 더욱 고개를 기웃거렸다.

"무슨 일이게?"

눈을 끔뻑해 보인 기표가 그에게로 다가갔다.

"진호 동무가 제철소에 가는 거 말이야. 희망이라는 건 거짓말이라면서?"

"뭐 누가 그래?"

"누군 누구야 심사실장이지. 심사원들 앞에서 진호에 대해 얘기하면서 희망이요 소원이요 하는 건 한갓 쫓겨 가게 된 처지를 타당화해보자는 궤변이라면서 그런 속임수에 넘어가지 말라고 했다잖아. 따져보면 그런 것 같기도 하고…"

얼른 그에게로 다가선 기표가 아무 말 말라고 어깨를 꼬집어 뜯으며 눈을 흘겨 붙였다.

무슨 영문인지 몰라 이쪽을 건너다보던 그는 그제야 친구들 속에 있는 진호를 발견하고는 입을 딱 벌렸다.

"아- 아니!"

그러나 이미 때는 늦었다.

두 눈에 펄펄 이는 불을 담고 있던 진호가 불시에 문을 차고 나갔기 때문이였다. 어찌나 급작스런 행동인지 누구 하나 붙들 념도 못했다.

"또 일을 쳤군! 그놈의 혀바닥(혓바닥)을 땜질해치우던지 해야지 이거야 어디…"

"왜 내가 거짓말을 했게?"

자신의 실책으로 빚어진 후과를 때늦게 감촉한 사람들이 그렇듯이 그는 제 편에서 도리여 성을 냈다.

"우린 뭐 그런 말이 있다는 걸 모르는 줄 아나? 아는 것도 입 밖에 내지 말아야 할 때가 있단 말이야."

"흠! 그렇다고 그렇지 않는 걸 참아야 해? 잠자코 있어야 하나 말야. 천만에! 사람이 제일 괴로운 일이 뭔지 알기나 해? 그건 바로 진심을 의심받는 거란 말이야. 알겠어?"

"…"

근식이의 이 말에는 누구 하나 아무 대꾸를 못했다.

6

"뭐라구요? 내가 사람들을 속인다구요? 쫓겨 가면서도 주먹질 한단 말입니까? 어디 다시 한 번… 도대체 사람을 어떻게 보기에…”

솟구쳐 오르는 오열로 하여 진호는 말을 이을 수가 없었다. 온몸이 와들와들 떨리기만 했다. 생각 같아서는 당장 앞에 있는 책상을 산산쪼각(조각)이 나게 박산(박살)내고만 싶었다.

“…?”

너무나도 불시에 들이닥친 일로 하여 명식은 물론 수표(결제)를 받으러 와 있던 지도원까지도 질겁한 눈길로 진호를 바라보았다.

무엇 때문에 진호가 이처럼 흥분했는지 리해할 수 없었던 명식이였으나 곧 짐작이 갔다.

그러나 자기가 결코 없는 사실을 만들거나 과장하지 않았다는 것으로 하여 특히 새로 배치돼 온 사람들에게 앞으로 명심해야 할 문제들을 언급하면서 실례로 지적했을 뿐이라는 생각이 들자 은근히 부아가 치밀어올랐다.

‘무엄해도 분수가 있지. 이건 너무 분별없이 날치는 걸!’

하지만 평소에도 자신의 행동을 감정으로가 아니라 랭철(냉철)한 리성으로 규정짓는데 버릇된 그는 웬만해서는 흥분하거나 성을 내는 일이 없었지만 이런 경우에는 한결 더 침착해지는 것이였다.

“그래서 폭탄을 지고 뛰여들었소?”

그의 표정은 마치 차 안에서 굉장한 폭발소리를 듣고 잠을 깬 사람이 무슨 충돌사고가 아닌가 하고 놀랐다가 “음 다행히도 충돌이 아니라 빵꾸(펑크)가 난 게로군. 그렇지만 꽤 시끄럽게(복잡하게) 됐는걸!” 할 때의 기색과 흡사했다.

"물론 사고를 냈습니다. 쫓겨 간다고 해도 할 말이 없구요. 그렇지만 어떻게… 어떻게 남의 진정까지 그렇게 무시합니까. 무슨 권리로 남의 진심을 함부로 모독하나 말입니다. 명백히 말해두지만 난 이미부터 현장에 나갈 걸 바랬고 또 그걸 위해…"

실장의 태도가 어떻던 간에 진호로서는 가슴 속에 소용돌이치는 울화를 내뿜지 않고는 견딜 수 없었다.

"이미부터?"

"이미부터지요. 이미부터구 말구요."

'흠 이젠 그렇게 둘러치는가?'

대학 때부터 연료를 연구해왔다는 말은 들었어도 현지로 갈 결심이였다는 건 금시초문인 명식이였다.

아무 말 없이 뒤로 돌아선 명식은 지도원이 가지고 온 문건들에 수표를 하기 시작했다.

진호는 그가 하는 일은 당장 집어던지고 이건 버릇도 없이 무슨 짓이냐고 소리치던가 아니면 너야 쫓겨 가는 놈이지 별다른 놈이냐고 따지고 들어 주었으면 싶었으나 수표를 다 하고난 명식은 그것을 간종그려 (가지런히 추려) 지도원에게 내밀며 나직한 목소리로 덧붙이기까지 하는 것이였다.

"이번 출장이 오래겠는데 일 없겠소?"

"괜찮습니다."

"그래도 기회를 봐서 한번 다녀가오. 어머니 될 사람한테야 역시 세대주(한 단위의 책임자나 집안의 가장)가 있어야 맘 놓이는 게 아니겠소."

실장이 당하는 무안을 목격한 것으로 하여 어느 정도 소침해 있던 지도원이였으나 명식이가 이런 관심을 돌려주는 바람에 그는 히죽 웃기까지 했다.

문을 나서면서 그는 불만스러운 눈길로 진호의 뒤통수를 한 번 찔끔 흘겨 붙였는데 보매 그것으로 실장의 친절에 대한 자기의 례(예)를 표시하려는 상싶었다.

그를 바래워준 길로 명식은 또 옆방으로 갔다. 급히 전달해야 할 것이 아니면 포치해야(버려두어야) 할 일이 있는 모양이였다.

방안에 우두커니 혼자 남게 되자 진호는 어쩐지 어처구니없기도 하고 허거프기도 했다.

일단 옳다고 생각하면 상대가 누구던 무작정 덤비는 그였으나 흔히 그런 사람들이 그런 것처럼 그 역시 뒤는 그리 질기지 못했다.

그러나 지금은 마음을 다잡고 분노에 박차를 가하며 명식이가 나타나기만을 기다렸다.

'도대체 자기가 나를 알면 얼마나 알기에!'

다른 것이라면 몰라도 그처럼 간절히 소원이였던 그 열렬한 지향, 대학 때부터 숱한 친구들의 동격과 선망의 대상이 돼오던 그 꿈같은 포부가 짓밟히는 데는 도저히 참을 수가 없었다. 아무리 쫓겨 가는 처지에 놓였다 해도 결코 그 진정만은 유린당할 수 없었다.

'어째서 사고만 따지는 건가? 어째서 마음속에 품은 간절한 지향은 리해하려고 하지 않는단 말인가!'

원래 상처란 일부러 남들이 거기만 자꾸 건드리는 것 같이 생각되지만 실은 그것이 각별히 민감하게 느껴지기 때문이라는 것을, 바로 그런 데서부터 자기의 격분이 더 무섭게 폭발되였다는 것을 그는 알 수도 없었고 또 알려고도 하지 않았다.

단지 지금 그의 가슴 속에는 자기의 량심(양심)과 진정을 모독한데 대한 울분과 분노 이것밖에는 아무것도 없었다.

다시 방으로 들어선 명식은 한결 부드러운 표정을 지으며 의자를 권했다.

"그럼 내가 잘못 리해하고 있었는가?"

진정인지 조손지(조소인지) 종잡기 어려운 목소리였다.

"난 사실 동무가 이미부터 그런 결심을 품고 있었다는 건 몰랐소. 더우기 지금이 누구나 현장에 가려 하지 않는 게 일반적인 현상이 아니요. 그리고 동무가 하려는 새 연료에 대한 연구 실태를 우린 이미 당에 보고 올리지 않았소. 당장은 불가능하다고 말이요."

성을 낼래야 낼 수 없는 스스럼없는 그의 태도를 보자 진호는 사실 이 실장이 어떻게 자기의 희망을 알 수 있으랴 하는 느낌이 들면서 어느 모로 보나 의심을 받을 수밖에 없는 자신의 서글픈 처지가 되새겨졌다. 그러자 자신에 대한 원통한 생각으로 하여 목이 꽉 메여 오르는 것이었다.

"대학 때부터라…"

명식은 천천히 고개를 끄덕이였으나 속으로는 전혀 다른 생각을 하고 있었다.

그는 실상 진호를 자기가 천성적으로 질시해 마지않는 그런 형의 인간, 즉 현실을 추상적으로 대하는 터무니없는 랑만주의자일 뿐 아니라 창조사업을 한답시고 자만심만 가득한 그런 부류의 젊은이로 간주했다. 때문에 지금도 남들이 자길 어떻게 보는지는 알지도 못하고 분별없이 날치는 것으로밖에 여기지 않을 수 없었다.

그러나 그는 결코 결론을 서두르지 않았다.

그의 특징은 문제의 본질을 재빨리 포착할 줄 아는 데도 있었지만 보다는 아무리 자기가 확신하는 것도 이모저모 구체적으로 타산해보고 그것이 원칙과 어떻게 되는가를 엄밀히 따져본 다음에야 결론하고 행동한다는 데 있었다.

바로 그 드팀없는(조금도 틀림없는) 타산과 원칙성으로 하여 여태까지 그처럼 까다롭고 하는 심사사업을 한 번의 오유(오류)도 없이 정확히 수행해오는 그였던 것이다.

"한 가지 물어보기요!"

이미 명백한 것이지만 그래도 자기 물음에 대한 답변이 어떤가에 따라 자기의 견해를 확증하리라 마음먹으며 그는 진호를 지켜보았다.

"그런데 어째서 그 결심을 오늘에 와서야 드러냈소? 현장에 가겠다는 것 말이요. 그거야 숨길 필요도 없는 훌륭한 결심이 아니요."

아무 생각 없이 한 말처럼 한마디 던졌으나 진호가 다른 기미라도 느낄가봐 그는 얼른 뒤를 달았다.

"내 말은 왜 사고가 있은 다음에야 그 말을 했는가 하는 거요. 그러니 모두들 잘못 리해하는 수밖에."

"…"

이 물음에는 뭐라고 대꾸할 말이 없는 진호였다.

부에 배치될 때부터 특히 태수와 헤여진 순간부터 그것 때문에 얼마나 고민이 많았는지 몰랐다.

첨 부에 왔을 때는 몇 해 동안 심혈을 바쳐온 자기 사업이 차페(차폐=가려 막고 덮음)된 것으로, 더는 이루어질 가망이 없는 것으로 여겨 락망(낙망)까지 했으나 곧 기술국에서 일하는 과정에 자기 기술안에 대한 가치를 인정받으려 했고 또 인정되리라 확신했던 것이다.

그리고 또한 자기의 결심을 말보다 행동으로 증명하는 데 버릇돼 있고 아무 일이나 미리 선포하고 하는 것은 말없이 하는 것에 비해 그 가치가 백 분의 일도 안 된다고 믿는 터여서 더욱 그는 자기 일을 누구에게도 공개하지 않았던 것이다. 그런데 정반대의 결과가 초래될 줄이야…

"어쨌던(어쨌든), 내 결심은 확고했지요. 대학 때부터 말입니다. 특히 이번 실수를 통해 그 결심이 더욱 굳어졌구요."

'실수를 통해? 그러니 이젠 또 자기 처지를 그렇게 변명하는가?'

"그래 이번엔 자신이 있소?"

"그거야 해봐야지요."

'하긴 이젠 그렇게라도 우기는 수밖에!'

공감을 표시한다는 듯이 고개를 끄덕인 명식이였으나 그것은 한갖 외양에 불과했고 속으로는 그의 말을 미련하기 짝이 없는 변명으로밖에 들을 수 없었다.

엄중한 실책을 저지른 사람일수록 자기의 행동을 남들 앞에서는 물론 자신의 량심에까지 저촉되지 않도록 정당화하려는 법이라고 생각하는 그로서는 진호의 이런 소행이 자기가 숨기려던 본심이 드러난 데서 오는 저렬(저열)한 흥분이라고밖에는 달리 여길 수가 없었다.

그의 판단에 의하면 사람에게 있어서 격분은 두 가지 경우에 나타나는데, 하나는 자신에 대한 부당한 평가에서 오는 것이고 다른 하나는 이와 반대로 자기의 수치스런 약점을 감추려다가 적발당하는 데서 온다는 것이였다. 그 폭발형태도 전자는 서서히 끓어오르지만 후자는 더없이 란폭한(난폭한) 법인데 진호의 경우는 모두가 후자에 속했다.

'진심이란 아무리 숨기려고 해도 객관들한테는 저절로 나타나기 마련일세. 한데 무엇 때문에 그처럼 떳떳한 것을 숨겨왔단 말인가! 그래서 누구나 량심만은 숨기지 못한다는 게 아닌가! 그런데도 이런 추태를 부려? 그래야 뭐 자신의 고립을 촉구하는 것으로밖에는 안 되네. 이 어리석은 사람아!'

그는 이처럼 단순한 속임수에 자기가 넘어가지 않는다는 것을 진호가 눈치챌가봐 더욱 진지한 표정을 지어보였다.

진호의 기색이 어느 정도 풀린 것을 확인한 명식은 이제부터 자기 차

레라는 것을 느끼며 이 자리에서 결판 짓지 않으면 안 될 문제, 즉 현옥이에 대한 문제를 머리속에 굴려보기 시작했다.

'뭐라고 한다? 그렇다고 무작정 두부모 자르듯 할 수야 없지 않나!'

상대방의 약점이 무엇이라는 것을 파악한 로련(노련)한 장기수가 어떤 수를 써야 일격에 멱장(외통수)을 안기겠는가를 궁리하듯이 그는 어떻게 해야 이 기회에 현옥이 문제를 원만하게 수습할 수 있겠는가를 따져보는 것이었다.

요즘 현옥이를 대할 때마다 그는 불안을 금할 수 없었다. 무슨 말을 할 때면 "그거야 내가 알아요?" "좋을 대로 하지요 뭐." 하며 아주 건성으로 대하군 했는데 그는 현옥이의 이런 태도가 마음의 문을 꼭 닫아 매고 속으로는 남다른 결심을 품을 때만 나타낸다는 것을 잘 알고 있었다.

그에게는 마치 아슬한 산꼭대기의 썰매 우에 앉은 진호가 출발에 앞서 같이 가자고, 어서 타라고 현옥이를 유혹하는데 그 유혹과 눈앞에 펼쳐진 황홀한 눈세계에 매혹돼버린 현옥이가 방정맞게도 벌써 한 발을 올려놓는 것으로만 여겨졌다.

진호로서야 운명이 가리키는 길이니 할 수 없겠지만 무엇 때문에 현옥이가 그 썰매를 타야 한단 말인가!

한데도 들뜬 련정(연정)에 포로된 현옥이는 다른 발마저 서슴없이 올려놓으려 하고 있으니…

그러나 따져보면 썰매 정도가 아니였다.

무작정 감정이 내키는 대로만 행동하기에 버릇된 진호에게 현옥이를 맡긴다는 것은 단 한 치의 오차도 허용하지 않는 그에게 있어선 마치 날이 선 면도칼이 제일 좋은 장난감이라고 하여 그것을 어린아이에게 맡기는 거나 다름없이 위험천만한 일로밖에 여겨지지 않았다.

'안 돼! 안 되구말구!'

명식은 도리를 저었다.

이때 전화종이 울렸다.

수화기를 들기 바쁘게 그는 곧 반색을 지었는데 그것은 기다리던 전화여서도 아니고 기쁜 소식을 전해주었기 때문도 아니었다. 다만 이제부터 치러야 할 어려운 담화를 다시 새겨볼 여유를 얻은 것이 기뻐서였다.

"여보시오."

자기 생각에 음해(한 가지 생각에 골몰해) 있느라고 상대방의 말은 듣지도 못했지만 그는 듣기나 한 것처럼 "네, 그렇습니다." 하고 중얼거렸다.

'어째서 난 이런 의심을 받는 걸가?'

창밖을 내다보면 진호는 이런 생각을 했다. 그러자 문득 한 가지 추억이 되살아났다.

무척 오래전 일이긴 했으나 어쩐지 생생한 표상으로 떠오르는 것이었다.

…중학교 다닐 때 일이였던가 싶다.

그해 겨울 시에서 있은 빙상 경기에 참가하느라고 학기말 시험을 치지 못했던 그는 미응시 과목을 퇴치하기 위해 기하(기하학) 선생을 찾아갔었다.

기하 선생은 얼굴에 주근깨가 다닥다닥한 키다리 녀선생(여선생)이였는데 평시보다 시험으로만 성적을 평가하군 해서 진호는 그를 좋아하지 않았다.

별로 미움을 산 적은 없었지만 수업 때면 한 번의 표정변화가 없는 것은 물론 마치 록음기(녹음기)를 틀어놓은 것처럼 강의안을 그대로 되풀이하는 것이여서 진호에게는 그가 꼭 공작실 뒤 벽에 세워놓은 대리석 조각상처럼 여겨졌다.

"학급 전원이 우등 이상의 성적이라는 걸 알지요?"

"녜."

원래 수학과목 일반에 흥미를 느끼고 있는데다가 며칠 동안 밤패워(밤새워) 준비를 했던지라 진호로서는 선생이 문제를 주기만, 그것도 될수록 어려운 문제를 내주기만 바랐다.

그런데 웬걸 시험지에 몇 자 써준 문제는 그 자리에서 한마디로도 대답할 수 있는 이등변 삼각형의 협동조건을 증명하는 것이였다.

대뜸 모욕을 당한 듯한 분함과 함께 그런 문제를 내주는 선생이 밉살스럽기까지 했다.

"아니 왜요?"

고개를 비틀고 앉아 있는 진호를 놀라운 눈길로 바라보던 선생은 한숨을 뿜으며 락심(낙심)천만한 듯 중얼거리였다.

"이렇게 쉬운 문제도 못 풀다니…"

무슨 생각이 들었던지 선생은 다시 책장을 번지기 시작했다.

틀림없이 보다 쉬운 문제를 찾고 있다는 것을 직감한 진호는 저도 모르게 자리에서 일어나 밖으로 뛰쳐나오고 말았다.

다음 날 수업에 들어온 선생은 진호를 쏘아보며 이렇게 말했다.

"이 학급의 기하 성적은 학년에서 꼴등이예요. 바로 저 진호 학생이 락제(낙제) 점수기 때문이예요. 앞으로 학급에선 저 동무에 대한 개별 방조(도움)를 잘해야겠어요. 알겠어요?"

학급 동무들의 불만에 찬 눈길이 쏠릴 때는 물론 성적표에 '6'이라는 수자(숫자)를 보면서 어머니가 놀랄 때도 그는 아무 말도 할 수 없었다. 그처럼 간단한 합동조건은 쉽사리 증명할 수 있어도 자기 마음을 증명해 보이기는 어려웠던 것이다.

지금도 그때와 같은 심정이라고 할까, 자긴 진심으로 바라 마지않았던 일인데 어째서 이런 의심을 받아야 하는지. 그때의 녀선생이 지금 앞에 있는 실장이라면 그때의 시험문제는 자기가 원해온 현장탄원이라는 너무나도 단순한 문제가 아닐 수 없었다.

'아무래도 나한텐 뭔가 석연치 않는 구석이 있는 모양이야. 그렇지 않고야 어째서 공정하기로 소문난 이 실장한테서까지 의심을 받는단 말인가!'

어릴 때부터 그는 걸핏하면 마른 때를 벗기는 버릇이 있었는데 그때마다 어머니는 이런 지청구를 했다.

"원, 무슨 애매한 소리를 듣자고 밤낮 그 버릇이냐? 당장 거두지 못 하겠니!"

이젠 그 버릇도 없어진 지 오래건만 여전히 애매한 소리만은 듣게 되는 자기였다.

수화기를 내려놓는 소리에 진호는 다시 실장에게로 시선을 옮겼다. 전화기에서 손을 떼지 못하고 있는 명식의 기색은 사뭇 심각했다. 뭔가 심상찮은 일이 있는 표정이었다.

그러나 명식이가 받은 전화란 심각하기는커녕 오히려 자기가 심사를 맡았던 X공장의 기계장치가 정상가동 되고 있다는 반가운 소식이었다.

이 소식이 그에겐 이제 치러야 할 어려운 담화가 락관적(낙관적)이라는 것을 암시하는 것이었으나 바로 그래서 그는 더욱 과묵한 표정을 지었다. 그런데다가 현옥이 문제야말로 터놓고 말하기 어렵다는 사정, 부득불 천성에도 없는 미사려구(미사여구)를 붙여가며 에둘러 말해야 한다는 난처한 사정이 그의 표정을 긴장하게 만들었던 것이다.

"그렇지 않아도 동물 한번 만나려고 했소. 현옥이 때문에 말이요."

일단 마음을 정하고 결심이 옳다는 것을 확신할 때마다 그런 것처럼 명식은 두 손을 맞쥐어 하나의 커다란 주먹을 만들었다.

"?"

현옥이라는 말에 진호는 저도 모르게 시선을 옆으로 돌렸으나 그런 행동이 비굴하게 느껴질 수 있다는 짐작으로 하여 다시 그를 똑바로 쳐다보았다.

실장을 대하는 순간부터 바로 그가 현옥이 오빠라는 생각이 없진 않았지만 그 때문에 조금이라도 감정을 속박한다면 그것이야말로 너절하기 짝이 없는 일이라고 여긴 그였다.

다만 그로선 이 자리에서 현옥이에 대한 말이 없기만을 바랐을 뿐이였다.

그런 자기의 생각이 얼마나 어리석었는가 하는 것과 함께 자기와 현옥이 사이에 있는 이 실장의 존재를 새삼스레 깨닫지 않을 수 없었다.

"난 여태 둘 사이를 좋게 생각해왔소. 물론 지금도 그렇게 생각하고 싶고… 그런데 어떻소? 걔가 요즘 좀 들뜬 게 아니요?"

"…?"

"첨 출판사에 배치 받았을 땐 그래도 제 딴의 포부가 있었는데 요즘은 영 안착을 못하거던…"

어떤 일에서나 사실을 피하고 모가 나지 않게 두루뭉술하게 테두리만 만지는 것을 싫어하는 명식이로서는 자기가 지금 진호를 그렇게 대하고 있다는 것으로 하여 저으기(적이) 괴로왔다.

"어떻소? 동무 보기엔."

"?"

진호는 자기의 신경이 악기의 현처럼 어떤 나사에 감겨 점점 팽팽하게 헤기우는(당겨지는) 것을 느꼈다.

"하긴 아직 철이 없는 데도 있겠지. 그렇지만 동무가 옆에서 좀 잘 타일러주오. 안착해서 일하도록 말이요. 동무도 알겠지만 사랑이란 무엇보다 서로의 뜻을 귀중히 여겨주는 데 있는 게 아니겠소."

자기가 속에도 없는 소리를 하고 있는 것으로 하여 명식은 얼굴이 뜨거웠으나 짐짓 태연한 표정을 지었다.

'그렇다고 내가 못할 말을 한 건 아니니까. 한데 이 친구가 내 말의 참 뜻을 리해하기나 했을가? 제발 짐작이라도 해주었으면 좋으련만…'

옴짝 안하고 책상 아래 쪽 어딘가를 응시하고 있는 진호의 태도로 봐서는 아직 자기의 의도를 짐작하지 못하고 있는 것 같았다. 하지만 아니였다.

진호는 그의 말에 담긴 뜻을 충분히 리해하고 있었다.

'타일러주라고? 뜻을 귀중히 여겨주라고? 이거야말로 더는 현옥이를 가까이 하지 말라는 경고가 아닌가! 아니 당장 손을 끊으라는 선고가 아닌가! 그러니 이제 와선 포부는 물론 순정을 기울인 사람까지도 의심하는 것이 아닌가! 아-'

팽팽하니 감겼던 현이 대번에 뚝 하고 끊어진 것을 느낀 그는 저도 모르게 벌떡 자리를 차고 일어났다. 의자가 뒤로 벌렁 넘어졌다.

아까보다도 몇 배 더한 격분이 온몸을 사로잡는 것이였다.

저로서도 무슨 짓을 저지를지 모를 그런 위험한 정신 상태에 빠져든 순간, 그는 갑자기 어떤 힘이 자기를 힘껏 다잡은 것을 느꼈다. 그것은 다름 아닌 현옥이의 손길이였고 목소리였다.

"무슨 상관이예요. 오빠가 우리 일에 무슨 상관이예요. 제가 동물 믿고 리해하면 그만이지 오빠가 뭐예요. 참아요. 제발 그러지 말아요."

그 목소리에 쫓기듯 진호는 부랴부랴 복도로 뛰쳐나왔다.

7

전기기관차 공장의 오랜 조립기능공인 리무원은 현관에 들어서서 외투를 벗으려다 말고 한자리에 굳어지고 말았다.

불도 켜지 않은 방안에 홀로 앉아 무슨 골똘한 생각에 젖어 있는 아들의 모습이 문짬(문에 난 틈)으로 엇비슷히 보였기 때문이었다.

'흠 정작 떠나자니 생각이 많은 게지?'

입가에 미소를 띤 채 그는 잠시 한자리에 서 있었다.

후리후리한 키에 량(양)쪽으로 보기 좋게 벗어져 올라간 이마, 그 밑에서 빛을 뿜는 억실억실한(선이 굵고 시원시원한) 두 눈은 젊은 시절 무척 호남이었다는 자취를 느끼게 했으나 칼자리처럼 깊숙히 패인 주름살과 뾰족한 턱은 그에게서 선량한 인상을 모두 압도해버리고 몹시 표독스런 감을 느끼게 했다.

그러나 그는 조금도 폐롭지(남에게 폐를 끼치지) 않았거니와 거칠지도 않았고 오히려 더없이 부드럽고 친절해서, 그를 아는 사람이면 누구나 사람의 성격은 외양이 아니라 눈에서만 나타난다는 것을 증명하는 산 실례로 되군 했다. 그의 눈빛은 그처럼 유순하고 부드러웠다.

직장 로동자들이 까다로운 부속을 조립할 때마다 도면을 들고 와 그의 방조를 청하듯이 이웃들에게서도 어떤 사정이 생길 때면 꼭꼭 그를 찾아오군 했는데, 그때마다 그는 자기의 곡절 많은 인생갈피를 뒤적이며 교훈이 될 조언을 차근차근 일러주는 것이었다.

"그건 그냥 둬두는 게 어떻소. 요새 젊은이들한테야 그런 간섭이 필요 없지요. 그런 로파심이야 다 낡은 세대의 유물이 아니겠소."

이러는가 하면 말을 듣지 않는 아들 녀석 때문에 속을 태우는 사람에 겐 "아니 그 잘못은 애한테 있는 게 아니라 부모들한테 있는 것 같수다. 거짓이란 워낙 강제가 있는 데서만 생기니까요." 하고 말하군 했다.

확실히 그는 유능한 석공이 돌 모양만 보고도 그 결을 알아내듯이 세상만사의 리치(이치)를 쉽게 찾아내는 비결을 터득하고 있었다.

아마 그것은 소년광부로 일할 때부터 그의 어깨를 지리눌렀던(지지눌렀던) 천근의 광석 무게가, 또 청춘기에 그의 육신을 마구 찢어놓은 원쑤(원수)의 흉탄이, 그리고 또 첫 기관차를 무을(만들) 때부터 들어온 둔중한 해머소리가 그를 그처럼 원숙한 사람으로 벼려냈는지 몰랐다.

심각해진 아들의 모습을 보자 비로소 그는 여태껏 아들을 너무도 소격하게 대해왔다는 자책과 함께 얼마간의 고무라도 해주어야 하리라는 생각이 드는 것이었다.

방안으로 들어선 그가 스위치를 켰을 때에야 진호는 뒤돌아보았다.

"왜? 막상 떠나자니 섭섭하냐?"

책상 우에 널려 있는 책들을 일별한 그는 진호가 앉았던 의자에 가 앉았다.

"아닙니다. 그래서가 아닙니다."

서둘러 아버지의 말을 부인한 진호였으나 아버지의 시선에 부딪치자 얼른 고개를 숙이고 말았다.

아버지 앞에 마주서기만 하면 왜서인지 저절로 소심해지는 그였다.

남들에게는 더없이 지극한 아버지였으나 어쩐지 자긴 언제나 무슨 잘못을 저지르고 엄한 선생 앞에 서 있는 듯한 감을 느끼군 했다.

그는 그것이 아버지가 남달리 온순하고 선량하지만 언제나 변함없이 깨끗한 량심을 지닌 것으로 하여 아무리 엄격한 사람도 감히 획득하지 못하는 그런 존경심을 불러일으키기 때문이라는 것을 모르지 않았다.

아버지를 대할 때마다 느끼게 되는 이러한 구속감은 어머니도 마찬가진 것 같았다. 그래도 어머닌 놀라울 만치 용감한 때도 있어서 자주 선불을 걸기도(어설프게 건드리기도) 했지만 그것도 아버지가 말없이 지그시 바라볼 그때까지뿐이였다. 그때면 어머닌 자기를 곁눈질하며 조용히 한숨을 내뿜었는데 그 모습이 어떨 땐 몹시 애처롭기까지 했다.

례외(예외)로 되는 건 오직 누이동생 진희뿐이였다.

어머니와 자기한테 아끼는 정을 아버지는 몽땅 진희한테만 쏟아 붓는 듯싶었다. 그래서 진희는 봄 뜰에 놓여난 망아지처럼 마구 까불어댔다. 무슨 잘못을 타이를 때조차 조금도 타내지(창피하게 여기지) 않았다.

"그렇게 생각하시는 건 봉건이예요. 아버지!"

"어째서 봉건이란 말이냐?"

"봉건이 아니라고 우기는 건 주관이구요."

"주관?"

언젠가 동무들과 함께 자기 방에서 떠들어댄 적이 있었는데 다음 날 아버지가 무슨 계집애가 사내들과 함께 밤늦게까지 소란을 피우냐고 나

무람을 했을 때도 진희는 새물새물(입술을 약간 샐그러뜨리며 소리 없이 자꾸 웃는 모양) 웃기만 했었다.

"우리가 어떤 걸 생각해냈는지 아세요? 자동수 얘긴데 형타(틀)만 삽입하면 꽃도 나비도 새도 다 저절로 수놓아지는 그런 거예요. 아시겠어요? 그러니까 아버진 봉건만 아니라 주관주의에 보수주의까지…"

"어이구 됐다, 됐어. 꼭 투종공 같은 계집애라니…"

"투종공이라뇨?"

"조립된 설비에 감투를 해씌우는 사람들이지. 그렇지만 너처럼 마구 씌우지는 않아!"

"호"

이럴 때마다 어머니는 사랑을 독차지하군 하는 딸을 꼬부장한 눈길로 쏘아보았고 진호도 괜히 코날개(콧방울)를 벌름거리며 아버지를 흘겨보군 했다.

진호는 방금 전까지 낮에 있었던 일을 되새기고 있었다. 되새겨볼수록 점점 더 의혹과 불만을 느끼지 않을 수 없었다.

물론 자기가 사고를 낸 책임은 져야 한다는 것을 그도 알고 있었다.

그러나 리해할 수 없는 것은 아무리 사고를 냈다 해도 어째서 진정한 의도와 지향까지 타기(침을 뱉듯이 버림)해 마지않을 파렴치한 짓으로 치부되는지 또 그렇게밖에는 달리 인정되지 않을 수 없는지 그걸 알 수 없다는 것이였다. 그것이야말로 자기가 가장 귀중히 여겨온 보물, 누구 앞에서라도 당당히 자랑하던 보물에 더러운 오물을 끼얹어 이젠 사람들이 쳐다보기는커녕 도리여 미간을 찌프리고 피하게 된 것과 무엇이 다르단 말인가!

만약 모두가 그렇게만 생각한다면 진정 어디에 소용되는 것이랴! 더우기 그런 삶이 정당하다는 진리가 어디에 있는 것이랴!

우리는 누구나 집단과 사회의 리익을 위해 자신을 바쳐야 한다고 교육받아오지 않았는가! 그것만이 가장 고상하고 아름다운 미덕으로, 고결한 의무로 된다고 배우지 않았는가! 그런데 그렇게 살려는 것이 어째서 조소와 힐난의 대상이 돼야 한단 말인가!

여기엔 분명 사회의 요구와 사람들의 감정, 집단적인 의무와 그에 대한 견해, 이런 것들에 대한 리해할 수 없는 모순이 있는 것 같았다.

그는 자기의 이런 번민을 아버지에게 털어놓으려고 맘먹고 있었다. 이럴 때 가장 적절한 조언을 줄 사람이야말로 누구보다도 아버지라는 생각이 들었기 때문이였다.

"물론 저도 사람들이 그렇게 생각할 수 있다는 걸 모르진 않습니다."

자신의 감정에 가장 적절한 어조를 고르며 그는 낮에 있었던 일을 얘기하기 시작했다.

"그렇지만 어떤 경우에도 진실이야 인정돼야 할 게 아닙니까. 인정되지 않는다 해도 곡해되고 비난받지야 말아야지요. 아버지도 늘 말씀하시지 않았습니까. 진실보다 강한 것이 없고 그렇게 사는 사람보다 더 참된 사람이 없다고 말입니다. 그래 저의 결심이 진정이 아니란 말입니까? 제가 그렇게 살려고 하지 않는단 말입니까?"

이쯤하면 필경 아버지가 어느 정도의 반응을 보일 줄 알았는데 방바닥을 내려다보는 덤덤한 눈길은 조금도 변함이 없었다.

아버지의 이 태연한 기색이 진호의 불만을 한층 더 가중시켰다.

"그래도 이런 모욕을 참고 있어야만 합니까? 그저 기회가 나쁘다고 여겨야만 하나 말입니다. 그것이야말로 너무도 억울한 일이 아닙니까. 전 그럴 수 없습니다. 어떤 일이 있어도 전 나를 의심하는 모든 사람들에게 내 희망이 어떤 것인가를 똑똑히 알게 하고야 말 텝니다. 내려가도 그걸 알게 한 다음에야 가겠단 말입니다."

"…"

침묵을 지키고 있던 무원은 방바닥에 내려앉으며 진호에게도 앉으라고 손짓했다.

"모독이라…"

그는 아들의 말을 들으면서 무언가 고무가 될 말을 해주어야 하리라던 애초의 생각과는 달리 그 어떤 다른 책임감을 느끼지 않을 수 없었다.

아들이 이런 문제로 고민하고 있다는 걸 알았으면 좀더 혼자 내버려둘 걸 하고 아쉽게 여기고 있었다.

사람이 바로 살자면 필요한 고민은 거쳐야 하며 그 과정을 통해 더욱 굳세여진다고 믿는 그였다.

그는 어릴 적부터 아들을 일시 불합리한 환경에 반발하다가도 곧 그 환경에 휩쓸리고 마는 사람이 아니라 자기주장을 고집할 줄 아는 인간으로 키우기 위해 애썼다. 그런데 그 아들이 벌써 이렇게까지 성장한 것이 아닌가!

자기를 향해 뛰여오다가 넘어지면 배를 땅에 붙인 채 눈알을 두룩두룩 굴리며 일으켜주길 바라던 아들, 그 아들이 지금은 남다른 고민을 안고도 현실로 서슴없이 뛰여들고 있으니 이 얼마나 놀랍게 자란 것인가!

그때 넘어진 아들을 바라보며 일어나라고, 스스로 일어나야 용타고 (기특하고 장하다고) 일러주면 그 말에 벌떡 일어나 달려오던 모습을 볼 때처럼 지금도 못내 대견스러움을 금할 수 없었다. 하지만 앞자락에 묻어 있는 먼지만은 자기 손이 가야 했듯이 다 자란 자식이긴 하지만 아직도 자기의 충고가 필요함을 깨닫지 않을 수 없었다.

"그래서 분하다는 거냐?"

"분하지는 않구요."

"난 거기엔 분해하거나 억울해 할 일이 아무것도 없을 것 같은데?"

"?"

진호는 눈이 둥그래졌으나 무원의 얼굴에는 빙그레 미소가 어렸다.

"난 네가 그렇게 생각하는 건 뭐라고 할가? 한마디로 말해서 네 마음이 깨끗치 못한 데서 오는 게 아닌가 싶다. 남이 하지 않는 행동을 한다는 우월감이라고 할가."

"우월감요?"

어떤 위로나 동정을 바랐던 아버지한테서 도리여 충고를 듣는다고 생각하니 진호는 화가 치밀어 오르면서 서글프기까지 했다.

"아버진 제가 뭐 자기 행동에 대한 평가를 바라는 줄 아십니까? 아닙니다. 그게 아니에요. 전 다만 모든 것이 정당하게 사실 그래도 인정돼야 한다는 겁니다. 이게 진리가 아닙니까. 생활의 진리!"

자기도 철학을 론할 자격이 있다는 것을 강조하려는 듯이 그는 진리라는 말에 힘을 주었다.

"그럼 어디 네 말대로 따져보자. 그래 네가 기술안을 추진시키다가 실패한 게 사실이 아니란 말이냐? 그 일로 하여 어떤 책벌을 받는다 해도 아무 말도 할 수 없는 처지에 있는 것도 사실이 아니구? 이런 형편에서 현장에 나가게 됐는데 어째서 사람들이 의심하지 않는단 말이냐! 그거야 아주 자연스런 일이지 가만! 가만히 있어."

무원은 무슨 말인가 하려는 진호를 제지시키면서 다시 말을 이었다.

"넌 지금 자기의 마음을 알아주지 않는 데 대해 불만을 품고 있는데 그건 네가 순결해서나 순결을 바라서가 아니라 자신을 과신하기 때문에 그런 거야!"

"과신이라니요?"

"과신 아니믄? 그래 설사 넌 자기의 행동을 수류탄을 들고 적진으로 육박하는 영웅에 비기지야 않겠지? 너야말로 네 말대로 응당 가야할 길을 가는 게 아니냐! 열공학을 전문했으니 제철소에 가는 거고 원유가 없으니 그걸 대신할 연료를 연구하는 거고. 당에서 바로 그렇게 하라고 너를 공부시킨 건데 그리로 가지 않으면 어데로 간단 말이냐. 이게 바로 진리지. 그래 지금 네가 이 진리대로 생각하고 있니?"

"…"

"아니야! 넌 조금이라도 자기가 남다른 일, 남이 하지 않는 일을 한다고 여기고 있지. 그런데 반대로 의심을 받았거던. 그래서 불만을 품는 거야. 만약 네가 자기의 행동이 응당하고 평범한 것이라고만 생각한다면 절대로 그런 불만을 느낄 수가 없어. 왜냐하면 자기 일에 대한 확신과 정당성을 느끼는 사람은 언제나 너그러운 법이니까."

진호는 한숨을 쉬었다.

자기가 자신의 심정을 명확히 표현 못해서 그런지 아니면 아버지가 일부로 자기 심정을 리해하려 하지 않기 때문인지 까닭을 알 수 없으나 어쨌던 아버지는 자기가 바라는 대답을 피할 뿐 아니라 도리여 자기를 가혹하게 몰아세운다는 것을 느끼지 않을 수 없었다.

"그래 내 말이 틀렸니?"

"…"

무원은 아들의 기색에서 대꾸할 말은 가득하나 그것이 제대로 표현되지 않을 뿐더러 표현한댔자 자기의 심정을 리해하지 못하리라 생각하고 아예 단념해버리고 있다는 것을 알았다.

그도 맘 같아서는 아들의 감정에 편승해주고 싶은 생각도 없지 않았다. 그러나 그렇게 하는 것이 지금은 곧잘 자기만이 정당하다고 확신하는 아들의 버릇을 조장시킬 수 있다는 것으로 하여 도리여 준절하게(엄격하게) 대하는 것이었다.

"진리라는 것도 그렇지. 사람이란 많은 진리를 알아야 되는 법인데 너의 머리속에 있는 지식이란 아직 교과서나 남한테서 얻어들은 쥐꼬리만 한 것뿐이지. 만약 그게 진리의 전부라고 생각하면 넌 일생을 참봉(시 각장애인을 낮잡아 부르는 장님의 평안도 사투리)으로 살게 마련이야. 그런 의미에서 볼 때도 너의 걸음은 이제 겨우 시작이 아니냐. 그런데도 첨부터 투정이거던."

"그럼 그렇게 생각하는 게 나쁘다는 건가요. 그런 조소와 의심을 순순히 받아들여야 한단 말입니까?"

진호의 목소리에는 항변이라기보다 억울한 사람의 하소(하소연)가 어려 있었다.

"나쁘다기보다 졸렬하고 유치하지."

"아무리 그렇다 해도 사람들은 뒤에서 절 손가락질할 게 아닙니까. 저놈은 일을 망치고 쫓겨난 놈이다. 기술안을 완성하러 간다는 건 새빨간 거짓말이다 하고 말입니다."

"그게 어쨌단 말이냐? 그렇지 않다는 걸 증명하면 되는 거지."

"어떻게 말입니까?"

"행동으로!"

'행동으로?'

진호는 저도 모르게 아버지를 쳐다보았다.

"왜 자신이 없니? 네가 방금 말하지 않았니. 자기가 어떤 사람이라는 걸 증명해 보이겠다구. 그런데 그걸 말로가 아니라 행동으로 증명해야 하는 거야. 세상에 행동으로 실증하는 것보다 더 명백한 진리가 어디 있니?"

순간 진호는 비상한 충격에 몸을 떨었다.

'사실 자기의 헌신을 인정받으려는 것이야말로 어딘가 루추(누추)하고 비루한 짓이 아닌가! 그것은 도리여 자기의 량심을 비속화하는 것이 아닐 수 없다. 그래 행동, 아버지 말처럼 행동으로 보여주자. 나의 진정이 어떤 것인가를 새 연료를 만들어내는 것을 통해 보여주자!'

알지 못할 새로운 힘이 가슴 속에서 불끈 용솟음치는 것이였다.

"그러구 보니 넌 아직 사내가 못 돼. 사내가 아니라 졸장부야. 사내라는 게 자기에 대한 신심이 그렇게 얇아가지고 무슨 일을 한단 말이냐. 남의 눈치나 보는 눔이 무슨 사내냐 말이다!"

진호는 갑자기 뒤통수를 망치로 얻어맞은 것 같았다.

사내가 아니라는 아버지의 한마디 말이 백 마디의 힐책보다 더 아프게 가슴을 찌르는 것이였다.

'그래! 남의 눈치나 보는 내가 과연 무슨 사내란 말인가! 하찮은 고민에 시달리는 내가 무슨 대장부란 말인가!'

"물론 사람은 누구나 일생을 부끄럽게 살지 말아야지. 많은 일을 해서 말이다. 그러자면…"

벌써 진호에겐 아버지의 말이 귀에 들어오지 않았다. 당장 자기가 사내라는 것을 보란 듯이 증명해보이고 싶을 따름이였고 한시바삐 그걸 증명할 수 있는 현장으로 달려가고만 싶었다.

이들은 지금 각기 다른 생각을 하고 있었지만 내심으로는 실상 서로 만족한 기분 상태였다.

진호는 아버지가 자기의 심정을 다는 리해하지 않았지만 생활과 행동의 목표를 뚜렷이 정해준 것으로 하여 기뻤고, 무원은 무원이대로 아직은 많은 것이 부족하지만 그런 열정과 투지로 일한다면 아들이 더욱 참된 인간으로 성장하게 되리라는 믿음이 들기 때문이었다.

"그럼 이젠 당의 뜻을 꽃피우기 위해 강철전선에서 힘껏 일하고 있는 믿음직한 혁명동지가 있다고 믿어도 좋겠니?"

자리에서 일어난 무원은 두툼한 손을 진호 앞에 내밀었다.

"자"

순간 진호는 아버지의 얼굴에 몇 곱절 더한 기대가, 말로는 다 나타내지 않는 사랑이 물결치고 있음을 느끼지 않을 수 없었다.

담배를 꺼내 문 무원은 지나가는 말처럼 한마디 던졌다.

"한데 넌 나이가 그렇게 차두룩(차도록) 처녀두 하나 사귀지 못했니?"

뜻밖의 질문에 어리둥절해진 진호였으나 곧 시틋한(마음이 내키지 않아 시들한) 표정으로 대꾸했다.

"처녀는 사귀여서 뭘 해요."

늘 어떤 심각한 얘기를 한 다음에는 그와 대조되는 얘기를 꺼내군 하는 아버지였는데 그것은 주로 자기의 말이 어느 정도 효력을 나타냈다고 믿을 때였다.

"사실 그런 고민쯤은 옆에 살뜰한 처녀가 있으면 다 풀어지는 법이야."

불시에 현옥이의 모습이 떠오르면서 자기에도 그런 처녀가 있다는 말이 나가는 것을 진호는 참았다.

누구보다도 자기를 깊이 리해해주는 처녀, 그 처녀 하나의 믿음이 지금은 백 사람의 의심보다 자기에겐 더 큰 힘으로 된다는 것을 소리 높여 자랑하고 싶기까지 했다.

사실 그에게 있어서 현옥이의 존재는 온갖 조소와 힐난의 바다 속에서 자기를 지켜주는 유일한 의지의 섬이였을 뿐만 아니라 믿음의 섬이기도 했다.

이때부터 현옥이와의 관계를 아버지에게 터놓고 싶었던 그였으나 사귄 지 얼마 되지 않는 처녀를 두고 얘기한다는 것이 어쩐지 경솔하게만 느껴질 것 같아 말 못했던 진호였다.

그런데 아버지의 말을 듣고 보니 이제까지 숨겨온 것이 아쉽기도 했다.

'그래도 떠나기 전에는 말해야지. 아니 같이 와서 인사를 해야지! "저하고 같이 가는 동뭅니다." 하고 말하면 아버진 얼마나 놀라실까?'

그때의 광경을 그려보느라 저절로 웃음이 나갔다.

"아이 추워!"

갑자기 문이 활짝 열리면서 빨간 목도리를 목에 두른 진희가 총알처럼 방안으로 뛰여들었다.

"어머, 아버지도 벌써 오셨네."

무엇이 기쁜지 생글생글 웃는 눈길로 아버지와 오빠를 번갈아 쳐다보던 그는 갑자기 캐드득 하고 웃었다.

"자요, 오빠."

진호 앞으로 다가앉은 그는 손에 쥔 종이 꾸레미(꾸러미)를 내밀며 발쭉 웃었다.

"이게 뭐니?"

"뭐긴 뭐겠어요. 저의 선물이지. 근데 좀 좋은 걸로 하려고 했는데 어디 돈이 있어야죠."

입술을 뺏죽해 보인 진희는 옆에 있는 아버지를 할끔 쳐다보았다.

몇 겹으로 싼 하얀 포장지 안에서는 제도기가 나왔다.

"허 진희가 제법인걸?"

제도기를 든 무원은 처음 보는 물건처럼 신기하게 들여다보았다.

"아버진 뭘 준비하셨나요?"

"나?"

무원은 두 눈을 슴벅거리기만 했다.

"아무것도 없지요? 그런데도 엄만 뭐 아버지도 좋은 걸 준비하신다나? 엄만 오늘 백화점에 들리시겠다구 했어요."

어찌도 입을 재게 놀리는지 말이 다 끝난 다음에야 그 뜻을 깨달을 수 있었다.

"내가 왜 없어! 벌써 다 갖다났는데."

"어디요?"

방안을 돌아보는 진희의 눈길은 여전히 믿을 수 없다는 눈치였다.

"부엌에 가서 랭동기(냉동기)를 열어보렴."

"정말?"

손뼉을 찰싹 치며 자리에서 일어난 그는 뽀르르 부엌으로 달아나갔다.

"어디요?"

"거기 세워놓은 것 뵈지 않니?"

"피 맥주?"

"그래 어서 가지고 들어온! 뭐니 뭐니 해도 네 오빠 그걸 제일 좋아할 걸!"

그러면서 무원은 진호에게 한 눈을 찡긋해 보였다.

8

깊은 적막에 휩싸인 밤거리에는 흰 눈만 소리 없이 내리고 있었다.

미처 눈을 뜨기 바쁘게 무시로 쏟아져 내리는 눈송이들은 하나하나의 잎이 얼마나 크고 소담스러운지 귀를 기울이면 그 정가로운(매우 정갈한) 소리가 사분사분 들릴 것만 같았다.

가끔씩 몇 사람 안 되는 승객들을 태운 무궤도전차만이 수북이 내려 쌓인 눈을 말아 올리며 부드러운 음향을 남긴 채 사라질 뿐인데 전차가 사라진 뒤에는 본래보다 더한 정적이 거리를 뒤덮었다.

여느 때 같으면 깊은 사색이나 환상의 나래를 한껏 펼치게 할 화려한 은빛 적막이 지금 진호에게는 어떤 악몽처럼, 시시각각으로 자기를 집 어삼키는 절망의 무시무시한 심연처럼 여겨지는 것을 어쩔 수 없었다.

'아니야! 그럴 수 없어! 현옥이가 어떻게 그런 말을!'

그는 발밑에 밟히는 눈 소리로 하여 방금 한 현옥이의 말을 똑똑히 분간해 듣지 못한 것으로 치부했다. 그러나 가슴은 마냥 떨리기만 했다.

"제발 저한텐 솔직하게 말해주세요."

'솔직하게?'

바로 솔직하게 말해달라는 거기에 문제가 있었다. 방금 전에도 그렇게 말했었다.

숨을 죽인 그는 다시금 온 신경을 귀에 모은 채 다음 말을 기다렸다. 애오라지 자기의 짐작이 틀리기만을 바라면서.

"동무의 현장탄원이 진심이예요? 아니면 부득이한 사정 때문이예요? 혹은 남들이 말하는 것처럼 자기의 처지를 모면하기 위해 그런 결심을 한 게 아니예요?"

자기를 마주보는 현옥이의 의심스런 눈길에 부딪치는 순간 진호는 이제껏 애써 아니라고 부인해온 모든 것이 일시에 무너져 내리려는 것을 느꼈으나 은연중 다시 자기가 어떤 착각을 하고 있다는 기대에 매달렸다. 그만큼 그 말을 믿을 수 없었고 그대로 받아들이기가 무서웠던 것이다.

"왜 말이 없어요? 그걸 대답하기가 그렇게도 어려운가요?"

진호는 더는 자신을 속일래야 속일 수 없음을 느꼈다. 도무지 믿어지지 않는 사실이였지만 그대로 받아들이지 않을 수 없었다.

마치 불을 끄려고 필사의 힘을 다해 노력하던 사람이 옆에서 타오르는 더 세찬 불길을 보고는 도저히 자기 힘으로는 불가능하다는 것을 느낄 때와 같은 심정이라고 할가.

자기가 끄려는 불길은 의식적으로 부정하려는 내심이였다면 보다 더 세차게 타 번지는 불길은 부정할래야 할 수 없이 살아나는 현옥이의 목소리였다.

'아니야! 아니야!'

아무리 부정해야 이젠 그것이 부질없는 미련에 불과하다는 것을 가리지도 못하고 그는 여전히 속으로 중얼거렸다.

남들이 뭐라든 그만은 믿어줄 줄 알았고 만 사람이 다 의심을 해도 그 하나만은 자기의 진정을 리해해주리라고 여겼던 것이 아닌가! 그래서 온갖 모욕과 조소도 참아왔고 또 참을 수 있었던 것이 아닌가! 그런데 그마저…

가슴이 터질 것 같았다.

눈앞이 뿌옇게 흐려 아무것도 가려볼 수 없었다.

미지의 황홀한 생활을 위해 온갖 모욕을 참아가며 이룩해놓은 모든 것을 의심하는 현옥이의 가혹한 말, 본심을 속이지 말라는 현옥이의 비난은 그를 미치게 할 것만 같았다.

당장 돌아서서 현옥이의 뺨을 사정없이 후려치고 싶었고 그럴 수만 있다면 서슴없이 가슴을 빠개 보이려 '자 봐라, 그렇게도 내 마음을 모르겠니?' 하고 고래고래 소리를 지르고 싶었다. 그러나 고함은커녕 한 마디의 말조차 할 수 없었다.

그는 오늘에야 비로소 격분한 심정을 입 밖에 나타낼 수 있는 사람은 그래도 그 분노가 아직 덜한 것이라는 것을 깨닫지 않을 수 없었다.

'현옥이가 과연 이런 처녀였단 말인가!'

마치 자기의 인내성(인내심)이라도 시험하고 있는 듯한 진호의 침묵에 견딜 수 없어 현옥이는 고개를 들었다.

대답을 독촉해서라기보다 진호의 표정을 통해 그의 대답이 어떤 것인가를 가늠하기 위해서였다.

오빠의 말을 들을 때는 무작정 부인해 나서던 그였으나, 밤이 되어 오빠가 돌아가고 오빠를 은근히 편들던 어머니마저 잠든 뒤에는 여러 가지 의혹들이 꼬리를 물고 자기를 괴롭히는 것이었다.

특히 구체적인 사실을 놓고 따지고 들자 진호가 아무 대꾸도 못하더라는 오빠의 말은 그의 가슴을 서늘케 했다. 사소한 일에서조차 지나친 감정을 나타내군 하던 그가 한마디의 항변도 못했다는 사실은 그를 더없는 공포에 몰아넣었던 것이다.

그러면서 새 연료안이 실패했을 때 '이거 아무래도 무사치 못하겠는걸' 하고 음울한 기색을 짓던 일과 제철소로 가게 된 것이 확정되었을 때 그처럼 기뻐하던 그의 모습도 떠올랐다.

아무리 바라던 일이 성취됐다고는 하지만 집을 떠나고 정든 사람과 헤여지게 되였는데 어떻게 저처럼 기뻐할 수 있으랴 하는 의아한 생각이 없지 않았던 것이다.

'그럼 그것이 모두 허위였단 말인가! 자기의 허물을 가리우기 위한 과

장된 기쁨이였단 말인가!'

그럴 때면 그는 불시에 진호에 대해 무서운 생각이 들면서 자기라는 존재, 한 사내의 기만에 쉽사리 희롱당하고 있는 미련하기 짝이 없는 자기 자신이 눈물이 날만큼 통분스러웠으나 서둘러 그것을 부인해버렸다. 그것을 인정하기가 너무도 두려웠기 때문이였다.

그는 진호가 그런 의심을 받으면서도 자기에게 터놓지 않은 데 대해서는 제 나름의 리해가 있었다.

그것은 그에게 어떤 체면이 작용했을 수도 있었겠지만 보다는 자기가 어떻게 나올가 하는 우려, 즉 사랑하는 처녀와의 관계에 금이 가지나 않을가 하는 위구 때문이였으리라는 짐작에서였다.

자기와의 사랑을 소중히 여긴 나머지 그가 취한 행동이야 그 행동이 어떻든 자기에도 책임이 있을 뿐더러 또 자기가 리해해주지 않으면 누가 리해해주랴 하는 일종의 도의심이 작용했던 것이다.

그러나 그가 현장으로 가게 된 리유만은 똑바로 알아야 했다.

아무리 현장생활이 황홀하고 매혹적인 것이라 해도 그가 오빠의 말대로 사람들을 기만한 그런 인간이라면, 그래서 손가락질 받는 처지에 있다면 결코 자기가 바라던 그런 보람이 없으리라는 것은 당연한 일이였다. 도리여 수치와 모멸밖에 차례질 것이란 아무것도 없을 것이다.

그러나 그는 도리를 저었다.

'아니야! 그는 결코 그런 사람이 아니야. 나를 만나기만 하면 내가 품고 있는 의심에 대해 응당한 믿음으로 대답해줄 거야.'

이렇게 믿어 마지않았다. 아니 그렇게 믿고 싶었다.

그런데 막상 자기를 증명하기는 고사하고 다소 나타낼 상싶은 격분의 감정도 전혀 비치지 않는 것이 아닌가.

더우기 리해할 수 없는 것은 자기에 대한 처사가 조금이라도 부당한 것이라면 당장 소동을 일으키고야 말 그가 다른 사람도 아닌 자기 앞에서까지 묵묵히 있는 그것이였다.

너무도 엄연한 사실이여서 부인할 엄두를 내지 못하는 걸가? 아니면 말한대야 뻔한 변명으로밖에 들리지 않으리라는 것을 알기 때문일가?

진호의 침묵은 점점 그를 절망 상태로 이끌어갔다.

어제까지만 해도 자기가 흔들리는 저울판 우에 앉아 있는 듯한, 말하자면 자기가 힘을 주는 데 따라 오빠나 진호 어느 쪽으로나 기울어질 처지에 있는 것 같던 것이 오늘은 벌써 자기가 바라는 반대쪽인 오빠 편에 기울어지는 것을 의식하지 않을 수 없었다. 그에게 바로 이것이 더 무서웠다.

'만약 모든 것이 사실이라면? 그의 처지가 정말 그렇다면?'

공포에 질린 그는 다시금 이런 의문에 부딪쳤다.

'과연 그가 그런 사람이라는 걸 알면서도 내가 그의 일을 도울 수 있을가? 그런 굴욕적인 처지를 참아낼 수 있을가? 온갖 모멸과 수치를 그에 대한 사랑으로 다 씻어버릴 수 있을가? 아니, 그런 사랑이 도대체 사랑이기나 할가? 아니야! 그에 대한 사랑이 아무리 열렬하다 해도 그런 수치스런 처지에 자신을 빠뜨릴 순 없어! 그건 나만이 아니라 그에게도

고통스런 일이 아닐 수 없으니까.'

"전 이렇게 생각해요. 만약 동무의 처지가 정말 그렇다면…"

그러나 현옥이는 차마 다음 말을 이을 수가 없었다. 그래서 말을 바꾸어 보려고 했으나 무슨 말을 해야 할지 얼른 생각나지 않았다.

하지만 진호는 현옥이가 무슨 말을 하려고 했는가를 대뜸 알아차렸다. 그러자 온몸의 피가 일시에 얼어드는 것 같았다.

'내 처지가 그렇다면 같이 못 가겠다는 거지? 나 같은 놈은 믿지 못하겠다는 거지? 그러니 이젠 관계를 끊자는 거지?'

얼어붙었던 피가 대번에 부글부글 끓어오르면서 당장 한 곳을 뚫고 무섭게 뿜어 나올 것만 같았다. 그러나 말은 한마디도 할 수 없었다.

여느 때는 그시그시의 격분을 폭발적인 행동으로 나타내던 그가 지금 침묵으로 대하는 것은 너무나도 한계를 넘은 분노가 불시에 들이닥친 데도 있었지만, 보다는 그처럼 몽매간에도 잊지 못하던 간절한 소원을 의심받고도 그것이 부당하다는 것을 증명해 보일 길이 없기 때문이었고 또 증명해 보이기도 싫었기 때문이었다.

'뭐라고 한단 말인가! 무슨 말로 그를 납득시킬 수 있단 말인가! 아니 이제 와서 무슨 말이 필요하고 설복이 필요하단 말인가!'

현옥이 자신이 진호의 마음을 똑바로 알려고 했다면 진호는 벌써 그의 태도에서 모든 것을 결정해버린 것이나 다름없었다.

'좋다! 지금은 네 말이 옳다고 하자. 내가 그런 인간이라고 하자. 그러나 똑똑히 지켜봐라! 지금 너에게 말로 다 설명하지 못한 그걸 행동으로 보여

줄 테니까, 백배의 실천으로 증명할 테니까, 기어코 하고야 말 테니까.'

그는 오늘에야 비로소 안심하고 길을 걷던 사람이 눈앞에 깊은 낭떠러지를 만났을 때처럼 자기들 사이에 놓인 커다란 심연을 절감하지 않을 수 없었다.

이 처녀야말로 자기가 사랑해온 사람의 마음도 리해하지 못하는 그런 처녀가 아닌가! 이 처녀야말로 남의 말에 따라 자기 의사와 행동을 재여보는 나약하고 우유부단한 처녀가 아닌가! 그런데 어째서 그처럼 진실하고 아름답게만 보였을가? 어째서?…

그 리유를 지금은 따질 수도 없었고 따지기도 싫었다. 리유가 어쨌든간에 진호는 자기들 사이에 더는 진정한 사랑이 있을 수 없으리라는 것만은 명백히 깨닫지 않을 수 없었다.

그것은 마치 하나의 실수치가 어떤 계산법으로 얻어졌던, 거기에는 상관없이 도저히 그 문제의 해답으로는 될 수 없다는 것을 확신하게 되는 경우와 같았다.

'할 수 없지! 헤여지는 수밖에!'

이런 생각에 미치자 갑자기 그는 가슴이 선뜩해졌다.

현옥이와 헤여지다니? 상상하기도 무서운 일이였다. 이제 와서 절교를 선언하는 것이 어쩐지 그의 순정을 짓밟아놓고 돌아서는 무뢰하기 짝이 없는 소행처럼 여겨지기도 했다.

저도 모르게 그는 현옥이의 발가우리한 볼이며 곱게 다듬어진 턱이며 마구 퍼부어대는 눈송이들로 하여 거의 감기다싶이한(시피한), 그래서

114

더욱 부채살같이 차분히 내리덮인 속눈섭(속눈썹)을 얼핏 쳐다보았다.

그 긴 속눈섭 끝에는 미세한 물방울이 보석처럼 매달려 있는데 눈을 뜨기만 하면 그것들이 금세 이슬처럼 부서질 것 같았다.

그 아름다운 얼굴의 섬세한 부분까지 알아보게 되자 그는 여태까지 한 번도 체험해 보지 못한 그런 류다른 애정이 가슴을 태우는 것이었다.

그의 용모의 모든 특징들, 그에게 속하는 일체가 새삼스레 그지없이 아름다운 것으로 느껴지면서 자기의 생명을 새로이 자감(스스로 겪어서 맛봄)시키는 것이었다.

'과연 이렇게 곱게 생긴 처녀가 어디에 있으리란 말인가!'

삽시에 현옥이에 대한 사랑이, 표현 못할 애정의 물결이 가슴을 애타게 흔드는 것이었다.

모든 것을 털어놓고 그를 리해시키고 싶었다. 서로 사랑하느라면 이런 오해가 있기 마련이 아닌가! 그 역시 얼마나 고민이 많았으면 그런 걸 물어보랴!

하나 이런 생각은 순간에 불과했다. 가슴 속에 파도치는 그에 대한 애정의 물결은 곧 거대한 암초에 부딪쳐 산산쪼각이 났다.

'아니! 이 처녀는 나를 의심하고 있다. 믿지 조차 못하고 있는 것이다. 결코 일시적인 오해도 아니다. 나의 진정한 량심, 지어는(심지어는) 기술 안까지도 다 무시하고 있다. 그 역시 이제 와선 내가 쫓겨 가는 것으로만 생각하는 것은 물론 자기를 어떤 교활한 방법으로 꼬여서 데리고 가려는 파렴치한 인간으로밖에 치부하지 않는 것이다!'

이 모든 것을 상기하자 진호는 또다시 하등의 변화과정도 없이 대번에 분노와 절망, 굴욕의 나락으로 떨어졌다. 그러면서 자칫 잘못하여 자기가 이 순간의 일시적인 충동을 억제하지 못한다면 앞으로의 생활에는 허위와 기만밖에 없으리라는 것을 똑똑히 깨닫지 않을 수 없었다.

'그렇다! 그는 나에게 진정한 사랑을 품지 않았다. 일시적인 충동에 지나지 않았다. 그런데 그 충동에 장애가 생겼다. 그러니 헤여져야 한다.'

확실히 자기들이 타고 있는 사랑의 돛배에는 물이 새고 있었다. 그 물은 점점 더 무서운 압으로 솟구쳐 올라 어쩔 수 없이 침몰되지 않으면 안 될 경각에 처해 있었다. 더 깊이 들어가지 말아야 할 것은 물론 자기를 믿지 못하는 현옥이는 부득불 내려놓아야만 했다.

이윽고 걸음을 멈춘 그는 현옥이를 향해 돌아섰다.

현옥이도 따라 섰다.

벌써 진호의 기색을 통해 그가 어떤 중요한 말을 하리라는 것을 현옥은 륙감으로 느꼈던 것이다.

"사실은…"

진호는 이제부터 해야 할 말을 더듬느라니 저절로 목이 메여올라 잠시 얼굴을 찌프렸다.

"솔직히 말하면 동무 말이 옳소. 내가 제철소에 가는 건… 그리로 가는 건 희망이나 소원이래서가 아니요."

속으로 미리 준비한 말이였지만 목이 잠겨 말을 이을 수가 없었다. 그래서 얼른 기침을 짖었다.

"사실 난 내 자신이 어떤 인간인지도 모르면서 동무를 불안과 모험에 찬 길로 유혹하려고 했소. 하지만 이제라도 동무가 눈을 뜨고 똑바로 볼 수 있게 된 것을, 그리하여 험한 운명을 피할 수 있게 된 것을 다행으로 생각하오."

"…"

"난 이 사실을 누구한테도 숨겨왔소. 직장 사람들은 물론 동무한테도…"

"…?"

현옥이의 두 눈은 더 휘둥그래졌다.

담배를 꺼내 문 진호는 불을 붙이기 바쁘게 긴 숨을 몰아쉬였다. 다시금 목구멍에 뜨거운 것이 꽉 치밀어 오르는 것이였다.

본래부터 그는 실제의 자기보다 더 가혹하고 심술궂은 때가 가끔 있었다.

실지는 그렇게 생각하지 않았던 것도 정작 맞다들어선(직접 마주쳐선) 괜히 상대를 괴롭히고 우울하게 만들 때가 있었으나 지금은 결코 그런 지꿎은(짓궂은) 버릇에서가 아니였다. 그렇게 행동하는 것만이 자기들 문제를 손쉽게 아퀴짓는(일을 마무리하는) 유일한 방법이라고 믿었기 때문이였고 그 외의 다른 방법이란 도저히 있을 수 없다는 것을 깨달았기 때문이였다.

이제 와서 그에게 자기의 심정을 헤쳐 보인다는 것은 지금까지 그토록 열렬하게 사랑하여 왔으며 또 그처럼 믿어 마지않았던 자기들의 관계가 죄다 거짓말이였으며 허망한 것이였다는 구슬픈 사실을 부득불 인정하지 않으면 안 된다는 것을 의미했다. 지금에 와서 자기들 사이에는 이미 아무런 말도 소용없게 되였다는 것을 그는 자인하지 않을 수 없었다.

그래, 이젠 아무 말도, 그 어떤 진정도 다 무의미하다. 부질없는 짓이다!…

불현듯 진호는 자기로서도 놀라울 만치 이상스레 평온해진 얼굴로 그를 바라보았다.

지금 그가 바라는 것은 오직 현옥이 자신이 자기한테서 스스로 물러나게 하는 것이였다.

자기에게 품는 그의 감정은 혐오든, 증오든, 모독이든 상관이 없었다. 그래야 후날 그에 대한 추억이 되살아나도 아무런 고통도 없이 일소해 버릴 수 있을 것 같았기 때문이였다.

"아"

갑자기 가느다란 비명을 뾾으며(토하며) 현옥이는 얼른 두 손에 얼굴을 묻었다.

그런 현옥이를 피해 진호는 얼른 거리 쪽으로 시선을 옮겼다.

아득히 뻗어 있는 대통로, 그 옆으로 아지를 드리운 채 그림처럼 서 있는 가로수들, 이 모든 것은 벌써 잠에 빠져 있었다. 오직 가로등만이 머리 우에 흰 눈을 뒤집어 쓴 채 외롭고 적막한 설경을 쓸쓸히 지키고 있을 뿐이였다.

문득 진호의 눈에는 멀리서부터 보도를 따라 촘촘히 찍혀온 자기들의 발자욱이 유표하게 안겨왔다.

광장과 로타리를 지나 곧추 여기 궁륭식(활처럼 한가운데가 높고 길게 굽은 형태) 교각의 란간 앞에까지 이른 자기들의 발자욱이였다.

눈송이들은 마치 정성들여 입혀놓은 은비단 우에 난 그 상처를 서둘러 가시려는 듯 더욱 기세 좋게 내리고 있었다.

이젠 더 있어야 할 말도 없을 뿐더러 이 마당에서 헤여지는 것이 상책이라고 생각한 진호는 현옥이에게 돌아서며 나직한 목소리로 말했다.

"그럼 잘 있소!"

고개를 숙인 채 어깨를 떨던 현옥이가 불시에 와락 달려들었다.

"아이 안 돼요. 가면 안 돼!"

"…"

현옥이를 떼어놓고 한 걸음 물러선 진호는 그를 말없이 지켜보다가 서둘러 뒤로 돌아섰다. 그리고는 걸음을 옮겨놓기 시작했다.

얼마나 걸었는지… 곧바로 뻗은 대통로에서 아빠트를 굽이도는 갈림길에 이르러서야 그는 뒤돌아보았다.

그 순간 그의 눈에 비껴온 것은 홀로 서 있는 현옥이의 모습과 함께 거기에서 찍혀진 발자욱, 자기 한 사람의 발자욱이였다.

'이제부턴 나 혼자구나! 가자! 모든 미련을 털어버리고.'

이렇게 되뇌는 그의 두 눈에는 어느덧 뜨거운 것이 고여 오르고 있었다.

3장

불길처럼 타오르라

9

"이런 경우에는 접수하기 곤난(곤란)합니다. 부득불 본 직장에 다시 수속을 의뢰하기 마련이지요. 파견장과 함께 근무이동증과 기사자격증이 첨부되여야만 한단 말입니다. 이 파견장도 그것들이 있을 때만 효력을 나타내니까요."

곱살하게 생겼으나 겉보기와는 달리 몹시 깔찐깔찐한 제철소의 지도원은 진호의 미진된 수속에 대해 이렇게 말하면서 좀처럼 접수할 의향을 보이지 않았다.

그의 태도는 상대가 누구든, 설사 이전 직급이 굉장히 높은 사람이라 해도 자기한테는 마찬가지며 아무리 불가피한 사정이 있다 해도 이 엄격한 절차야 어떻게 어길 수 있느냐는 듯한 사뭇 근엄한 기색이였다.

"어떻게 하겠습니까. 사정이 그렇게 된 걸. 올 때 단단히 부탁을 해놨으니까 수일 내로는 나머지 문건들이 도착할 겝니다."

"그럼 그때 가서 접수해야지요."

"아니 지도원 동무! 그러지 말고 사정 좀 봐주시오. 그때까지 난 어떡하랍니까? 할 일 없이 그저 빈둥거리란 말입니까? 접수하고 안 하고 하는 거야 지도원 동무 손에 달린 게 아닙니까, 예?"

자기를 흘끔 쳐다보는 그의 눈길에서 어떤 반응이 있다는 것을 느낀 진호는 더욱 간절한 표정을 지어 보이며 없는 비위를 부렸다.

"제발 날 좀 살려주시오. 내 같은 햇내기야 지도원 동무가 도와주지 않으면 한 발자욱도 움직일 수 없지 않습니까. 부탁합니다."

"…"

아니나 다를가 지도원은 더없이 중대한 문제에 직면한 사람처럼 심각한 기색을 지었다. 그러고 보면 속은 그다지 까다로운 사람이 아닌 것 같았다.

자기 운명은 전적으로 지도원의 결심 여하에 달려 있으니 그저 불쌍하게 생각하고 관대하게 처분해달라는 듯한 표정을 짓고 있는 진호였으나, 속으로는 지금 자기가 정말 그토록 바라 마지않던 새 일터에 와 있는가를 실질적으로, 또 온몸으로 느껴보고 싶은 충동에 더 음해 있었다.

그는 창밖으로 채 식지 않은 시뻘건 강괴(용광로에서 녹인 쇠를 거푸집에 부어 굳힌 덩어리)들을 실은 기차가 지나갈 때면 얼른 거기에 정신을 팔았고 멀리에서 쿵쿵 하는 열풍소리가 바람을 타고 들려올 때면 마치 음악을 즐기는 사람이 고조되는 선률에 귀를 기울이듯 자못 커다란 흥분을 느끼며 듣고 있었다.

'이 얼마나 놀라운 일인가! 어떻게 믿을 수 있단 말인가!'

방금 전에 수도를 떠난 자기가 어느새 철갑을 두른 로체들이 우뚝우뚝 솟아 있고 짙은 갈색 연기에 휩싸여 있는 제철소에 와 있다는 것을, 아니 그처럼 중대하게 여겨오던 일신상의 변화가 눈 깜빡할 사이에 벌어졌다는 것을.

'그러고 보면 생활의 대하란 얼마나 거창한 것인가! 과연 얼마나 광대한 생활이 우리 주위에 펼쳐져 있는가!'

그는 하늘같이 넓고 바다같이 깊으며 또 파도와 같이 장엄한 생활의 대하가 자기를 휩싸고 있음을, 그 대하 속의 자기란 마치 백사장의 모래알과 같이 미세한 것에 지나지 않는다는 것을 새삼스레 깨닫지 않을 수 없었다.

이런 느낌은 흡사 기차를 타고 오면서 혼곤히 잠들었던 자기가 어떤 소란스런 정거장에서 깨난 듯한 느낌, 아니 그보다 어떤 사나운 일진광풍에 휘몰려 날아온 것 같은 착각이 일게 하는 것이었다.

사실 그는 제철소 사람들이 자기를 어떻게 맞아줄가 하는 생각으로 하여 저으기 위축된 상태에 있었다. 그러나 눈앞에 펼쳐진 야금기지의 거창한 위용은 대번에 그런 고민을 일축케 해주었을 뿐 아니라 한갖 옹졸한 생각에 젖어 있는 자신을 더없이 어리석은 존재로까지 느끼게 했다. 바로 이 점이 그를 기쁘게 했던 것이다.

"그러니 기어이 깡철인가요?"

"네?"

공장 정문으로 들어서고 있는 견학생 대렬(대열)을 보느라고 진호는 미처 그의 말을 새겨듣지 못했다.

"꼭 깡철직장으로 가시겠나 말입니다."

마침내 지도원은 대가를 치르더라도 위기에 처한 한 인간을 구원해주어야겠다는 의로운 결심을 품은 사람마냥 못내 근엄한 태도로 대장을 펼치였다.

"그렇습니다. 꼭 강철직장입니다."

"그렇다"

히죽이 웃는 그의 미소는 보매 자기에 대한 긍지와 함께 자기 일에 대한 보람을 나타내는 상싶었다.

"그런데 이걸 보십시오. 흔히 대학을 졸업하거나 연구기관에서 오는 동무들은 보면 첨엔 모두 깡철이요, 용광로요 하고 현장을 택하지만 후에 가선 하나같이 기술부나 연구소로 옮겨앉군 하지요. 물론 사업상 필요도 있겠지요. 그러나 그럴 바 하군 아예 첨부터 기술과나 연구소에 적을 붙이는 게 어떻습니까. 기사장 동무와 토론해볼 테니 말입니다."

배치부서쯤은 자기의 결심에 따라 얼마든지 변경시킬 수 있다는 겸손한 우월감을 그의 얼굴에서 읽은 진호는, 비로소 이 지도원이 사업을 갓 시작했다는 것을 처음 대상(상대)하는 사람에겐 누구에게나 이런 태도를 취하며 거기에서 일종의 만족을 느끼고 있다는 것을 짐작하지 않을 수 없었다. 그런 느낌은 은연중 웃음이 나오게 했다.

"아니 전 꼭 강철직장에 가야겠습니다. 후에 지도원 동물 성가시게 굴지 않을 테니 걱정 마십시요."

"그런 말도 누구나 첨엔 다 하지요. 하여간 모두들 신통하다니까, 깡철이라… 그렇게도 깡철이 소원이라면 어디 토론해봅시다."

거듭 '깡' '깡-' 하고 발음하는 데 각별한 재미를 느끼고 있는 듯한 그의 버릇을 어쩐지 야유해보고 싶어진 진호는,

"어떻게든 그 강철로 가게 해주십시요." 하고 부러 '강'이라는 발음을 유연하게 해보았다.

"기어이 깡철이라…"

다시 이렇게 중얼거린 그는 그 '깡'이라고 발음해보는 만족만은 종내 버리지 않은 채 사무실을 나섰다.

진호가 수속들을 미처 끝내지 못하고 오게 된 것은 그럴 만한 사정이 있었다. 차마 수속이 다 될 때까지 앉아 기다릴 수가 없었던 것이다.

그 사실을 알고 난 다음에는 어떻게 자기가 하는 일 없이 빈둥거릴 수 있었던지 리해할 수 없었고 또 그런 자신이 가증스럽기까지 했다.

얼마 전 정무원에서는 중유를 각 부문들에 배정하게 되었는데, 아무리 짜보아도 애초의 계획과는 달리 극히 필요한 데만 그것도 적은 량밖에는 차례지지 않았던 것이다.

정무원에서는 이런 실태를 부득불 당에까지 보고하지 않을 수 없었다.

사정을 구체적으로 료해한 당에서는 이미 작성된 배정안을 거듭 뒤적여 보다가 어째서 제철소에서는 중유가 배당되지 않았는가고 물었던 것이다.

뜻밖의 물음에 의아해진 한 일군이 제철소에서는 본래부터 제기된 것이 없었다고 말하자,

"내 그럴 줄 알았소. 내가 회의 때마다 우리의 연료로 쇠를 녹일 수 없겠는가를 연구해보라고 했더니 이 동무들이 중유가 요구되는 데도 선뜻 달라고 하지 못하는 모양이요. 일전에 알아보니 제철소에 중유가 얼마 없더란 말이요." 하면서 다음과 같이 말하였던 것이다.

"동무들, 생각해보시오. 만들어놓은 기계를 돌리기도 힘든 일인데 새로운 것을 만들어내는 일은 어떻게 쉽게 이루어지겠소. 중유가 긴장되는 이런 때일수록 우린 그 동무들을 먼저 생각해주어야 하오. 중유가 떨어져가는 데도 감히 달라고 제기하지 못하는 그 동무들의 심정이 어떻겠소. 어떤 일이 있어도 그 동무들한테 먼저 줍시다."

이 말을 전달받는 순간 진호는 그 자리에서 움직일 수 없었다.

너무도 크나큰 배려에 목이 메어 저절로 눈굽(눈 가장자리)이 달아올랐다. 우리 당이 아니고서야 누가 그처럼 뜨거이, 또 속속들이 헤아릴 수 있는 은정이고 사랑이랴!

그러나 감격만이 아니었다.

감격보다 더한 자책이, 뼈아픈 자책이 폐부(肺腑)를 사정없이 찌르는 것이었다.

얼마나 간절하면, 얼마나 바람이 크면 이런 말을 다 하는 것일가?

그는 당의 이 말이 주체야금법을 완성하기 위해 노력하는 연료연구소나 해당 부문의 과학집단에게만 아니라 자기에게 한 말 같았고 또 자기

때문에 한 말인 것만 같았다. 그럴수록 아직 한 번도 느껴보지 못한 죄책감, 평생을 두고도 용서받을 수 없는 그런 죄스러운 자책에 휩싸였다.

더우기 새 연료를 연구하기 위해 현지에 내려왔다가 이러저러한 사정으로 당분간은 새 연료취입이 불가능하다는 것을, 때문에 중유를 계속 공급해줄 것을 제기한 명식이네의 처사가 괘씸하고 불만스럽기 짝이 없었다.

그럴 수만 있다면 당장이라도 자기 한 몸이 쇠를 녹일 수 있는 한줌의 연료가 되어 보란 듯이 로 안으로 뛰여들고 싶었다.

그리하여 그 즉시 그는 짐을 꾸려들고 기차에 올랐던 것이다.

장차 일이 어떻게 될 것인가 하는 것은 알 수 없었으며 또 생각조차 할 수 없었다. 다만 제멋대로 흩어지고 분산되여 있던 자기의 모든 힘이 하나로 집중되여 무서운 정력으로 줄달음치고 있음을 느낄 뿐이였다.

'저기가 바로 내 일터란 말이지!'

창가에 다가서서 정문 어구에 있는 우람찬 강철직장을 흥분된 심정으로 바라보던 그는 갑자기 무엇에 놀란 사람처럼 후다닥 뒤로 돌아섰다. 한 가지 생각이 번개같이 떠올랐기 때문이였다.

다짜고짜 책상 우에 있는 수화기를 움켜쥔 그는 접단기를 두드려 댔다.

자기가 왔다는 것을 알기만 하면 대번에 왕눈을 디룩거리며 어쩔 줄 몰라 할 태수, 바로 그 막역 친구를 통해서 자기에게 일어난 모든 변화를 새로이 확인해보고 싶었던 것이다.

지금은 오직 그만이 자기를 납득시킬 수 있는 유일한 존재처럼 여겨지는 것이였다.

"기술과에 부탁합니다."

교환수 특유의 선명한 목소리가 들려오기 바쁘게 그는 이렇게 말했다.

"기술과 어느 부서예요?"

'어느 부서?'

태수의 편지 구절을 되새겨보았으나 어느 부서에 있다는 것은 적혀 있지 않은 것 같았다.

"가만 있자. 야금기계과던가?" 하고 중얼거리는데 대번에 까르르 하는 웃음소리가 고막을 찔렀다.

"여기가 뭐 대학인 줄 아셔요? 설비면 설비겠지…"

"옳소, 옳소! 거기가 맞겠소."

교환수의 무람없는(몹시 가까워 스스럼없는) 잔도 그에게는 유쾌하기만 했다.

"설비외다."

대뜸 교환수의 목소리와는 너무도 대조되는 굵은 목청이 들려오는 바람에 그는 상대가 틀림없이 주임석에 앉아 있는 위풍도도한 과장이 아니면 그쯤 되는 사람이라고 짐작하고 한껏 공손한 억양으로 태수의 이름을 댔다.

"태수?"

이렇게 되뇐 그는 곧 뭐라고 일러주는데 무슨 말인지 통 가들을(알아들을) 수 없었다.

"뭐라는 지요?"

"사별 80톤 말이요."

'사별 80톤? 이거야 도대체 무슨 소린지 알 수 있나!'

"아니 여보십시오. 전 사람을 찾는데요. 태수 동물 말입니다."

"그렇게 사별 80톤이라잖소."

'참! 이거라구야.'

사정을 구체적으로 얘기하고 싶었으나 상대방의 억양이 어찌도 위엄스러운지 도저히 그럴 용기가 나지 않았다.

"누구요?"

상대방의 어조에는 자기 말을 알아듣지 못하는 데 대한 로골적인 불만이 어려 있었다.

"새로 제철소에 파견돼온 사람입니다. 태수의 동창생이지요. 진호라면 아마…"

"그럼 가보우다나."

"어델 말입니까."

"사별 80톤 말이요. 용광로 뒤에 있으니까 후문으로 가는 게 빠를 거외다."

그제야 진호는 그 괴상한 이름으로 불리우는 것이 어떤 설비라는 것을, 그렇게만 불러도 이곳 사람들은 다 아는 그런 설비라는 것을 짐작했다.

'꽤나 을러댈 관료주의자겠군!'

수화기를 내려놓으면서 진호는 방금 전화를 받은 사람이 필경 불룩한 몸집에 떡떡거리기 잘하리라는 것과 그것으로 하여 부서 사람들한테서 비난을 받고 있을 것이며 특히 누구보다도 그런 구속을 싫어하는 태수가 어지간히 골머리를 앓을 것이라는 생각이 들자 저절로 웃음이 터졌다.

"안됐습니다. 기다리게 해서."

다시 나타난 지도원의 낯색은 아까보다 한결 밝아져 있었다.

"기사장 동무가 이미 전화를 받았더군요. 부에서 말입니다. 요구하는 깡철로 기본적인 합의는 봤습니다. 기사장 동문 회의가 있기 때문에 다섯 시에 만나자고 합니다. 그런 걸 제가 오늘은 수요일이기 때문에 합숙에서 다섯 시까지밖에 접수하지 않는다는 걸 상기시켰더니 그럼 숙소를 정한 다음에 만나자고 하더군요."

그러면서 그는 이제부터 해야 할 수속들과 절차에 대해 순서를 꼽아가며 하나하나 대주는데 보매 이런 사무적인 지식에 있어서는 자기가 기사장이나 지배인보다 한 등급 우라는 것을 시위하려는 상싶었다.

"알겠습니다. 정말 고맙습니다."

짐들을 그의 사무실에 맡겨둔 채 진호는 부랴부랴 밖으로 나섰다. 수속도 수속이지만 우선 직장부터 돌아보고 싶어 견딜 수가 없었던 것이다.

파철장으로 쓰이는 직장 앞 공지는 예나 다름없이 어수선했다.

산더미처럼 쌓여 있는 쇠붙이들 중에는 자동차 운전실 뚜껑이며 무쇠 바퀴들, 그리고 어떻게 날라 왔는지 짐작키 어려운 커다란 기계부속들도 있는데 거의가 다 벌겋게 산화된 것들이었다.

파철장 사이로 난 좁은 통로로는 잔쇠붙이들을 가득 실은 자동차들이 겨끔내기로(서로 번갈아) 꽁무니를 들이대고 있었고, 이미 부리워진 쇠밥

부스레기들은 자석기중기의 무쇠흡반에 척척 빨리워 화차 우에 있는 장입바가지들에 담겨지고 있었다.

왜서인지 포장길로가 아니라 파철장을 가로질러 가고 싶어진 그는 장애물을 극복하듯 하며 쇠붙이를 타고 넘다가 우뚝 걸음을 멈추고 강철직장의 거창한 위용을 바라보았다.

주런이(줄을 지어 가지런히) 서 있는 로체들과 로마다에서 내뻗치는 사나운 불길들, 그리고 하늘을 찌를 듯이 솟아있는 여섯 개의 굴뚝들에서 솟구쳐 오르는 희고 갈색이 도는 연기들…

저절로 가슴이 후두둑 뛰면서 어쩐지 한발에 들어서기는 못내 아쉬운 그런 숭엄한 감정에 휩싸였다.

실습을 왔던 그때까지만 해도 예비처리장의 벽은 시커먼 박판으로 둘러져 있었는데 지금은 은빛으로 번쩍거리는 아연도 금판이다. 그땐 발생로의 배관들로 하여 멀리에선 용해장을 볼 수 없었는데 지금은 휑하니 들여다보인다.

그 숱한 로체들과 배관들은 다 어데로 사라졌담! 그러니 발생로를 아예 없애버렸는가?

변했다. 참으로 많이 변했다.

철도인입선이며 그 우로 분주히 오가는 기관차들도 전에 없이 불어난 것 같았고 로 문이 열릴 때마다 뿜어 나오는 화광까지도 이전보다 몇 배 더 억세게 느껴졌다.

"비켜요! 동무!"

귀청을 찢는 야무진 소리에 와뜰(갑자기 소스라치게) 놀라 돌아보니 한 처녀가 머리에 이고 온 파철덩이를 당장 자기 발등 우에 던지려 하고 있었다.

"이크!"

덴겁(뜻밖의 일을 당해 허둥지둥함)을 하며 물러선 진호였으나 뒤에 있는 삐죽한 쇠붙이에 걸려 또다시 넘어질 것처럼 두 팔을 허우적거렸다. 그 바람에 처녀는 물론 주위에 있던 사람들까지도 배를 그러쥐고 웃어댔다.

다만 진호만이 얼빠진 사람처럼 멍하니 서 있었는데 또다시 다가선 처녀가 이번에는 팔을 자기 쪽으로 힘껏 잡아당기는 것이였다.

"아니! 좀 정신을 차리세요."

돌아보니 웬걸 장입바가지를 가득 담은 화차가 기척도 없이 뒤걸음질(뒷걸음질)치고 있는 것이 아닌가!

'정말 단단히 정신을 차려야가 보군.'

불시에 어떤 격렬한 운동의 필요를 느낀 그는 처녀에게 씩 웃어 보이고 나서 산화철 가루가 융단처럼 깔려 있는 무쇠계단을 두세 층씩 마구 올려 짚으며 용해장으로 뛰여올랐다.

출격하는 땅크(탱크)의 서렬(서열)처럼 진을 치고 으렁으렁 동음을 올리는 로체들이며 로 문 짬으로 한 발씩 내뻗치는 사나운 불길, 그리고 이 장엄한 철의 군단의 지휘자야 내가 아니고 누구냐는 듯이 긴 팔을 휘저으며 돌아가는 장입기를 보느라니 저절로 장쾌해지는 마음을 금할 수 없었다.

용해장을 뒤흔드는 동음은 금세 무엇을 와지끈 부서뜨릴 듯싶은 위구를 촉발케 했으나 온몸에서 알지 못할 쾌감이, 사나이다운 쾌감이 못 견디게 꿈틀거리는 것이었다.

'흠! 여기가 바로 내 일터란 말이지!'

그는 벅차게 끓어 번지는 생활의 률조(율조)를 다시금 온몸으로 느끼지 않을 수 없었다.

그러나 이번엔 단지 눈앞에 펼쳐진 거대한 생활 자체에 대해서만이 아니라 여태까지는 이런 생활에 매혹되여 이 생활을 누리고 있는 사람들에 대해 부러움만 품어왔지만, 오늘부터는 바로 자기 자신이 그 따분한 생활을 이 격동적인 생활로 바꾸었다는 긍지가 가슴 속에 꽉 차오르는 것이었다.

그의 가슴 속에는 말로써는 표현하지 못할 환희와 함께 행동하고 투쟁하고 싶은 열망이 견딜 수 없이 끓어올랐고 행복이라고 할 수 있는 감정이 그득히 차올랐다.

지령실의 지시가 확성기를 통해 들려오는가 하면 아스라니 높은 천정 기중기에서는 무선기를 입에 댄 운전공들이 연방 뭐라고 중얼거린다.

로의 계기실마다에는 빨갛고 파란 구슬전등들이 쉼 없이 반짝이는데 텔레비죤(텔레비전) 화면에는 로 안에 사품치는 용금 성분들이 또렷이 찍혀 있었다.

이젠 자기도 이 거창한 철의 군단의 당당한 주인이라는 자각을 가지고 이것저것들을 바라보던 그는 자기 눈에 비치는 모든 것이 쇠로만 되여 있는 데 대한 새삼스러움에 저절로 미소가 피여올랐다.

여기저기 붙어 있는 구호판은 물론 로상으로 오르는 사다리며 계기실에 있는 책상과 의자도 다 철판으로 무어진 것이였고 지어는 작업일지의 뚜껑이며 구석에 세워놓은 비자루(빗자루)까지도 철사로 엮어진 것이였다. 견학을 왔던 그때에도 모든 것이 쇠로만 되여 있는 걸 두고 얼마나 신기해했던가!

어릴 때 선생님이 "명사에 무엇이 속합니까?" 하고 물으면 "의자", "책상", "못" 하고 떠들어대듯이 자기들도 누가 쇠로 된 것을 더 먼저 찾아내는가에 열을 올렸었다.

진호도 그때 한창 신이 나서 떠들어댔는데 갑자기 그보다 몇 배 더 신기한 것을 발견하고는 무춤 걸음을 멈추고 말았었다.

그것은 로 앞에서 빙빙 돌아가며 신명나게 해대는 용해공들의 삽질이였다. 그 모습이 어쩌면 그렇게도 호케이 슛 동작과 흡사한지 저도 모르게 탄성이 터져 나왔던 것이다.

삽자루를 거머쥐고 휘친휘친(휘청휘청) 로 앞으로 다가서서 두 팔을 힘껏 휘두르는 모습은 그야말로 팍을 몰고 들어가다가 문대를 향해 채를 후리는 바로 그 동작이였다.

삽시에 얼음판을 질주하던 때의 흥분이 되살아 오른 그는 어망결에 (갑작스럽게) 용해 장복판으로 뛰여들었었다.

"삽질을 한번 해볼 수 없을까요?"

"삽질?"

이마에 깊숙한 상처 자리가 있어 얼핏 보기에도 몹시 험상궂게 생긴 로장은 대번에 마뜩잖아 했지만 그 정도에 물러설 진호가 아니였다.

"걱정 마십시오. 전 대학 호케이 선순걸요."

"호케이 선수?"

그게 도대체 무슨 상관이냐는 듯이 더욱 얼떠름해하는 로장이였으나 진호는 얼른 삽자루를 움켜쥐고 보수재를 떴다.

빙글빙글 돌아가는 용해공들 짬에 끼여든 그는 자기 차례를 기다리며 앞사람들의 동작을 유심히 지켜보았다. 기어이 자기도 용해공들처럼 삽을 휘두르는 순간엔 뒤다리(뒷다리)까지 보기 좋게 흔들어 보이리라고 벼르면서…

이윽고 불길이 널름거리는 로 문 앞에 이른 그는 온몸에 힘을 주면서 두 팔을 힘껏 휘둘렀다.

그러나 그 순간 그는 저도 모르게 "으악" 하는 비명을 지르고 말았다. 그담부턴 어떻게 행동했는지 기억조차 할 수 없었다. 다만 눈섭이 끄슬리지 않았나 해서 조심히 쓸어보는데 뒤에서 굉장한 폭소가 터져 올랐던 것이다.

"여 호케이!"

히죽이 웃으며 다가선 로장이 "삽자루가 뭐 불살구갠(불쏘시개) 줄 아나?" 하고 말했을 때에야 그는 자기 손에 있어야 할 삽이 없음을, 너무나도 뜨거운 바람에 그것을 그만 로 안에 던져버렸다는 것을 알았다.

'아이구! 이게 무슨 망신이람!'

이 일로 하여 그는 대학에 돌아온 후에도 한동안 뒤 문 출입만 하지 않을 수 없었다.

그 추억도 오늘은 마냥 즐겁기만 했다.

어디 삽질하는 데가 없을가 싶어 두리번거렸으나 어느 로도 투사작업을 하는 데가 없었다. 그는 다시금 유쾌한 기분으로 출강장이며 용해장의 설비들을 이것저것 살펴보기 시작했다.

10

'여기가 지령실이던가?'

현장을 한 바퀴 돌아본 진호는 5호로 옆에 있는 산뜻한 2층 건물, 용해장을 환히 내다볼 수 있게 한 면이 온통 유리로 되여 있어 마치 1등 선박의 조타실을 련상(연상)시키는 웃층을 쳐다보다가 그리로 올라갔다.

태엽에 감겨진 기계처럼 그는 한 동작이 끝나면 서슴없이 다른 동작으로 넘어가군 했다.

초록색 주단이 깔려 있는 정갈한 방안, 문을 닫고 들어서자마자 외계의 소음은 들리지 않아 갑자기 물속에라도 잠긴 듯한 정적을 느낄 때에야, 특히 벽을 따라 주런이 놓인 의자에 앉아 있던 사람들이 일시에 자기를 쳐다볼 때에야 그는 자기가 다소 덤비고 있다는 것을 느꼈다.

"저"

무슨 말을 해야 하며 어떻게 처신해야 자연스러울 것인가를 미처 생각할 사이도 없었던 그는 자기의 마음속에서 일고 있는 흥분으로 하여 그만 미소를, 그것도 퍽 만족스러운 미소를 띠우고 말았는데 이 헤식은 (싱거운) 미소가 사람들을 더욱 아연케 만들었다는 것을 통감하지 않을 수 없었다.

'이건 어디서 굴러온 얼뜨기야!'

모두의 시선이 이러는 것 같아 창피했으나 그 부끄러움으로 하여 더욱 대담해진 그는 지령탁을 향해 서슴없이 걸어갔다.

모르긴 해도 여러 대의 전화기와 텔레비죤 화면을 마주하고 앉아 있는 머리가 멋있게 벗어져 올라간 사람이 필경 직장장이 아니면 그쯤 되는 사람이라고 확신해 마지않았던 거였다.

"직장에 새로 배치돼 왔습니다. 리진호라고 합니다. 앞으로 많이 가르쳐주십시오."

줄곧 어리둥절한 기색으로 마주 쳐다보던 그였으나 진호가 허리를 굽석하고 숙이자 갑자기 풍이라도 만난 사람처럼 두 손을 황급히 내저었다.

"아 아닙니다, 내가 아닙니다."

입을 싸쥐고 웃는 킥킥거리는 소리를 들을 때에야 진호는 자기가 또 하나의 망칙한 실수를 저질렀다는 것을 알았다.

'넨장! 머리는 왜 벗어져 가지고…'

그는 모든 원인이 상대의 벗어진 이마에 있기라도 한 것처럼 그의 대머리를 힐끔 쏘아보았다.

"전 그저 지령원에 불과합지요. 예, 저기 저 동무가 바로 우리 책임기삽니다."

그가 가리키는 쪽으로 고개를 돌린 진호는 얼른 자리에서 일어나는 사람을 보았는데, 그의 행동은 마치 자기가 제때에 일어나지 않으면 진호가 또 실수를 하리라고 여겨 그 망신을 사전에 면하게 해주려는 것 같았다.

"제가 책임기삽니다."

"?"

그에게 다가선 진호는 놀라움을 금할 수 없었다. 자기의 직속상관일 사람이 겨우 자기 나이나 비슷할 새파란 청년이기 때문이었다.

'이렇게도 젊은 친구가 책임기사라니? 보통이 아닌 걸!'

유순한 눈빛과 부드러운 목소리, 시선이 마주칠 때면 습관적으로 고개를 숙이는 그의 모습은 마치 수태(수줍음)를 머금은 순박한 처녀 같았으나 가끔씩 어덴지 모르게 나타나군 하는 긴장한 표정은 어떤 일도 허술히 하지 않는 영민한 사람의 자신심이 어려 있었다.

분명 평시엔 얌전하다가도 일단 전투에 돌입하면 남다른 투지를 나타낼 그런 부류의 젊은이라는 것이 느껴졌다.

"방금 간부과에 들렸다가 오는 길입니다."

자기소개를 하면서도 진호는 책임기사를 유심히 살폈다.

소금기가 내밴 뻣뻣한 작업복을 입고 있는 모습이며 얼굴 전체에 느껴지는 진지한 표정은 늘 무거운 부담을 이겨내려고 모든 것을 다 바쳐

일하는 사람의 열정과 헌신과 피곤이 한데 어려 있었다.

대뜸 그에게서 어떤 호감을 느끼지 않을 수 없게 된 진호는 이런 책임기사와의 상면이 마치도 자기 연구사업에 대한 성과를 담보해주는 계시처럼 여겨져 흐뭇해지는 마음을 금할 수 없었다.

'괜찮아! 마음이 맞을 것 같아!'

왜서인지 그는 언제나 첫 대면에서 받은 인상으로 상대방을 규정해버리군 했는데 그것이 무척 오래동안 지속되는 것이었다.

'영 말째겠는 걸(다루기 불편하고 까다롭겠는 걸)' 하고 처음부터 머리를 젓게 되는 사람이 있는가 하면 '시원시원한 게 좋아!' 하고 느껴지는 사람도 있었다. 그런가 하면 도대체 어떤 짐작도 가지 않는 사람도 없지 않았다.

하지만 생활은 적지 않게 자기가 느낀 첫인상과는 반대되는 결론을 내린다는 것을 모르지 않는 그였으나 어째선지 아직도 첫인상만은 좋기만을 기대하게 되는 것이었다.

"반갑습니다."

그의 얼굴에는 조금도 과장된 기쁨이라든가 책임기사라는 위치가 요구하는 지어낸 겸손성이라고는 없었다. 오히려 자기에 대한 내심을 짐작하기라도 한 듯 '난 사실 아무것도 모르는 애숭이(애송이)지요' 하고 고백하는 것 같았는데 이 점이 진호에게는 더 믿음을 자아냈다.

"그래 어떤 과제를 안고 왔습니까."

"과제래야 아직 뭐…"

첨부터 자기의 의도를 밝히지 않는 것이 온당치 못한 일이긴 했으나 진호는 터놓게 되지 않았다.

자기 기술안에 대비한 직장의 구체적인 실정을 검토도 해야겠지만 보다는 처음부터 자기에 대한 기대를 가지게 하고 싶지 않았기 때문이였다. 그리고 다른 또 하나의 리유는 자기 연구사업에 대한 의도를 알면 그가 내심 어떤 위구를 품을 수도 있다고 생각되여서였다.

그는 자기 일에 대한 확신이 더없이 강했음에도 불구하고 어째선지 다른 사람들은 그것을 쉬이 납득하지 않으리라는 것을 잘 알고 있었다.

방안에 있는 지령원들과 일일이 인사를 나눈 진호는 그를 따라 다시 현장으로 나왔다.

"나도 대학을 졸업한 지 몇 해 안 됐습니다. 아는 것은 물론 경험도 없구요. 더우기 지금은 직장장 동무까지 학교에 가고 없어서 그 짐까지 맡자니 여간 베차지 않군요. 앞으로 많이 도와주시오."

가식이라고는 조금도 느껴지지 않는 이 한마디만 듣고도 그가 얼마나 소박한 사람인가 하는 것을 다시금 깨닫지 않을 수 없었다.

"배합이 얼마요? 아흔둘?"

"대차입환은 확인했소?"

그는 마주치는 매 사람들과 정련이 어떻고 대차가 어떻고 하고 한두마디씩 주고 받았는데 진호로서는 한마디도 알아들을 수 없었다. 확실히 여기서는 이들만이 통하는 언어가 따로 있는 상싶었다.

사람들이 그를 대하는 폼으로 보아 젊기는 하지만 한결같이 미더운 일군으로 여기고 있는 게 분명했다.

"부에 있었다지요?"

"네, 기술국에 있었습니다."

"그럼 실장을 잘 알겠군요."

"실장이라니요?"

"현명식 심사 실장 말입니다."

진호는 흠칫 했다.

어떤 일이 있어도 다시는 헤집지 말자고 굳게 닫아 매두었던 추억의 고리를 그가 너무도 불시에 잡아당기는 것이여서 저도 모르게 미간을 찌프리지 않을 수 없었다.

명식이에 대한 생각이 미칠 때마다 그의 머리속에 떠오르는 것은 그 날 자기에게 현옥이를 도와주라고, 사랑이란 서로의 뜻을 소중히 여겨 줘야 하는 게 아닌가고 리면(이면)에 본심을 숨기고 하던 그의 말이였다. 그러면서 그 말에 항거하지 못한 자신에 대한 울분이, 또 그런 울분을 터뜨릴 수 없게 하는 그에 대한 생리적인 불만이 동시에 솟구쳐 오르는 것이였다.

"잘 아는 사인가요?"

"새 기술이 제기될 때마다 련계(연계)를 가지기 마련이니까요. 언젠가 는 같이 공동론문을 제기한 적도 있구요. 며칠 전에는 이번에 새로 만든 투사기에 대한 심사를 의뢰했는데 어떻게 되겠는지…"

따져보면 그가 제철소와 밀접한 관계에 있을 수밖에 없지만 여기 와서까지 그의 이름을 듣고 보니 어쩐지 이상한 감이 들면서 불쾌하기까지 했다.

사실 그에게 있어서 명식이는 불가사의한 존재였다.

아무리 곰곰히 따져봐도 그의 말이, 그의 행동이 자기한테는 하나같이 부당한 것이였지만, 객관들에게는 지어는 사물에 대해 공정한 사색을 할 줄 아는 사람까지도 그를 그르다기는커녕 오히려 정당한 것으로 평가하고 있는 것이였다.

과연 그에게 어떤 힘이 있어서 자신을 그처럼 정당화하는지 어째서 자기가 옳다고 확신하는 것조차 그 앞에서는 이렇다 할 론거를 세우지 못하고 무력해지는지 그 리유를 알 수 없었다.

그러나 한 가지만은, 즉 그가 어떤 일을 하는 경우 주로 승산이 있는 것만 골라할 뿐 아니라 그것도 철저히 안전수치가 담보돼 있는 것만 수행한다는 것인데 이 점만은 도저히 수긍할 수 없었다. 수긍이 아니라 도리여 침을 뱉고 싶도록 가증스럽기까지 했다.

'그래서 백 가지 일을 한들 무슨 보람이 있단 말인가! 그런 일을 할 바엔 차라리 삽자루를 쥐고 땅 파는 일이 훨씬 낫지. 어째서 남들이 못한다고 하는 일을 해놓는 것이 할 수 있는 일의 천 가지 만 가지 보다 더 가치가 크다는 걸 모른단 말인가!'

한데 문제는 진정한 일의 가치를 알고 거기에 모든 것을 바치려는 자기는 걸음마다 암초요 시비지만 명식이처럼 아무 보람도 없는 길을 걷는 사람은 언제나 일 잘한다는 찬사를 받는다는 데 있었다.

'모르겠다니, 정말 모를 일이야.'

부에서 떠나올 땐 그와 이젠 아무런 인연도 없으며 먼 거리에 있는 것이라고 여겼던 것이나 생활은 또다시 자기들을 한 고리에 이어놓는 것이었다.

'그러니까 나의 새 연료안도 앞으로는 그의 심사를 거치지 않을 수 없지 않나.'

이런 생각이 들자 방금 전까지만 해도 그처럼 우람차고 광대한 것으로 느껴지던 생활이 삽시에 외진 오솔길처럼 여겨지면서 서글픈 한숨이 터졌다. 그러나 그는 곧 저로서도 알 수 없는 어떤 충동에 떨었다.

'좋다! 어디 이제부턴 겨뤄보자! 누가 옳고 그른가 하는 것은 이 엄혹한 생활이 심판을 설 테니까.'

그는 경기에 출전하기 위해 얼음판에 나설 때면 매번 그랬던 것처럼 온 근육에 힘을 주면서 한껏 심호흡을 했다.

"책임기사 동무!"

이때 뒤에서 책임기사를 찾는 쟁쟁한 녀자의 목소리가 들려왔다. 돌아보니 깜찍하게 생긴 처녀가 한 손에 도면말이를 든 채 총총걸음으로 다가서고 있었다.

"아이 몇 번이나 찾아야 해요. 정말!"

도면말이를 내미는 처녀의 두 눈에는 웃음인지 노여움인지 분간하기 어려운 기색이 어려 있었다. 보매 무슨 의견이 있어서라기보다 언제나 그런 표정에 습관돼 있는 처녀 같았다.

"벌써 다 고쳤소?"

"고치지 않구요."

"주오. 내 인차 볼 테니."

"언제까지요?"

"래일은 설비점검이 있으니까 모레까지 보도록 하지!"

"모레요? 안 돼요! 래일까지 꼭 봐줘야 해요."

"래일?"

응당 자기는 그런 요구를 할 수 있다는 자신만만한 처녀의 행동에 비해 조금도 탓하는 기색이 없는 책임기사였다. 그러고 보면 이들의 관계는 이미부터 이렇게 지내는 데 버릇된 것 같았다.

"할 수 없지."

그제야 처녀는 방긋 웃었다.

"그럼 부탁하겠어요. 꼭!"

"참! 정아 동무!"

뒤로 돌아서는 처녀를 불러 세운 책임기사는 진호를 가리키며 말했다.

"인사하오. 우리 직장에 새로 배치돼온 기사 동무요."

"그래요? 전 또…"

무슨 말인가 하려던 처녀였으나 곧 고개를 숙이며 정색을 했다.

"윤정압니다."

부끄러운 듯이 손을 내민 그는 살그머니 진호를 쳐다보다가 눈을 깜빡했는데 그 눈은 마치 스위치를 켰을 때 전등처럼 반짝하고 빛을 뿜는 것 같았다.

다시 걸음을 옮기면서 책임기사가 말했다.

"작년에 공장대학을 졸업했는데 전기부문을 담당한 공정기사지요. 얼마나 극성인지… 그만하면 재간도 있구요. 잠깐 저쪽으로 갑시다."

그는 갑자기 현장을 가로질러 2호로 옆에 세워놓은 커다란 설비 앞으로 진호를 이끌었다.

"이게 바로 이번에 새로 만든 투사깁니다."

그의 태도로 보아 진호는 그가 아까부터 이 기계를 자기한테 소개하려고 했다는 것을 짐작할 수 있었다.

"삽질을 대신하는 기곈데 이 투사기로 해서 이젠 용해장에서 삽이 없어졌지요. 실로 커다란 혁신이 아닐 수 없지요. 현 실장한테 심사를 의뢰한 것이 바로 이 기곕니다."

'그래서 삽질하는 데가 없었구나.'

실상 삽질은 용해공들에게 있어서 그중 힘든 육체로동일 뿐 아니라 고열작업이였다.

쇠물에 침식된 로 벽을 보강하는 것이 무척 까다롭고도 세밀한 작업이여서 여러 차례 기계화를 시도했댔으나 빈번히 성과가 없었다는 것을 진호도 이미부터 알고 있다.

'대단한 걸?'

평로에 새 력사(역사)를 불러온 기계, 언젠가 자기를 그토록 망신시킨 그 삽질을 대신하는 기계를 진호는 놀라운 눈길로 살펴보았다.

원료장입실에서 흘러내리는 보수재가 여러 개의 완충장치들과 교반이
바퀴의 조절에 의해 압축공기로 투사될 수 있게 만들어진 매우 정교한
설비였다. 육중한 설비이긴 했으나 아무 때나 손쉽게 이동시킬 수 있게
밑에는 고무바퀴까지 달려 있어 얼핏 보면 멋진 기동포를 련상시켰다.

"도기술경연에서 일등을 했는데 부에선 뭐라겠는지… 아마 부에서도
괜찮은 평일 겝니다. 우선 용해공들이 다 좋아하니까요."

"그러니 이건 집체작인가요?"

"웬걸요. 태수라고 기술부에 있는 동문데 숱한 고생을 했지요."

"태수요?"

진호는 대번에 두 눈을 흡떴다.

'아니 태수가? 그래! 편지에 분명 일등을 했다고 했댔어! 그럼 정말 이
걸 그가?'

"태수 동물 압니까?"

진호의 태도에 책임기사도 반색을 지으며 물었다.

"알다마다, 서로 막역한 사이지요. 대학 때부터 말입니다. 원래 같이
오려고 했댔는데 내가 그만 늦었지요. 한데 이게 정말 태수의 창안품이
란 말입니까? 편지를 받긴 했지만 이런 훌륭한 설비인 줄은 미처…"

"두 달을 꼬박 현장에서 밝혔습니다. 밤낮 '제길 제길' 하면서 말입니
다."

진호는 큰소리로 웃지 않을 수 없었다.

'제길'이라는 건 불만스러울 때는 물론 즐거울 때까지도 태수가 버릇

처럼 입에 붙이고 다니는 말이었던 것이다.

'이 친구가 정말 대단한 걸 제꼈는(해낸) 걸… 왜 그처럼 우쭐해하는가 했더니… 하긴 이쯤 한 것이면 백번이라도 자랑할 수 있지. 어쨌든 내가 단단히 먼저 한물 먹었는걸.'

내심 더없이 기쁘고 놀라왔으나 책임기사 앞에서 환성을 지른다는 것이 어딘가 자존심이 꺾이는 노릇 같았고, 그렇다고 짐짓 입을 다물고 있자니 또 친구의 성과에 지내(너무) 냉담한 것처럼 여겨져 어떤 태도를 했으면 좋을지 알 수 없었다.

진호는 투사기의 구조며 작용원리들을 구체적으로 뜯어보기 시작했다.

'흠! 그렇지! 그래! 놀라운 걸? 그 덜렁바우(덜렁이)가 이런 기발한 착상을 하다니?'

"그러니까 그 친구가 이것 때문에 첨엔 현장에 나와 있었는가요?"

"…"

고개를 들고 보니 책임기사는 벌써 옆에 없었다.

어느새 로 앞에 가 있는 그가 용해공들과 이쪽을 보며 뭐라고 하는데 분명 자기에 대한 얘기를 하고 있는 것 같았다.

그들에게서 태수에 대한 자세한 얘기를 듣고 싶었으나 진호는 그리로 다가갈 수가 없었다.

온 용해장을 망질(맷돌질)하듯 돌아치는 장입기가 불안스러워서였다. 어떤 구간을 왕복하거나 가락 맞게 움직이는 것이 아니라 향방을 잡을 수 없이 마구 휩쓸며 돌아가는 것이어서 잠깐만 눈을 팔아도 어느새 포신같이 어마어마한 팔이 뒤통수를 겨누고 스르르 다가서는 것이였다.

책임기사나 용해공들은 그런 불안은커녕 자기들 얘기에만 정신이 없다가도, 그 육중한 동체가 다가설 때문 보지도 않고도 한 발씩 옮겨 그 위험을 쉽사리 극복하는 것이였다. 마치 그들의 몸에는 예민한 촉수가 뻗어 있어 이런 위험을 미리 다 예감하는 것 같았다.

진호는 책임기사와 마주 서서 얘기하는 늙은 용해공에게 얼핏 시선이 쏠렸다. 두툼한 보안경이 달린 모자 채양을 한껏 제껴쓴 모습이 어딘가 낯익어 보여서였다.

이쪽으로 돌아서는 그의 이마에서 깊숙한 상처를 발견한 순간 그는 저도 모르게 탄성을 질렀다.

'그렇지!'

장입기가 멎기 바쁘게 진호는 그에게로 다가섰다.

"안녕하십니까, 로장 아바이."

장입기 운전공에게 무슨 손시늉을 해보이고 돌아서던 로장은 아무것도 느끼지 못하는 사람, 서로 알 리 만무라고 여기는 사람의 무관심한 눈길이였다. 그런 태도가 상대방을 무안하게 한다는 데 대해서는 전혀 오불관인 듯싶었다.

"모르시겠습니까? 실습을 왔다가 로 안에 삽을 집어넣던 대학생입니다."

"…?"

"왜 호케이 선수라고…"

"호케이 선수?"

그제야 그의 눈에는 생기가 돌았는데 틀림없이 삭막한 기억의 갈피 속에서 한 오리의 실머리가 잡히는 모양이었다.

"그래 그래! 호케이 선수! 생각나네 생각나!"

삽날처럼 뾰족한 턱을 쳐들고 웃던 그는 언제 웃었나 싶게 다시 진호를 바라보았다.

"어떻게 왔나? 또 하나 날려볼 생각인가? 그렇지만 이젠 늦었쇠. 저 투사기가 이젠 삽질을 대신한단 말일세."

"아니 이번엔 아예 눌러앉자고 온 걸요."

"그래?"

그는 쇠몽치 같이 꽛꽛한 손을 내밀며 다시금 만족스레 웃었다.

로장이 그때 삽질하던 얘기를 해서 책임기사는 물론 옆에 있던 용해공들까지 폭소를 터뜨렸다.

이때였다.

어디서 들려오는지 알 수 없는 가느다란 목소리가 책임기사를 찾는 바람에 진호는 주위를 두리번거렸다.

"기철입니다."

책임기사가 어깨에 메고 있는 무선전화기를 입에 갖다 댔을 때에야 진호는 그 목소리가 거기에서 흘러나온다는 것을 알았다.

"책임기사 동무요? 나 태수요. 다른 게 아니라 내 친구 하나가 방금 제철소로 왔다는데 혹시 거기 가지 않았나 해서…"

"친구라니?"

그는 진호를 돌아보며 빙긋 웃었다.

"키가 구척 같은데 시커면 게 꼭… 어쨌든 스산하게 생긴 친구요. 좀 찾아보구려. 거기로 보내달라고 떼를 썼다니까 아마 그 어방(어름) 어디에서 어스벙(사람이나 짐승이 얼빠진 듯 어슬렁거림)댈 거요."

"그래?"

기철은 무선전화기를 벗어주며, 한번 놀래워주라고 눈을 끔뻑했다. 그러나 진호는 벌써 상대가 태수라는 소리에 제정신이 아니였다.

전화기를 받아들기 바쁘게 그는 "날세 나야!" 하고 웨쳤으나 웬일인지 태수는 아무 대꾸도 없었다.

책임기사가 옆에 있는 단추를 누르면서 말해야 된다는 것을 알려주어서야 그는 자기 말이 통화되지 않았음을 알았다.

"나란데, 진호란 말이야!"

"뭐 누구? 아니 이게? 하! 이런 제길!"

흥분할 때면 아무 말이나 두서없이 내뱉군 하는 그의 습관이 떠올라 진호는 저절로 웃음이 나갔다.

"가만, 가만! 거기 있겠나? 내 당장 그리로 가지."

"아니, 아직 직장에 들려 인사도 못했네!"

"그래? 그럼 직장에 들려 인사를 하고 그 길로 나한테 와서도 인사를 하게. 아무래도 선배를 찾아보는 게 도리가 아닌가! 어때? 아니, 근데 진호가 옳긴 옳아?"

“젠장! 이따 실물확인하게나.”

두 친구의 상봉을 지켜보는 책임기사며 로장의 얼굴에도 흐뭇한 미소가 어려 있었다.

11

직장 초급 당 비서를 만나본 진호는 지도원실에 맡겨두었던 짐들을 책임기사 방에 옮겨놓은 다음에야 태수가 있는 기술과로 찾아갔다.

“아니 이게 누군가, 응? 정말이군 그래, 정말이야!”

기술과 청사의 좁은 계단으로 막 굴러 내려오다싶이 한 태수는 다짜고짜 진호를 부둥켜안았다.

“하 이거 모르겠는 걸! 어떻게 된 판인지 모르겠다니! 어디 보세. 진호가 맞나.”

“글쎄 내가 뭐랬어. 꼭 온다잖았는가 말야!”

사무실에 들어서서도 태수는 “자 바로 이 친구가 리진호요.” 하고는 마치 경기에서 이기고 퇴장하는 진호를 맞을 때처럼 허리를 안고 한 바퀴 돌기까지 했다.

이런 부산스런 행동에도 부서 사람들은 탓하는 기색이 없이 빙그레 웃기만 했다.

옆에 있는 사람에게 뭐라고 한마디 한 태수는 곧 진호의 팔을 끌었다.

"가자구."

"어디루?"

"어디긴 어디야, 우리 집이지!"

"우리 집?"

그제야 진호는 그사이 태수가 결혼했다는 것을 감감 잊고 있은 사실에 놀랐다.

작년 말, 결혼식에 꼭 와야 한다는 편지를 받고도 바쁜 출장이 제기되여 몸을 빼지 못했던 자기였다.

지방 려관(여관)의 초라한 방안에서 어떤 축전을 보낼 것인가를 궁리하다가 숱한 초안들을 다 찢어버리고 '행복의 꽃을 피우라'는 단마디로 된 전문을 날렸던 것이다.

어떻게 생긴 녀잘가? 성격은 어떻고?

모르긴 해도 태수의 안해 될 녀자라면 한두 마디의 핀잔쯤에는 끄떡도 하지 않을 녀장부래야 된다고 믿는 진호였다. 그렇지 않다간 그 드센 성격에 몰리워 밤낮 애꿎은 눈물만 짜리라는 것은 의심할 여지없었다.

편지에는 교양원대학을 졸업한 꼬마 선생님이라고 했었지?

아무리 생각을 굴려보아도 태수가 어떤 녀자를 데려왔겠는지 가늠할 수 없었다. 우선 그가 낯모를 녀성과 생활을 꾸리고 있다는 자체가 믿어지지 않았다.

결혼생활, 특히 신혼생활이란 부부끼리 서로 귀속말(귓속말)로 속삭일 줄도 알아야 하고 안해의 온정에 넘친 트집도 아량 있게 대할 줄 알며 특히는 각별한 매력이 숨어 있는 생활의 갈피갈피들을 묘리 있게 들추어내는 재간도 있어야겠는데, 덜퉁스럽기만 한(성질과 행동이 찬찬하지 못한), 수업시간 옆 사람과 한다는 얘기가 강사의 목소리보다도 큰 그가 어떻게 그런 생활을 꾸려나가는지 자못 의심스럽기만 했다.

한마디로 색다른 생활을 능숙하게 대할 재치라고는 전혀 없는 그가 어떻게 살고 있는지 몹시 궁금하기도 하고 한편 우습기도 했다.

사무실을 나서면서 진호는 소란을 피운 데 대한 사과의 뜻에서 사람들에게 목례를 했다.

문 옆에 서 있는 남달리 뚱뚱하고 혈색이 좋은 사람에게 시선이 미친 그는 바로 그가 낮에 전화를 받던 과장이라고 생각하며 각별히 공손하게 머리를 숙여보였다.

"아깐 안됐습니다."

"뭘요."

아무 의미도 없는 미소를 띠운 그였으나 목소리만은 더없이 위엄이 있었다.

"어때? 경기장에선 내가 내내 동무의 뒤를 쫓았지만 이번엔 날 따르지 않을 수 없었지?"

"정말 죽기내기로(죽을힘을 다해) 따라왔네."

"어물어물하다간 영 떨어지고 말어!"

정말 자기 뒤를 바싹 쫓아오는가 어떤가를 시험이라도 하듯이 태수는 두 팔을 휘저으며 힘차게 걸었다.

"같이 배치된 친구들은 다 잘 있나?"

"잘 있지. 이젠 여기 귀신이 다 됐어. 정국이는 밤낮 새까매가지고 두더지처럼 굴뚝만 쑤시는데 뭐 연진에서 새로운 금속을 잡아낸다나? 그리고 용필이는."

"용필이라니?"

"그래 그래!"

너무도 세사에 능한 웅변가여서 일격에 '구강공학강좌장'이라는 칭호를 수여받은 기계제작학부의 뚱보 얼굴이 떠올랐다.

"그 친군 무슨 프로그람(프로그램) 선반에 달라붙었는데 도무지 만날 사이도 없어!"

"참! 내가 깜빡 잊었댔군! 축하하네. 그사이 굉장한 걸 만들었더군, 투사기 말이야."

"피"

미간을 찌프린 태수는 곧 입술을 삐쭉이 내밀었다. 언제나 자기에 대한 평가에는 그것이 아무리 응당한 것이여도 이러군 하는 그였다.

"내가 특별히 고맙게 여기는 건 그게 대단한 기계라는 데도 있지만 보다는 그걸 만든 것으로 해서 동무가 내 빚을 갚아준 거야."

"빚이라니?"

"그런 일이 있지!"

"아직이야 알 게 뭔가? 이제 부의 심사를 거쳐봐야지. 생각만 해도 난 벌써부터 가슴이 졸아드네. 그들이야 덮어놓고 흠만 잡자고 달려드는 걸."

"아니 환성을 올릴 거네. 용해공들이 격찬인데야 무슨 걱정인가. 표창 급수에 상금은 맡아둔 걸세."

"제길!"

기쁠 때마다 속으로는 더없이 흥이 나 하면서도 무슨 다른 화제를 꺼내려고 사방을 두리번거리군 하는 그의 모습을 보느라니, 진호는 자기들이 그동안 서로 떨어져 있는 것이 아니라 대학생활을 그대로 연장하고 있으며 교정을 거닐며 하던 얘기를 계속하고 있는 듯싶었다.

태수를 만나는 첫 순간에 진호는 벌써 그가 이전과는 달라졌다는 것을 느끼지 않을 수 없었다.

오래동안 서로 만나지 못했던 사람의 얼굴을 오래간만에 볼 때면 처음에는 헤여져 있었던 사이에 생긴 외모의 변화에 놀라게 되지만 차츰 그 얼굴은 이전 그대로의 모습으로 되돌아가면서 모든 변화들이 가뭇없이 사라지고 그 사람에게 고유한 표정만이 나타나는 법이다.

진호도 그에게서 바로 그런 낯익은 점들을 찾아보게 되면서도 이전에는 느끼지 못했던 새로운 특징, 확신에 넘쳐 한곳을 향해 줄달음치는 사람에게만 느끼는 특유한 열정과 신심을 깨닫지 않을 수 없었다. 그것은 본래의 것을 억지로 다르게 바꾸어 나타내는 것이 아니라 본래의 것이 한껏 좋게 발전된, 말하자면 훌륭한 생활 속에서만 얻을 수 있는 자신심이라는 것을 알 수 있다.

"아니 왜 이쪽으로 가나?"

인도를 벗어나 야산 쪽에 있는 좁다란 비탈길로 접어드는 바람에 진호는 의아한 눈길로 태수를 쳐다보았다.

"아빠트에 들라는 걸 떼를 써서 사택을 얻었네. 낡은 유습이라고 욕할 건 없어. 일이 일이니만치 조용한 곳에 있고 싶더군. 또 일터가 가깝기도 하고. 그런데 왜 물어보지 않나? 어떤 처녀를 얻었는가구?"

"왜 겁이 나나? 과소평가할가봐?"

진호는 뒤에 선 것으로 하여 태수의 얼굴을 보지 못하는 게 유감스러웠다.

"난 동무의 평가보다 자기의 인상을 기준으로 삼고픈 거야. 내가 물어보면 동문 암암리에 정도 이상으로 과장할 게고 그럼 난 실지 부닥쳐서는 실망할 수도 있지 않나."

"원 제길! 보면 알겠지만 뭐 과대고 과소고 할 대상이 못 돼!"

태수는 어처구니없다는 듯이 고개를 저었다.

나지막한 산비탈을 에돌자 열댓 채 됨직한 아담한 사택들이 서로 이마를 맞대고 있었다. 그중 첫머리에 있는 집 앞에 이른 태수는 익숙한 동작으로 울타리 문을 열어제꼈다.

첫눈에도 주부의 알뜰한 손길이 느껴지는 정갈한 집이었다.

마당가에는 벌써 품들여 손질해놓은 꽃밭이 있고 그 주위로는 하얀 옥돌들이 보석처럼 다문다문 박혀 있었다. 그 꽃밭으로부터 지붕까지는 포도넝쿨이 덮여 있어 여름이면 아늑한 공원에 들어선 듯한 느낌이 들게 할 것이 틀림없었다.

처마 끝에 매달아놓은 새장들에 눈길이 미친 진호는 더욱 어리둥절해지고 말았다.

"아니! 이거야 분수가 없을 따름이지 별장이 아니고 뭔가!"

모든 것이 태수의 재간이 아닐 것은 두말 할 것도 없고 오히려 이렇게 꾸리기까지 그가 안해의 속을 얼마나 태웠겠는가? 를 십분 짐작할 수 있었다.

"엉큼하다니… 어느새 이런 알뜰한 처녀를 다 구슬려냈나? 그렇지만 뭐 일 년만 지나면 저절로 달아나고 말 걸! 도대체 어떤 처녀가 동무 같은 불도젤(불도저)한테 견디겠나 말일세."

이러면서 뒤돌아보던 진호는 주춤하지 않을 수 없었다.

어느새 자기 옆에 얼굴을 다소곳이 숙인 태수의 안해가 미소를 머금고 서 있기 때문이였다.

"첨 뵙겠습니다."

"?!"

어떻게 처신해야 좋을지 몰라 주밋주밋하는데(주뼛주뼛하는데) 옆에 다가선 태수가 웃음을 터뜨리는 것이였다.

"하하! 이젠 좀 헴(철)이 들었군그래. 우물쭈물할 때가 있는 걸 보니."

"정은심이예요. 얘긴 많이 들었습니다."

자그마한 키에 상냥한 눈빛도 다정스러웠지만 바로 그 유순한 눈에서 흘러나오는 듯한 맑은 목소리가 더욱 마음을 즐겁게 해주었다.

'한데 지내 아련해뵈는(부드럽고 가냘퍼 보이는) 걸? 태수가 한마디만 해도 대꾸는커녕 눈물부터 떨구겠어. 그렇지만 저 귀여운 모습으로 해서

이 친구가 노상 입을 벌리고 살겠군!'

"자, 이젠 올라오게. 우린 그저 이렇게 사네."

퇴마루(툇마루)에 올라서서 방문을 열어제끼며 말하는 태수의 어조는 마치도 초라한 살림을 흉보지는 말라는 듯했으나 그 말이 진호에게는 도리여 정반대의 의미, 즉 '자, 우리는 이렇게 행복하게 사네.' 하고 강조하는 것 같았다.

집안은 더욱 알뜰했다.

전실을 사이에 두고 아래웃방이 갈라져 있는데 웃방은 주로 태수에게 필요한 책상과 책장, 침대가 놓여 있고 아래방에는 옷장과 재봉침이 있었다. 텔레비죤과 갖가지 화분들이 놓여있는 전실에는 제도판이며 설계 도구까지 설치돼 있어 제법 기사 가정의 품위가 여실히 느껴졌다.

"뭐 좀 없소? 아무거나 있는 대로 가져오오."

갓 살림을 꾸린 세대주가 흔히 그런 것처럼 태수의 목소리는 어딘가 호령하는 듯하면서도 조심스러워하는 기색이였다.

이런 태도로 미루어보아 진호는 아직 한 번도 태수가 안해에게 곰살궂게 군 일이 없으며 또 앞으로도 없으리라는 짐작이 갔다. 그리고 은심이의 행복에 겨운 모습, 조용하면서도 자신만만한 행동거지는 그가 아련한 녀자임에도 불구하고 교단에서 사랑스런 꼬마를 다루듯 그렇듯 수월히 또 재미와 존경을 가지고 남편을 대하고 있다는 것을 알 수 있었다.

진호는 이들의 모습에서 신선하고도 청신한 향기를 풍기며 잎이 피기 시작하는 한 쌍의 백양나무를 보는 듯한 감을 느꼈다.

옷방 태수의 책상에 마주앉은 진호는 무심결 유리판 밑에 깔아둔 종이장(종잇장)에 눈길이 갔다.

그처럼 자기가 꿈꾸던 일, 현옥이와 함께 그토록 간절히 바랐던 그 생활이 자기한테서는 영영 사라져 버리고 친구의 생활에 꽃피고 있다는 것을 느끼게 되자 저절로 가슴이 메여 오르는 것이었다. 반갑다고 해야 할지 서글프다고 해야 할지 종잡을 수 없는 심정이었다.

고개를 돌리긴 했으나 시선이 자꾸만 그리로 쏠리는 것 같아 그는 아예 방바닥에 내려앉고 말았다.

"자 이젠 좀 차근차근 얘기해봐."

이제까지 한 말은 모두 가식에 지나지 않고 이제부터야말로 진짜라는 듯이 태수는 진호 앞에 바싹 다가앉았다.

지금 태수는 그사이 진호가 어떻게 지냈으며 또 어떻게 예고도 없이 불시에 내려오게 되였는가를 알고 싶기도 했으나, 한편으로는 그동안 자기가 겪은 생활, 한두 마디로는 다 표현하지 못할 벅찬 사건들이 새로운 의미로 회고되는 것이여서 그것들을 어떻게 다 펼쳐 보일가 하는 생각에 젖어 있었다.

"아니 눈이 더 나빠진 게 안야? 그전보다 더 자주 깜빡이는군!"

"뭐 일 없어!"

어느새 상을 차려 든 은심이가 방안으로 들어섰다. 자개가 박힌 네모난 상 우에는 락화생(땅콩)이며 조개 따위의 마른 안주와 함께 보기 드문 생선회까지 올라 있었다.

"이건 또 뭔가?"

"동무의 '하야'를 축하해서지."

상을 받아놓은 태수는 두 손을 마주 비벼대며 싱글벙글 했다.

"아무것도 준비한 게 없어 미안해요."

미리부터 준비한 것이 틀림없었으나 은심이는 녀성 일반이 그렇듯이 자기 솜씨는 좀더 우월한데 바삐 서두르다나니 할 수 없이 이렇게밖에는 차리지 못했다는 듯한, 그러면서도 은근히 주부의 능력을 과시한 것을 못내 만족해하는 그런 눈빛으로 바라보는 것이었다.

"난 동무가 아무 때던 오리란 걸 알았어. 그 따분한 장벽을 뚫고야 말리라는 걸 말이지. 그런데 어째서 깡철직장을 택했나?"

은심이가 부엌으로 내려가자 태수는 진호의 잔에 맥주를 부으며 이렇게 물었다.

"왜? 내가 거길 내놓고, 그 깡철직장을 내놓고 어딜 간단 말인가?"

진호는 일부러 지도원의 흉내를 내어 '깡'이라고 발음해보았다. 그러자 우습긴 하면서도 무척 친숙한 감이 드는 것이었다.

"아니! 내 말은 호케이 선수가 불바다에 뛰여들었으니 하는 말일세. 얼음과 용금을 합쳐보게. 어떻게 되나? 폭발일세, 그것도 굉장한 폭발! 야금이 불과 물의 과학이라고는 하지만 그것들은 서로 상극이거던."

"하하."

오래간만에 가슴을 터놓고 웃어보느라니 진호는 자기에게 닥쳐온 새 생활에 대한 환희와 함께 이미 지나간 생활의 구슬픈 선률이 한데 엉켜 어쩐지 가슴이 멨다. 그러면서 태수한테야말로 자기가 이제껏 겪은 모든 일들, 그 누구한테도 털어놓지 못한 사연들을 다 털어놓을 수 있다는 생각이 드는 것이었다. 그리하여 그는 자초지종을 자세히 얘기하기 시작했다.

진호의 얘기를 다 듣고 난 태수는 그를 무척 위로해주고 싶은 심정에 휩싸였다.

그는 자기가 진호한테서 이런 련민(연민)의 정을 느끼게 되리라고는 상상도 못했었다. 그러자 가슴 속에 그 어떤 모순된 감정, 이를테면 진호에 대한 동정과 그의 행동에 대한 열렬한 공감은 금할 수 없었으면서도 그가 자기의 지향을 고집한 탓으로 의심받은 부당한 생활에 비하면 자기가 걸어온 길은 너무나도 뚜렷하고 줄기찬 것이었다는 긍지가 솟구쳐 오르는 것이었다.

사업을 놓고 보나 개인적인 생활에서나 자기가 행복하다는 의식은 그것을 바랐으면서도 이룩하지 못한 진호에게는 불쾌하리라는 생각이 들어 그는 자기 생활에 대해서는 될수록 비치지 않으려고 맘먹었다.

"그래 이번엔 그 새 연료가 자신이 있나?"

"글쎄… 뭐라고 해야 할지. 생성물 처리에서는 어느 정도 성과가 있네만 보다 중요한 온도만은 아직도 부족점이 많아. 전번 실패도 바로 열부족에 있었거던. 겨우 1650도 정도니까 아직은 150도는 더 올려야 하네."

"아니 아직도 150도나?"

태수는 어성(언성)을 높였다. 그런데는 어딘가 락심해하는 듯한 진호

162

의 태도가 불만스러웠기 때문이였다.

이럴 때 그의 의기를 돋구어주기 위해선 어떤 양념을 쳐야 한다는 것을 알고 있고 또 격하기 잘하는 그의 버릇을 오래간만에 즐겨보고 싶어진 태수는, 이번에도 틀림없이 자기의 계책에 말려들리라는 것을 느끼며 곧 심각한 표정을 지었다.

"모르긴 하겠지만 아직도 그 정도라면 이제라도 다른 과제를 잡는 게 어때?"

"왜?"

"숱한 사람들이 그걸 가지고 얼마나 씨름했게? 작년에도 연구집단이 반년이나 내려와 있지 않았나. 그런데도 결국 허탕이였거던."

"흠! 그들이 뭐라구!"

진호의 눈이 꼿꼿해지는 것을 보며 태수는 속으로 고소를 머금었다.

"그래도 그들이 동무보다야 훨씬 선생이 아닌가! 그들에 비하면 동문 초학도에 지나지 않지."

"하긴 그럴 수도 있지. 그들이 나보다 아는 거야 많겠지. 경험도 있고. 그러나 그들이 모르는 걸 내가 알아낸 것도 있단 말일세. 그들은 새 연료 자체 그 하나만 가지고 취입하려고 했거던. 말하자면 새 연료에 첨가제를 배합하려 하진 못했단 말이네. 여기에 본질적인 차이가 있지. 내가 대학 기간 삼 년을 괜히 첨가제 하나에 몰두한 줄 아나? 그들은 단지 어떤 기성원리가 있으면 그걸 현실에 적용해보려고 할 따름이야. 마치 나무모를 지고 다니면서 여기는 땅이 나빠 안 되오, 여긴 물이 없소 하고 결론을 내리는 사람처럼 말이야. 문젠 그런 땅에 맞는 나무모를 키워야 한다는 데 있지. 난 나의 첨가제야말로 아직 부족점이 있긴 하지만 거기에 맞는 그런 것이라고 생각하네. 자, 보라구. 여기에 9천 카로리(칼로리)의 중유가 있네. 그리고 여기엔 6천 카로리밖에 안 되는 연료가 있고. 그래 이 연료가 어떻게 중유만 한 열량을 담보한단 말인가? 도저히 불가능한 일이지."

"그럼 그들이 아직 그것도 모른단 말인가?"

"왜 알기야 하지. 그렇지만 다른 나라에서 아직 그렇게 도입한 실례가 없으니까 시도하지 않는 걸세. 그들에겐 기성의 전례와 경험이 활동기준으로 돼 있단 말이네. 어쨌든 기본 고리는 이 첨가제네. 이 첨가제가 어떤 역할을 하는가에 있지. 이걸 보게. 이게 연료네. 그런데 여기다 이 첨가제를…"

"아니 가만! 양념이야 쳐얄 게 아닌가!"

앞에 놓인 양념접시를 밀어치우려고 하는 진호의 손을 멈추며 태수는 미소를 지었다.

"난 중유를 제철소에 먼저 주라고 한 당의 교시를 전달받는 순간 가슴이 미여지는 것 같았네. 그 사랑이 너무나도 고마와 눈물이 나다가도 어떤 죄책감으로 하여 울 수조차 없더란 말일세. 당에서 그런 배려를 하는데도 과학자며 연구사들이 그 무슨 사정이요, 조건이요 하고 손꼽아 렬거(열거)하는 리유들에 대해 반감이 치밀어 견딜 수가 있어야지, 아니 그보다 내 자신이 여태까지 무슨 일을 했는지, 또 어떻게 태평스레 하루하루를 살아올 수 있었는지 리해할 수가 없더란 말일세. 사실 우리야 당에서 바라는 일이라면 무조건 해야 한다고 교육받지 않았나. 교육은 둘째 치고 여태껏 받은 사랑에 뭔가 하나라도 해놓은 일이 있어야 할 게 아닌가. 난 그때에야 내 심장이 녹슨 파철에 지나지 않는다는 것을 똑똑히 알았네.”

점점 낯빛이 창백해지는 진호를 여겨보며 태수는 놀라움을 금할 수 없었다.

언제나 모순된 문제성만 옹호해 나서던 그가 이젠 필요한 일에 대한 확고한 의지와 신심을 느끼고 있을 뿐 아니라 거기에 한 몸 바칠 불같은 각오에 충만 돼 있는 것이 아닌가!

“좋아!”

태수는 그의 어깨를 철썩 갈겼다.

“진호가 어떤 사람인가 하는 걸 똑똑히 보여주게, 경기 때처럼 말이야. 음? 자 그 소원이 성취되길 바래서!”

태수는 잔을 들어 보였다.

“그래 직장 사람들은 마음에 듭데?”

잔을 비운 태수는 화제를 옮길 생각으로 이렇게 물었다.

“누구 말인가 비서? 좀 무뚝뚝해 뵈더군.”

“하긴 그렇기도 해. 바탕이 용해공이였으니까. 로 행정도 환하지만 사람들의 마음은 그보다 더 잘 들여다본다네. 어떨 땐 너무 속속들이 꿰뚫어봐서 막 화가 날 때도 있지. 그의 버릇이 뭔지 아나? 언제나 자기가 먼저 론증을 해놓고는 반박을 기다리는 거야. 만일 자기를 꼼짝 못하게 반박을 가하면 좋아하지만 말문이 막혀 우물쭈물하면 오히려 성을 내거던."

진호는 "반갑소. 어디 같이 한번 일해보기요." 하면서도 도대체 몇 푼이나 되는가를 가늠해보기라도 하듯이 깔끔한 눈길로 훑어보던 비서의 얼굴이 떠올랐다.

"참! 누구보다 책임기사가 맘에 들더군! 그 나이에 책임기사라니 보통 친구가 아닌 모양이지?"

생선회를 씹느라고 입을 우물거리던 태수는 대답 대신 제꺽 세 손가락을 펼쳐보였다.

"벌써 세 개의 기술안을 현장에 도입했는데 그중 두 개는 발명권까지 받았다네. 남다른 재간에 일 욕심까지 있어서 제철소에선 누구나 찬사를 아끼지 않지. 거기다 생기긴 또 얼마나 곱살하게 생겼나! 그래서 숱한 처녀들의 동경의 대상이 되군 하지만 그에겐 언제나 시기상조라네."

"그런 왜?"

태수는 벌쭉 웃었다.

"'남아 이십 미평국이면 후세 수칭 대장부리요' 하는 시조를 알지? 그래 남이의 시 말이야. 그게 그에게는 '남아 이십 미현국이면 후세 수칭 과학도리요' 하고 읊히운다네. 말하자면 20대에 두각을 나타내지 못하는 사람을 누가 과학학자로 인정하겠는가 하는 거지. 새색시처럼 얌전해 뵈지만 속에는 그런 만만찮은 투지를 품고 있는 대장부야, 알겠나? 지금도 무슨 열관리 개선에 대한 기술안을 연구하고 있는데 뭐 중유를 절약하는 안이라던가?"

"중유를 절약하는 안?"

진호는 저도 모르게 태수의 말을 되받아 외웠다.

"하여간 뭘 어떻게 해서 중유 소비기준을 떨군다는 건데… 아니 그러고 보니 동무 기술안과 비슷하군 그래, 응?"

그제야 태수도 굳어졌다.

커다란 충격이 진호의 온몸을 휩쌌다. 어떤 원리에 의한 기술안일가?

"어디 좀 구체적으로 말해보게."

"내가 그걸 알 게 뭔가? 어쨌든 이미부터 그 기술안이 숱한 사람들의 관심 속에 있는 것만은 사실이네."

어떤 새로운 기대와 흥분에 휘말린 진호는 책임기사에 대한 선망을 더욱 금할 수 없었다.

그는 잔을 들어 단숨에 입안에 쏟아 넣었다.

"어쨌든 괜찮아. 비서도 그렇고 책임기사도 말이야. 아무렴 동무네 과장 같은 사람이겠나?"

"과장이라니?"

"그 뚱뚱보 말이야. 전화를 받으면서 어찌나 을러대는지, 원…"

한참 눈알을 굴리던 태수가 갑자기 방바닥을 내려치며 웃어대기 시작했다.

"그 그 친군 과장이 아니라 며칠 전에 온 햇내기야."

눈에 고인 눈물을 씻으며 그는 계속 숨넘어가는 소리를 질렀다.

"같이 있으면 씩씩거리는 숨소리로 해서 가슴이 다 답답하지. 그래서 우린 '송풍기'라고…"

"송풍기? 하하."

진호도 고개를 쳐들고 온몸을 들썩거렸다.

안주접시를 들고 들어오던 은심은 너무도 호탕하게 웃어대는 두 사내의 모습에 놀랐다가 저 역시 손등으로 입을 가렸다.

"그런데 이쪽 문젠 어쩔 셈인가?"

진호의 표정이 밝아진 것을 보고 태수는 지나가는 말처럼 한마디 던졌다.

그가 이렇게 우연한 말처럼 물은 것은, 그만큼 그것이 궁금했고 중요했기 때문이며 아무리 내색하지 않으려 해도 그렇게 되지 않거니와 진호가 괴로와하리라는 생각으로 하여 묻지 않는다면 그의 맘이 더 괴로우리라는 것을 알기 때문이었다.

"뭘 말인가?"

태수가 무엇을 묻는다는 걸 모르지 않았으나 진호는 이렇게 되물었다.

"현옥 동무 문제 말이야. 말하자면 의문분가 아니면 휴지분가 하는 거야."

태수는 진호의 말을 들으면서 명식이에 대한 불만은 끝이 없었으나 현옥이에 대해서는 어느 정도 동정을 느끼지 않을 수 없었다. 그리고 이들 사이가 이렇게까지 버성겨진(벗어지거나 빠져서 사이가 생긴) 게 명식이도 명식이지만 진호의 지나친 과단성 때문이 아닐가 하는 생각도 들었던 것이다.

대학 시절 현옥이에 대해 느끼던 인상 때문인지 아니면 진호가 그런 선고는 했지만 맘속으로는 결코 그를 그처럼 타기해 마지않을 처녀로까지는 치부하지 않으리라고 여겨선지, 어쨌든 그는 이들의 관계가 못내 아쉽게만 생각되는 것이었다.

"헛 참! 장가를 들더니 의심이 많아졌군 그래! 휴지부(쉼표)도 의문부(물음표)도 아니야, 깨끗한 종지불세."

'제길! 이렇게도 한심한 친구라구야.'

태수는 대뜸 눈을 흘겨 붙었다.

"동무 같은 주제에 그런 처녀를 다시 어디서 만날 것 같아?"

태수는 진호의 성격이 남달리 명확하고도 단순한 것으로 하여 좋아했으나 어떨 때는 도가 넘어 심중성조차도 소심성으로 치부해버리는 점만은 더없이 안타까왔다.

대학 때도 "세상만사가 다 동무 뜻대로 된다 해도 처녀 하나만은 안 될 걸" 하고 자주 놀려대군 했었다.

"그건 왜?"

"동무가 바라는 것처럼 그렇게 완전무결한 처녀가 세상에 있어야 말이지."

그때마다 진호는 자긴 어떤 일이 있어도 그런 처녀를 찾아내고야 말 테니 두고 보라는 장담을 했었다. 정말 그런 처녀를 찾아냈는가 했더니 웬걸…

"아무래도 동문 안 되겠어. 훌륭한 처녀는 고사하고 곱사등이조차도 동무가 어떤 사람인가 하는 걸 알고는 당장 뺑소니치고 말 걸세."

"아니 그거야 너무하지 않나!"

"너무하긴 뭐가 너무하다는 거야! 이것 보게, 흔히 사랑하느라면 서로의 행동을 지나치게 보고 관계를 첨예하게 만들 때도 있지 않나. 그게 사랑이기도 하지. 그런데 그것조차 리해를 못하니 무슨 말을 한단 말인가."

"지나치게? 그래 동문 그가 날 지나치게 봤다고 생각하나? 있을 수 있는 일로 생각해?"

단호히 고개를 짓던 진호는 갑자기 한숨을 내뿜었다.

"나도 차라리 그렇게 생각할 여지가 있다면 좋겠네. 의심에 싸여 있을 땐 괴롭긴 하지만 그래도 희망이라도 있을 게 아닌가. 그러나 그게 아니야. 그는 그 이상 더 날 모욕하고 배반할 수 없는 행동을 한 걸세. 어쨌든 이젠 명백한 일이네. 안개 속에 있는 배를 보고 바위라고 생각했던 사람이 나중에 배라는 것을 안 다음에 어떻게 그걸 다시 바위로 볼 수 있겠나 말일세. 난 이번에 진정이란 생활에서는 물론 사랑에서도 필수적인 선결조건이여서 그것을 리해하지 못할 땐 사랑도 그에 반작용하기 마련이라는 걸 똑똑히 깨달았네."

확실히 그는 자기 자신을 더없는 멸시와 모욕을 받은 인간으로, 나아가서는 그 굴욕을 씻을 가능성을 잃어버린 인간으로 치부했다. 바로 그래서 그는 그렇듯 확고하던 자기의 포부와 희망을 졸지에 허망한 것으로 무의미한 것으로 일축해버린 현옥이가 괘씸해서 견딜 수 없는 것이었다.

"그게 탈이야. 그게 바로 동무의 결함이거던. 동문 우리 생활이 자기가 바라는 것처럼 순순하기만을(조용히 흘러가기만을) 원하지만 현실은 아직 그렇지 않아!"

"그렇지 않다니? 난 바로 그걸, 동무만이 아니라 다른 사람들도 그렇게 믿고 있는 그걸 부정하자는 걸세. 그게 틀렸다는 걸 증명하고야 말겠단 말일세. 아무리 옳아도 옳은 것으로 되지 않고 오히려 곡해되고 비난받는 것이 바로 많은 사람들도 바로 그렇게 생각하기 때문이라고 보는거네. 순수하지 못한 오물들이 진리를 가리우고 있기 때문이라고 말일세. 그래 그것들이 진리를 가리울 수 있나? 가리워야 하나 말일세. 난 오직 순수한 것만이, 가장 깨끗한 량심만이 승리한다는 진리를 보여주고야 말 테네. 그 진리가 누구한테 있는가 하는 걸 똑똑히 실증해 보일 테란 말이네. 현옥이한테, 그 오빠한테, 아니 온 세상 사람들한테 말이네. 그래, 내가 그만한 힘도 없을 줄 아나? 그만한 힘도 없이야 도대체 내한테 젊음이라는 게 있어 무엇하겠나."

그의 목소리는 너무도 확고한 의지에 넘치다 못해 어떤 처절한 비분까지 어려 있었다.

그 목소리만 듣고도 태수는 진호가 얼마나 큰 고통을 겪었는지, 또 어떤 결심을 품고 있는지 충분한 짐작이 갔다.

"…"

한동안 침묵이 흘렀다.

그들은 둘 다 자기들이 만나자마자 대학 때 하던 버릇대로 또 론쟁에 열을 올리고 있다는 것을 생각하고는 곧 침묵을 지켰다.

젓가락을 집어든 진호는 부지런히 안주를 집었다. 어느새 방금 들어온 생선회 한 접시가 거의 바닥을 드러냈다.

이런 그의 행동이 마음속에서 이는 어떤 격정을 억제하기 위해서라는 것을 태수는 짐작했다.

"허 이런 걸구(거지 귀신)라구야. 닥치는 대로 냠냠일세그려!"

"…"

진호는 여전히 젓가락만 놀려댔다.

"난 아까 동무를 기다리면서 이런 생각을 했네!"

창문을 열어젖힌 태수가 나직한 목소리로 말했다.

"우리들의 생활은 언제나 3월에 시작된다고 말일세. 우리가 서로 가까이 사귀게 되여 가슴 들먹이며 수도의 야경을 바라볼 때도 3월이였지. 그런데 또다시 이렇게 만나 3월에 새 생활을 시작했으니 말이야. 결국 3월은 우리의 달이네. 안 그런가?"

3월! 확실히 그것은 희망을 예고하는 계획과 기쁨의 계절이였다.

진호도 무슨 일을 어떻게 해야 하리라는 계획들이 머리에 떠오르는 듯한 감이 들었다.

'드디여 새 생활이 시작되는구나.'

자리에서 일어나 창가로 다가선 그는 새삼스런 눈길로 화광에 타오르는 제철소의 밤하늘을 오래도록 지켜보았다.

12

용금(높은 온도에서 녹아 액체 상태가 된 쇠)은 로 벽을 두드리며 세차게 끓어오르고 있었다.

정련기, 쇠물이 최고의 온도에서 비등되면서 용금 속에 포함된 불순물과 갈라지는 가장 맹렬한 반응이 촉진되는 때다. 불순물이란 언제나 제일 높은 온도에서만 분리되는 법이다.

우택 로장은 두툼한 벙어리장갑을 낀 두 손을 얼굴 부위에 올리고 로 안을 유심히 살피고 있었다. 손을 들고 있는 것은 뜨겁게 미치는 복사열을 막기 위해선데, 이쪽저쪽을 들여다볼 때마다 손 위치도 이리저리 달라지는 것이여서 마치 격술선수가 천천히 시범동작을 하고 있는 것 같았다.

지금도 그는 최대의 온도에서 정련작업을 다그치고 있었다.

자기가 로를 조작하는 한에 있어서는 어떤 일이 있어도 자기의 의지에 로가 복종할 것이며 또 사소한 사고도 생기지 않으리라는 것을 확신하는 그였다.

자기에 대한 신심, 자기 힘에 대한 신심은 그에게 각별한 기쁨, 아무리 제강하기 어려운 강종이라도 훌륭히 쫄여낸다는 그 무엇에도 비길 수 없는 창조의 기쁨을 산생시켰고(생겨 나타나게 하였고) 불패의 힘을 주는 것이었다.

언제나 그는 로를 자기 몸의 한 부분으로 간주하는 것이어서 로의 요구를 짐작하는 것이 아니라 체감하는 것이였다.

용해공들은 주위에서 쇠물을 뜨기도 하고 시편(시험 분석용 광물의 조각)을 깨보기도 하면서 잠시도 긴장을 늦추지 않고 로장의 지시를 기다리고 있었다.

출강을 앞둔 이런 때면 용해공들은 로장의 어떤 지시라도 제때에 응할 수 있는 만반의 태세를 갖추고 있어야 했다. 만약 한순간이라도 그의 요구를 지체시켜 작업에 혼란을 가져오기라도 하면 어떤 대가를 치러야 한다는 것을 너무나 잘 아는 이들이였다.

누구를 큰소리로 나무라거나 꾸짖을 줄 모르는 우택은 맞갖잖은(마음이나 입에 맞지 않는) 일이 있을 땐 그저 상대를 묵묵히 마주보기만 했는데, 그때 그의 눈길은 앞에 있는 것이 사람이 아니라 쓸모없이 굴러다니는 쇠꼬챙이나 나무토막을 볼 때와 같은 그런 무심한 눈길이였다.

그러나 이 눈길에 한번 쏘이기만 하면 아무리 성격이 드센 사람도 그 자리에서 초절임(초벌 절임) 돼버렸다. 초절임만 시켜놓으면 또 몰라도 다음 날부터는 그에게 일체 작업분담을 하지 않기 때문에 정말 그는 나무토막이나 꾸어온 보리자루(보릿자루) 신세를 면치 못하는 것이였다.

억대우(덩치가 매우 큰 소)같은 용해공들에게 있어서 이보다 더 불행한 일은 없었다. 때문에 그들은 로장 앞에 있을 때면 언제나 자기는 기운이 왕성한 사람이지 절대로 나무토막이나 쇠꼬챙이가 아니라는 것을 시위하기에 여념이 없었다.

하지만 그것도 정도를 봐가며 해야지 잘못하다간 "쫄랑거리지 말어! 쇠물은 눈치가 아니라 맘으로 끓이는 거야." 하는 말을 듣기가 일쑤였다.

이처럼 엄한 그였으나 기분이 좋을 때는 가끔씩 '갈매기 쌍쌍'을 목청을 뽑아 부르기도 했는데 그것은 노래라기보다 글을 읽는다고밖에 생각되지 않을 정도였다.

직장 사람들은 물론 온 공장 사람들이 한결같이 그를 아끼고 존경했다. 그런데는 해방 전부터 용해공이었다는, 또 최고 기능공으로서 수많은 용해공을 길러냈다는 무시할 수 없는 관록 때문이기도 했으나 보다는 그의 이마에 새겨진 깊숙한 상처 자리로 해서였다.

피맺힌 과거가 새겨진 그의 이 상처에는 각별한 사연이 깃들어 있기도 했다.

왜놈들은 현장에서 로동재해로 잘못된 그의 아버지를 대신하여 나 어린(나이 어린) 아들을 용해장에 끌어냈다. 안전시설도 없는 데서 일하다가 잘못됐는데도 턱없는 빚까지 연약한 그의 어깨 우에 짊어지워 놓던 것이다.

그가 열여덟 살 때였다.

쇠물을 뜨려고 쇠물뜨개를 로 안에 들이밀던 우택은 갑자기 불길이 확 하고 내부는 바람에 일시 주춤했는데 그 바람에 쇠물뜨개는 벌써 엿

가락처럼 휘여들고 말았다.

　문짝도 없는 로 앞에서 어떻게 쇠물을 단번에 떠낼 수 있으랴만 감독
놈은 가스를 낮춰주기는커녕 단 한 번의 실수조차 용서하지 않았다.

　"무엇이나 따가운가! 무엇이나! 무엇이나!"

　슬라크(광석을 제련하고 남은 찌꺼기=슬래그)를 걷어내기 위해 들고 있던
칼날 같은 철판이 순식간에 그의 이마로 날아들었다. 대번에 그의 이마
에서는 시뻘건 피가 분수처럼 뿜어 올랐다.

　그러나 아프다는 말 한마디 없이 팔굽으로 이마를 문대고 난 그는 곧
다른 쇠물뜨개를 들고 와 다시 로 안에 밀어 넣었다.

　누가 봐도 그의 행동은 자기 잘못에 대한 공손한 보상처럼 여겨졌다.

　실상 출강 직전의 쇠물이란 초를 다투며 성분을 달리하기 때문에 잠
시도 우물거릴 수가 없었던 것이다.

　쇠물을 떠내기 바쁘게 슬라크를 걷어낸 감독놈은 쏟아놓은 용금에서
피여오르는 불꽃을 보기에 정신이 없었다. 그런데 어찌 이놈이 쇠물뜨
개에 남아 있던 반 바가지의 쇠물이 자기 잔등에 쏟아지리라는 걸 상상
인들 할 수 있었으랴.

　불꽃만 지켜보기에 여념이 없던 감독놈은 갑자기 "으악" 하는 비명을
지르며 공중으로 길길이 뛰여올랐다.

　"아찌찌."

　"흠! 따가운 줄은 아나 보군!"

　자벌레처럼 발딱거리는 감독놈을 노려보며 우택은 이렇게 말했다는

176

것이다.

이 일로 하여 놈들에게 잡혀갔던 그는 해방이 되여서야 다시 돌아왔고 돌아와서는 놈들이 마사놓고(부서뜨려놓고) 달아난 로를 맨 선참으로 복구했다.

그런데 첫 출강의 날에 상급당의 책임비서를 현장에 직접 모시게 될 줄이야.

출강작업을 끝낸 우택의 땀에 젖은 손을 다정히 잡아주시며 짧은 기일 안에 로를 복구해서 쇠물을 뽑은 동무에게 감사를 드린다고 하시던 그이께서는 곧 우택의 이마에 시선을 멈추시고 안색을 흐리시였다.

우택의 상처에 대한 사연을 말씀 올리자 그이께서는 조용히 그러나 분노에 차신 어조로 "보시오, 동무들! 놈들은 여기서 쇠물이 아니라 우리 조선 사람들의 피를 뽑았소." 라고 하시면서 몇 번이고 우택의 상처를 쓸어주시였던 것이다.

우택은 그날 난생 처음 눈물이 찝찔하다는 것을 알았다.

그이께서는 그 후에도 제철소를 찾으실 적마다 그를 불러 이것저것들을 세심히 보살펴주시였고, 전국천리마선구자대회 때에는 그가 토론을 마치자 이마에 난 상처에 대한 래력(내력)까지 대회 참가자들에게 말씀하시며 우리 로동계급은 바로 이런 사람들이라고 과분한 치하를 주시였던 것이다.

이런 사실로 하여 사람들은 그를 더욱 존대했고 이마에 난 상처를 무슨 금별메달(금메달)이라도 되는 것처럼 선망이 어린 눈길로 쳐다보는 것이였다.

"자요, 아바이!"

작업반의 막내동이 영기가 얼음을 띄운 탄산수 고뿌를 그에게 내밀었다.

용해공이 된 지 두 달밖에 되지 않는 그여서 작업분담은 공구관리에 불과했지만 자기도 이젠 어엿한 용해공이라는 것을 드러내지 못해 안달하는 귀염둥이였다.

작업복도 몸에 꼭 맞게 고쳐 입었고 모자에 다는 코발트 안경까지도 어디서 제일 멋진 걸로 구해 달고 다녔다. 하지만 지내(너무) 새 것일 경우에는 누가 봐도 첫눈에 햇내기라는 것을 알린다는 것을 고려하여 불편하지 않게 한쪽 귀때기에 약간 금이 가게 한 것은 물론 작업복도 팔굽이나 무릎을 더러 눅게 했는데, 얼핏 보면 정말 몇 년은 용해장에서 잘 굴러먹은 듯한 감이 드는 것이였다.

"열이 과하지 않아요?"

"어째?"

"천정이 저렇게 새하얀데요!"

열이요 천정이요 하는 게 벌써 그의 푼수치고는 지내 오지랖 넓은 것이지만 우택은 천정을 올려다보는 척했다. 영기에게만은 정도 이상으로 다심한 우택이였다.

영기가 이러는 데는 누구나 로장 앞에서는 함부로 말도 걸지 못하지만 자기는 그렇지 않다는 것을 시위해보임으로써 자기를 허술히 대하는 반원들에게 일종의 시기심을 촉발하려는 데 있었으나, 그의 의도는 매번 사전에 탄로나버리군 했다.

자기를 드러내지 않은 척하면서도 남들은 인정하지 않고 남들은 인정하는 척하면서도 자기를 나타내지 못해 애쓰는 년령기(연령기)엔 누구나 그런 것처럼, 그 역시 지금 자기도 용해공이라는 것을, 선전화에도 언제나 제일 앞에 서 있는 로동계급 중에서도 진짜배기 로동계급이라는 것을 만 사람에게 시위해 보이지 못하는 것이 여간만 안타깝지 않았다.

그럴 수만 있다면 멋있는 나팔 작업바지에 파란 보안경이 달린 모자를 이마 우에 쓱 올려붙인 채 시내의 한복판을, 아니 수도의 대도로를 맘껏 활보하며 "자 보시오. 내가 용해공이요. 내가 우리 당에서 제일 아껴주는 용해공이란 말이요." 하고 목청껏 소리치고 싶은 것이었다.

그러면 자기를 필경 교과서의 그림에서나 보았을 꼬마들이 "야 용해공 아저씨다." 하고 달려와 조롱조롱 매달릴 것이고 어른들은 "음 저 사람이 바로 쇠물을 끓이는 사람이군!" 하며 선망 어린 눈길로 쳐다볼 것이 아니겠는가!

그런 사람들을 향해 손을 흔들며 흐뭇한 미소를, 사나이다운 미소를 보내주고 싶은 생각이 하루에도 몇 번씩 일군 했다.

특히 후야근작업 때 로 문의 동그란 시공으로 내뻗치는 화광을 한 몸에 받으며 용해장에 서 있느라면 마치 오색령롱(영롱)한 조명이 비치는 화려한 무대 우에 서 있는 듯한 착각이 일어 그 유혹은 더욱 가슴을 울렁거리게 하는 것이었다. 그가 생각하는 무대라는 것은 온 세상이었고 뜨겁게 내려 비치는 조명은 만 사람의 경탄 어린 시선이었다.

"이런 거야 제때에 치워놔야지. 뭐야! 자 영기!"

이런 소리와 함께 비자루 하나가 휑하니 날아와 발 앞에 떨어지는 바람에 그는 대뜸 눈을 까뒤집고 그쪽을 쏘아보았다. 제때에 현장 정리를 하라는 소리였다.

이런 현실은 늘 꿈 같은 하늘을 날고 있는 그에게 참을 수 없는 수치를 안겨주었다.

'빌어먹을! 당장 공구관리를 집어치우던가 해야지, 이거야 어디… 엥이!'

그는 자기의 위신을 저락(등급이나 가치가 떨어짐)시키고도 태평스레 누워 있는 비자루를 구두발(구둣발)로 힘껏 걷어찼다. 밸이 난 김에 또 한 번 차려고 뿌르르 달려가던 그는 저쪽에서 줄을 지어 밀려드는 견학생들 바람에 할 수 없이 그것을 집어 들었다.

매일처럼 찾아드는 견학생들이여서 놀라울 건 없지만 오늘은 하나같이 차림들이 요란해서 대번에 용해장이 환해진 것 같았다.

모두들 제 모양대로 고운 얼굴을 쳐들고 참새처럼 재잘거리다가 빙그르르 돌아가는 장입기 앞에서는 와 하고 비둘기같이 흩어지기도 했다. 어떤 처녀는 우람찬 동음에 기가 질려 두 손을 귀에 갖다 대며 몸을 옹송그리기까지 했다.

"허 봄 나비가 날아들었군그래."

누군가 이렇게 말하자 곧,

"봄 나비라니요? 물 찬 제비 같소이다. 낄낄…"

하는 괴상한 목소리가 되받았다.

이럴 때면 용해공들은 견학 온 사람들이 그들이 아니라 마치 자기들이기라도 한 것처럼 눈살을 꼿꼿이 세우고 견학생들을 마주 바라보는 것이었다.

대상에 따라 화제의 내용도 다른데 예술인쯤 되고 보면 덕 없는 롱이 오가기 마련이었다.

한 친구가 견학생 대렬 속에 있는 어떤 처녀를 가리키며 뭐라고 하자 모두들 일제히 그쪽을 주시했다. 아마 어느 가극을 주연한 배우라도 찾아낸 모양이었다.

모두들 그를 여겨보느라고 정신이 없는데 갑자기 불만에 찬 영기의 목소리가 들리였다.

"아니 저 처녀가?"

다짜고짜 견학생들을 마주 향해 뚜벅뚜벅 걸어간 그는 맨 뒤에서 서로 팔을 끼고 오는 두 처녀 앞을 떡 막아서는 것이었다.

"동무!"

어느새 한 손을 허리에 올린 영기는 제법 엄엄한 목소리로 말했다.

"?"

눈이 올롱해진 처녀들은 무슨 영문인지 몰라 서로 마주 쳐다보기만 했다.

"동무 말이요!"

두 처녀 중에서 입에 손수건을 대고 있는 처녀를 가리킨 영기는 호령이나 하듯이 소리쳤다.

"여긴 신성한 용해장이란 말이요. 오염되지 않게 랭풍(냉풍)장치가 다 돼 있으니 그 손수건을 입에서 떼시오. 당장!"

"네?"

옆에 있던 처녀가 갑자기 빙그레 웃으며 한걸음 나서는 것이었다,

"아이 참! 그런 게 아니예요. 이 동문 지금 병원에서 오는 길이예요. 방금 이발(이빨)을 뽑았거던요. 안정해야 된다는 걸 용해공들이 보고 싶다고 기어이 따라나선 거예요."

"…?"

그처럼 도고하던(높은 체하며 교만하던) 영기는 기세가 삽시에 한풀 꺾인 것 같았다.

"그러고 보니 동무도 용해공이군요. 그렇지요?"

다시 방긋 하고 웃는 처녀의 입귀에 뽀얀 덧니가 드러나자 마음의 탕개(물건을 동인 줄을 조이는 물건을 가리키는 말로 '긴장'을 뜻함)가 풀어진 영기는 대번에 주눅이 들어버렸다.

처녀의 달콤한 미소도 미소였지만 용해공이 보고 싶어 왔다는 말이 더욱 태도를 수습할 수 없게 만든 것이었다.

"그렇소! 내가 바로 용해공이요. 그런데 이발을 뽑았단 말이요? 벌레가 세게 먹었던 모양이구만. 어디 보기요."

영기가 팔을 쳐들고 다가서자 처녀들은 질겁을 해서 달아났고 이 모

습을 지켜보던 용해공들은 물론 견학생들까지 배를 그러쥐고 웃어댔다.

"에 고놈의 처녀 살짝 웃는 통에 고만…"

이러며 뒤더수기(뒷덜미)를 긁는 영기의 잔등을 용해공들은 서로마다 한 대씩 우려댔다.

"메뚜기 같은 녀석!"

로장도 시뭇이(입술을 실그러뜨리며 소리 없이) 웃으며 로 쪽으로 돌아섰다.

"사기들이 났군그래!"

처녀들이 사라져간 쪽에서 초급 당 비서 최상범이 흡족한 표정으로 걸어왔다.

오늘도 그는 언제나처럼 소금기가 내밴 꼬리가 **빳빳**이 쳐들린 작업복을 입고 있었다.

시원시원한 생김새처럼 성격도 활달한 그였으나 롱담을 할 때만은 오히려 무뚝뚝해지군 하는 사람이었다.

"두 물째요?"

그는 로 앞에 모여 있는 용해공들 속에 끼여들며 누구에게라 없이 물었다.

"웬걸요. 세 물쨉니다."

"벌써?"

"벌써라니요? 이젠 '고기반찬'이 생기지 않았습니까!"

중유가 공급되기 때문에 문제없다는 소리다.

사실 요즘은 어느 로에서나 주는 대로 먹어치운다. 먹을 뿐 아니라 트림 한 번 하는 일 없이 깨끗이 소화시켜서는 특강만 쏟아놓는다.

쇠물이 왜 안 나오느냐고 용해장에 대고 삿대질을 하던 조괴공(쇳물을 받아 덩어리를 만드는 기능공), 남비공(쇳물덩어리를 만드는 형틀에 붓기 위해 사용하는 냄비 모양의 도구를 다루는 기능공)들이 도리여 죽겠다고 아우성이다.

"좀 작작 갈길 노릇이지 하루 세 번이 뭐야!"

"여태 '변비'에 시달린 봉창일세."

"그럼 밑구멍을 막으라나?"

"틀어막게!"

"헤 입으루 게우라고?"

이들의 걸죽한 롱에도 여느 때 없이 쏟아지는 쇠물에 대한 기쁨이 어려 있었다.

모든 사람들이 좋아하는 것처럼 좋아해야 할, 아니 누구보다도 더 기뻐해야 할 상범이였으나 그는 요즘 도리여 어떤 불안에 휩싸여 있었다.

혹시 무슨 사고라도 나지 않으려나 하는 걱정이거나 어느 공정이 제때에 따라서지 못해서 생산에 지장을 주지 않으려나 하는 위구 때문이 아니였다. 어째선지 이번엔 저로서도 첨 느끼는 불안, 언제나 그렇게 되길 바라게 되고 또 그것을 위해 자신의 모든 것을 바쳐온 용해공들의 앙양된 기세, 그 자체로 하여 불안한 것이였다.

생산을 따질 때면 먼저 로동자들의 열의를 가늠했고 그 열의를 가늠하기에 앞서 자신이 얼마만큼 그들의 열의를 높이기 위해 애썼는가를 따져보는 것이 그의 버릇이였다.

그것은 언제나 자기 자신의 정신적 긴장과 구체적인 조직정치사업에 의한 노력의 대가만큼 용해공들의 기세가 앙양되고 그 앙양된 열의만치 생산실적이 나타나기 때문이었다. 이것을 그는 생산단위에서 사람과의 사업을 하는 당 일군의 가장 기초적인 또 필수적인 공식으로 간주하고 있었다.

한데 최근에는 그 공식에 부합되지 않는 실수치가 나타나는 것이었다. 말하자면 자기와 로동자와 생산이라는 세 개의 지수에서 자기라는 수가 응당한 크기가 아닌데도 로동자들의 기세는 높고 생산은 오르는 것이었다.

그럴 수 있고 또 설사 그렇다 해도 이렇게만 리해하고 만족해한다면 자기는 아무런 가치도, 필요도 없는 일군이 아닐 수 없다고 생각하는 그였다.

그땐 벌써 훌륭한 금속을 쫄이는(졸이는) 유능한 용해공처럼 대중들을 공화국과 당에 진정으로 충성 다하는 인간으로 단련시키고 성장시켜야 할 진정한 당 일군의 본분을 저버린 것으로 될 뿐 아니라 사람들에게 나쁜 물, 만성적인 행복감을 가져다주는 태만과 의존심을 조장시키는 게 되는 것이다.

최근에 분위기를 통해 이런 걸 느낀 그였으나 처음 겪는 일이다 보니 이런 사태를 어떻게 수습해야 하겠는지 방도가 떠오르지 않았다.

다만 일이 안 될 때뿐만 아니라 잘될 때에도 대중들은 교양해야 하며 그때의 교양이 몇 배 더 어렵고 힘들다는 것을 깨닫지 않을 수 없었던 것이다.

"어떻소? '고기맛'이."

로장한테 다가서며 이렇게 한마디 비친 그는 보안경으로 로 안을 들여다보다가 제 먼저 환성을 질렀다.

"어이구, 확실히 색갈부터 다르구만. 저 화염을 보지? 아주 막 새하얗군그래. 그놈의 '고기'가 맥을 쓰긴 쓰는구만."

그는 자기 생각을 자주 자기의 견해와는 반대되는 쪽을 옹호하는 립장에서 말하군 했다.

"왜 지내 먹을가봐 걱정이요?"

비서의 속심을 누구보다도 잘 알고 있는 우택은 담배를 권하며 그를 쳐다보았다.

"걱정이라니? 난 '고기'냄새만 맡아도 그저 기운이 부쩍부쩍 솟는단 말이요."

비서의 이런 태도는 흔히 불만을 느낄 때 그것도 다른 사람 때문이 아니라 자기 자신에 대해서 불만을 느낄 때 나타내군 했기 때문이었다.

"걱정 마우. 지내 먹어 '고혈압'에 걸리진 않을 테니."

'고혈압? 과연 이것이 고혈압 정도겠는가!'

생산이 바쁘면 자재와 원료는 물론 연료까지도 다 국가에서 대준다. 우린 그저 팔짱을 끼고 있다가 깡(강)만 뽑으면 된다. 이렇게 생각한다면 과연 생산의 주인인 우리의 몫은 뭐란 말인가! 이런 맹목적이고 무책임한 관념에 젖어드는데 어떻게 이것을 '고혈압'에 비기겠는가! 이것은

'고혈압'보다 더한 불치의 '암'으로까지 확대될 수도 있다.

오직 자기들이 없으면 일이 안 되며 어떤 불리한 조건에서도 주인들인 자기가 생산을 책임져야 한다는 그런 드팀없는 자각을 가지게 해야 하며 그것만이 참된 로동계급의 자세라는 것을 잠시도 잊게 해서는 안 되는 것이다.

그런데 과연 이것을 무엇을 통해 깨닫게 할 것인가! 어떻게 해야 상승 일로로 줄달음칠 이 '고혈압', 아니 점점 더 커져가는 '종양'을 막을 것인가!

"휙!"

무슨 징후를 발견했는지 우택은 아래입술을 비틀면서 야무진 휘파람 소리를 냈다. 장입기를 부르는 소리였다.

환갑 나이에 이른 그가 이런 짓을 하는 것이 어색할 것 같았으나 도리여 깊숙이 숨어 있던 젊음이 되살아나는 것 같아 사람들의 마음을 즐겁게 해주었다.

손가락으로 동그라미를 만들어 보인 그는 얼른 정수리를 꾹꾹 짚어보였다. 생석회를 장입하되 가운데 문으로 강욕 중심에다 하라는 지시였다.

용해장에서는 일체 작업이 그의 손짓에 의해 진행되는데, 주먹을 들어 보이면 광석을 넣으라는 것이고 무슨 나사를 트는 시늉을 해보이면 용선(선철)을 먹이라는 것이였다. 손바닥으로 칼질을 하면 시료분석을 보내라는 것이고 두 주먹을 맞부딪치면 출강구를 막으라는 지시였다.

이런 시늉에 습관된 나머지 어떤 친구들은 출근이 늦어졌을 때까지도 눈을 까뒤집어 늦잠을 잤다는 시늉을 했다.

"왜 신입공이 보이지 않소?"

현장에 진호가 없다는 것을 안 상범은 옆에 있는 한 용해공에게 물었다.

"말도 마십시오."

"왜?"

"글쎄 밤엔 선별장이요, 공업시험소요 저 부두가(부둣가)에 있는 연료 적재장까지 메주 밟듯 돌아치다가 낮엔 낮대로 꼬박 로에 붙어 있으니 말입니다. 그것도 하루 이틀이 아니라 근 한 달쨉니다. 어저껜 어떤 일이 있었는지 압니까? 무슨 얘길 신이 나서 하던 그가 잠잠하길래 돌아보니 웬걸 졸고 있는 게 아닙니까. 그러다가 무슨 사고를 낼 것 같습니다."

상범은 그를 직장 열담당 공정기사로 일하게 하면서도 기술안 연구는 2호로에서 하도록 했던 것이다. 믿음직한 로장 밑에 있게 하고 싶어 그렇게 결심한 것이었으나 본인도 어째선지 꼭 2호에서 하겠다는 것이었다.

새 연료안에 대한 연구를 승낙하긴 했으나 미타한(미심쩍은) 생각도 없지 않았다. 이미 숱한 사람들이 내려와 연료연구를 할 때마다 온갖 방조를 아끼지 않았지만 아무 소득도 없었는데, 그는 외토리(외톨이)인데다가 더우기 이미 내려와 연구하던 사람에 비하면 아무 경험도 없는 대학 졸업생에 불과한 것이 아닌가!

상범은 그를 생각할 때마다 더없이 대견하긴 하면서도 한편으로는 저도 모르게 고개가 기웃거려지는 것을 어쩔 수 없었던 것이다.

13

진호는 그 시각 용해장 아래에서 6호로의 소연도 뚜껑을 열어제끼느라고 안깐힘을 쓰고 있었다.

얼마나 무거운지 힘을 쓸 땐 들리는 척하다가도 이내 제자리에 덜컥하고 내려앉고 마는 것이었다.

'젠장 무겁기란?'

가쁜 숨을 몰아쉬면서도 그는 이따금씩 주위를 힐끔힐끔 돌아보군 했는데 그때의 눈길은 마치 주인 몰래 참외밭에 뛰여든 장난꾸러기를 방불케 했다.

사실 수리 중에 있는 로의 연도(연기가 빠져나가는 통로)에는 절대로 들어가지 못하게 되여 있었다. 못 들어간다기보다 누구도 그 시뻘겋게 달아 있는 불도가니 속에 더우기 넓은 공간이라면 몰라도 엎드려 네 발 걸음을 해야 하는 깜깜한 굴 속에 들어갈 엄두를 내지 못하는 것이었다.

"연도에요? 원 어림도 없수다. 당장 불고기가 되자구요?"

연도에 들어가 볼 수 없겠는가고 물었을 때 하던 축로공(로를 쌓는 기능공)의 대답이였다.

'그래도 아무렴 몇 분이야 못 견디겠는가!'

그는 어떤 일이 있어도 연도에 들어갈 결심이였다. 연도에 들어가 봐야 연도구조는 물론 연진의 궤적 상태며 궤적량을 알 수 있었고, 중요하게는 앞으로 새 연료 취입조건에 맞게 연도를 개조할 가능성도 찾을 수 있는 것이였다.

기회는 오늘밖에 없었다. 래일이면 6호로가 수리를 끝내고 불을 잡기도 하거니와 이제 언제 또 다른 로를 수리하게 될지도 알 수 없는 일이였다.

실상 그는 요즘 눈코 뜰 새 없었다.

생각했던 것보다 훨씬 많은 일들이, 지어는 전혀 예상치도 못했던 일들이 겹쌓였으나 조금도 힘든 줄 몰랐다.

첨가제의 성분을 새로운 조건에 맞게 개조해야 할 뿐 아니라 고체연료를 분말 상태로 가공해야 했고 그것을 분사할 수 있는 취입장치 제작도 병행시켜야 했다. 어느 것 하나도 쉬운 일이 아니였지만 그는 드팀없이 밀고 나갔다.

이 중에서도 제일 품이 많이 드는 것이 연료의 가공이였다. 직장에 연료가공설비가 없다 보니 부득불 연료를 선별장까지 날라야 했고 날라놓고도 선별기 부하가 없는 틈을 타서 가공하자니 오랜 시간이 걸리지 않을 수 없었다. 그러나 그는 그 사이에도 짬 시간만 생기면 공업시험소에 뛰여가 이미 진행된 시험의 열효률(열효율)에 대해 따져보았고 흑도와 복사열을 알아보았으며 거기에 기초하여 첨가제의 비례를 다시 새롭게 배합해보는 것이였다.

이것만이 아니였다. 이 모든 것을 수행하면서도 열공정기사로서의 임무, 매 로의 열관리 상태며 열균형을 조사 장악하고 그 과정에 나타난 편향들을 바로잡아나가도록 했다.

이처럼 많은 일감으로 하여 잠시도 한 자리에 서 있을 여유조차 없었지만 그는 도리여 자기가 어쩐지 한가한 것 같기만 했다.

더우기 이상한 것은 자기가 하는 일이 하루 이틀 사이에 다 해결돼야 하며 또 자기의 노력에 따라 그렇게 되리라고 확신하게 되는 그것이였다.

피곤할 때도 한 시간 정도만 엎드려 있거나 벽에 기댄 채 눈을 감고 있어도 피로는 가뭇없이 사라지고 왕성한 의욕과 새로운 힘이 다시 온몸에 넘쳐나는 것이였다.

그가 이처럼 커다란 흥분을 느끼게 되는 데는 이미 현장으로 올 때의 각오도 각오였지만 새로 받아 안은 충격 때문이였다.

그 충격이란 바로 책임기사의 '중유절약안'에서 비롯된 것이였다.

각별한 호기심을 가졌던 '중유절약안'이였으나 그것이 어떤 것이라는 것을 안 순간 그는 저으기 실망하지 않을 수 없었다.

기발한 착상으로 시도됐을 뿐 아니라 쉽사리 완성될 여지까지 있는 것이긴 했지만 결코 현실이 바라는 그런 것이 못 된다는 것으로 하여 불만스럽기까지 했다. 그야말로 얼마간의 중유를 절약하는 데만 목적을 둔 기술안에 불과했다.

'흠! 이거야말로 활활 타 번지는 불길을 바가지물로 끄려는 것과 같이 쬐쬐한 것이 아니고 뭔가!'

"소극적이다 중유절약안!"

간단한 소감까지 적어놓군 하는 자기의 시험일지에 그는 이렇게 써넣었다.

'그래도 뭐 숱한 사람들의 관심 속에 있다구?'

생각 같아서는 책임기사에게 의견을 털어놓고 싶기도 했으나 그보다 그는 자기의 새 연료안을 하루빨리 실현해야겠다는 촉박감에 더 휩싸인 것이었다.

'불길을 그런 쪽박이 아니라 어떻게 단번에 꺼버리는가를 실질적으로 보여주어야 한다! 그러자면 하루빨리 나의 새 연료안을 완성하는 데 있다.'

이런 충동은 대뜸 그에게 중간공정 시험단계를 뛰어넘을 대담한 결심을 품게 했다. 말하자면 시험로에서 확정된 새 연료를 직접 로에 취입해 볼 생각이었던 것이다. 이것은 결국 시험을 석 달이나 앞당기는 것으로 되는 것이었다.

더우기 그가 이런 결심을 하게 된 데는 현실에 나온 첫 순간부터 그처럼 애써 증명하려고 했던 것, 그것만이 유일한 생활의 목표로 되고 있었던 그것, 그것을 증명해보임으로써 현옥이는 물론 자기를 헐뜯던 시비군들이 가슴을 치며 절통해 할 그 순간을 단 하루라도 앞당겨야 한다는, 아니 앞당길 수 있다는 확고한 신심이 생겼기 때문이었다.

이미 분석을 통해 연재처리에 대해서는 어느 정도 자신이 있었다. 단지 얼마만 한 열량을 담보하는가 하는 것이 문제지만 그것도 연소 속도가 높은 혼합가스가 있고 700도 이상으로 예열된 공기, 거기다가 연료의 연소를 촉진시키는 산소까지 분사된다는 조건이 1800도를 능히 담보할 것 같았다.

'할 수 있어! 있고말고.'

그는 이제 와선 오히려 자기 앞에 더 큰 난관이 있기를, 자기 힘으로는 도저히 뚫기 어려운 그런 장애가 나타나길 바랬다. 그래야 일을 수행한 다음에 느끼게 될 보람도 클 터인데 지금은 그렇지 못한 것 같아 자못 유감스럽기까지 했다.

낑낑거리며 겨우 뚜껑을 열어제끼긴 했으나 연도는 아직 무섭게 달아 있었다. 열기도 열기지만 자세히 들여다보느라니 시꺼먼 입구가 흡사 들어서기만 하면 형체도 없이 삼켜버릴 흉악한 괴물의 아가리 같아 무시무시하기까지 했다.

'만반의 준비를 하고도 떨다니! 내가 언제부터 이런 시라소니가 됐어.'

두툼한 방열복이며 수갑, 회중전지를 내려다보며 입구로 다가선 그였으나 좀처럼 발을 들여놓을 수 없었다. 다가섰다가는 물러서고 다시 다가섰다가는 또 물러서게 되는 것이었다.

어릴 때 벼랑 우에 올라서서 퍼런 강물을 내려다보며 가슴을 조이던 일이 생각났다. 그때도 속으로 얼마나 강심을 먹고 나섰던가.

"바보! 거기서 뛰여내리지 않으면 죽는다고 생각해봐. 당장 뒤에서 뱀이 따라온다고 말이야!"

중학생들이 이러며 부추겨댔으나 종내 뛰여내릴 수 없었던 자기였다. 사실이 그렇지 않은 걸 어떻게 그렇게 생각할 수 있단 말인가!

'사실이 그렇지 않다니?'

불시에 이런 느낌이 뇌리를 쳤다.

'여기 들어가지 않으면 그만큼 새 연료 취입이 늦어지고 그러면 제철소에 배당되는 중유만큼 다른 부문이 지장을 받을 것이 아닌가! 안 된다! 조금도 주저해서는 안 돼!'

이런 절박한 생각과 함께 자기를 비웃으며 손가락질하는 사람들의 모습이 얼핏 떠오르는 것이었다.

'희망이였다구? 그런 희망을 품었던 사람 같으면 저렇게 우물쭈물할 게 뭐 있겠나. 워낙 비렬한 사람이니까 비겁할 수밖에!'

문득 아버지의 목소리가 되살아났다.

"세상에 행동으로 증명하는 것보다 더 명백한 진리가 어데 있니."

'그렇다! 나의 희망과 포부는 물론 나의 진정, 아니 나의 온 생명이 바로 여기에 달려 있다. 그런데도 못 들어간다면 그야말로 죽는 것과 무엇이 다르랴!'

전지며 권척(줄자), 연재를 담을 주머니들을 다시 확인한 그는 서슴없이 연도 안으로 내려섰다.

바닥에 내려서기 바쁘게 그는 수건으로 입을 틀어막지 않을 수 없었다.

당장 내장을 태울 것 같은 열기가 입으로 확 쓸어들었기 때문이였다. 일시에 수천 개의 바늘이 피부를 사정없이 찔러대는 것 같았다.

전지불(전짓불)을 켜든 그는 마치 포복전진하는 병사처럼 연도를 따라 엉금엉금 기기 시작했다.

'이렇게도 연재가 많이 쌓이다니?'

그는 주머니에 넣어둔 자막대기로 연재의 두께를 재려고 했으나 좀처럼 바닥이 드러나지 않았다.

'저긴 왜 저런 턱이 졌어? 그러니 연재가 더 많이 쌓일 수밖에? 그래! 새 연료를 취입하는 경우에는 결정적으로 연도의 구조를 변경해야겠군. 최대의 단면을 가지면서도 곡선은 완만하게.'

숨이 막히고 눈을 뜨기조차 어려웠으나 그는 애써 태연하려고 했다.

발목이 뜨끔해서 돌아보니 웬걸 실밥이 처져 있던 바지가랭이(바짓가랑이)에 불이 달리고 있는 것이 아닌가!

벌떡 몸을 일으키려던 그는 그만 "아이쿠" 하는 비명을 지르며 머리를 싸쥐였다. 천정에 이마를 짓찧은 것이었다.

서둘러 발뒤축으로 불을 비벼 끈 그는 "흠! 이까짓 게 뭐라구!" 하고 악에 받쳐 중얼거리며 더 안으로 기여갔다.

'아니 어째서 적어져야 할 연재가 여기에 이렇게 궤적된 걸가? 새 연료를 취입하면 더 많은 연재가 쌓이겠지? 그럼 혹시 여기다 흡진장치를…?'

이런 새로운 느낌에 심장이 쿵 하고 흉곽을 쳤다.

서둘러 권척을 꺼내 주변의 면적을 재던 그는 갑자기 매캐한 냄새가 코를 찌르는 바람에 흠칫하고 말았다. 점점 더 역해지는 냄새로 하여 숨을 돌릴 수가 없었다.

'가스가?'

돌아서긴 했으나 어쩐지 제대로 기여갈 수가 없었다. 벌써 손발이 말을 잘 듣지 않는 것이었다.

전지불이 오려낸 동그란 원이 점차 희미하게 변해가는 것을 그는 똑똑히 느꼈다.

바로 그 순간이었다.

그는 자기 눈앞에 나타난 어떤 몽환적인 착각에 놀라지 않을 수 없었다. 그것은 전지불이 나타내고 있는 동그란 테두리 안에 한 처녀의 모습이 또렷하니 새겨져 있기 때문이었다.

고개를 숙인 채 울고 있는 것 같기도 하고 안타까이 자기를 부르며 발을 구르는 것 같기도 했다. 아니 야무진 눈길로 자기를 쏘아보고 있는 것이었다.

"어디 솔직하게 말해보세요. 도대체 동무의 기술안이 가능하긴 해요?"

현옥이었다.

불시에 모욕적인 분노가 가슴에 파고들었다.

'실컨 원망해라! 맘껏 저주를 퍼부어라! 이 무뢰한 놈한테 기만당한 자신을 가슴 치며 원통해라. 그렇지만, 그렇지만…'

필사의 힘을 다해 밖으로 기여가려고 팔을 움직이자 그 동그란 불빛과 함께 현옥이의 모습도 눈앞에서 사라져버렸다.

그에겐 이젠 아무것도 보이지도 들리지도 않았다. 깊은 심연의 적막, 오직 그 적막 속으로 그는 점점 빠져들 뿐이었다.

4장
_____

사랑을 꽃에 비김은…

14

누가 사랑을 따사로운 봄날에 꾸는 단꿈이라고 했던가, 그 누가 청춘기의 련정을 무섭게 타오르는 불길과 같다고 했던가.

그렇듯 달콤하고 그렇듯 열렬한 것이기에 그렇게 이르련만 현옥이에게는 그 말이 자기와는 전혀 인연이 없는 말로, 지어는 사랑이 아직 어떤 것이라는 것을 알지 못하는 자기 같은 어리숙한 처녀를 파멸시키기 위한 독이 발린 미사려구로밖에 여겨지지 않았다.

꿈이라기에는 너무도 야속하고 불이라기에는 또 너무나도 순간적인 자기의 사랑이 아닐 수 없었다. 아니 불이나 꿈이라기는커녕 눈 깜박할 사이에 굴러 떨어진 천길 아득한 낭떠러지가 아닐 수 없었다.

'과연 사랑이 이런 것이란 말인가! 이처럼 엄혹하고도 무자비한 것이 사랑이란 말인가!'

그제야 그는 비로소 남들이 그처럼 아름답고 고상하고 신비롭다고 하는 사랑의 무서운 리면, 즉 아름다운 반면에 가혹하고 고상한 반면에 심각하며 신비로운 반면에 더없이 독선적이기도 한 사랑의 리면을 뼈저리게 체험하지 않을 수 없었다.

'사랑이란 자칫 잘못 다치면 산산쪼각이 나고 마는 유리그릇과 같은 거야, 아니 물거품과 같은 거지.'

진호와 헤여진 지 근 한 달이 되여오지만 아직도 그는 자기에게 일어난 모든 일을 혼자 더듬어볼 수 있는 여유를 가질 수가 없었다.

상혈된 눈에 모든 물체가 이중으로 보이듯이 그의 마음속에도 모든 것이 이중으로만 헛갈리는 것이였다. 자기가 무엇을 겁내는지, 무엇을 원하는지 그것조차 분간할 수 없었다.

'도대체 나에게 무슨 일이 일어났단 말인가!'

이런 생각에 이를 때마다 그는 어떤 공포에 휩싸여 부랴부랴 그 생각을 머리에서 털어버리는 것이였다.

오직 우울한 표정을 짓고 하던 진호의 마지막 말만이 끝없이 머리속에 맴돌이칠 뿐이었다.

"난 내 자신이 어떤 인간인지도 모르면서 동무를 불안과 모험에 찬 길로 유혹하려고 했소. 하지만 이제라도 동무가 눈을 뜨고 똑바로 볼 수 있게 된 것을, 그리하여 험한 운명을 피할 수 있게 된 것을 다행으로 생각하오."

이 말이 회상될 때마다 그의 입에서는 저절로 무거운 탄식이 쏟아져 나오군 했다.

'어쩌면 나한테까지 그 사실을 숨겼을가? 아무리 사랑하는 사이라 해도 상대에 대한 기만이 그 사랑을 거품으로 만든다는 것을 몰랐단 말인가! 기만당한 상대방이 그 기만을 의식적으로 부정하면서까지 인위적인 감정을 품을 수 없다는 걸 몰랐단 말인가!'

어느 모로 따져봐도 자기는 정당했고 그는 비렬했다. 누가 봐도 순진한 자신에 비해 그는 무뢰한 인간이였다.

그러나 그 과정이 어떻던 간에 또 누가 옳고 그른지 간에 리유는 둘째 치고 그와의 결렬이 가져다주는 고통만은 피할 길이 없었다.

어떤 탓으로 생겼던 간에 또 누구의 잘못으로 받은 상처라 해도 역시 아픔은 아픔인 것이다.

진호와 지낸 잊을 수 없는 일들이 떠오르면서 가슴을 저미는가 하면 그가 하던 한마디 한마디의 말이 새삼스런 의미로 회고됐고, 어쩌면 자기들 사이에 이런 일이 벌어졌는지, 이런 불행은 세상에서 유독 자기들만인 것 같아 눈앞이 깜깜해지기도 했다.

사랑하는 사람이 떠나가고 자기 혼자 남게 된 순간에야 그는 자기가 얼마나 진호를 사랑하고 있었는가 하는 것을 절실히 느낄 수 있었다.

요즘에 와서야 그는 자기가 어째서 그때 진호만 제철소에 보내고 자기 혼자 여기에, 그가 없는 여기에 남아 있을 수 있으며 그때의 자기 심정이 얼마나 괴롭고 고통스러우랴 하는 것을 미처 생각해 보지 못했는지 리해할 수가 없었다.

그래도 그가 옆에 있을 때에는 그에게 사실 여부를 따지기도 하고 자신이 취할 태도를 랭정하게 생각해보기도 했지만, 진호가 떠나간 지금은 마치 자기 육체의 한 부분이 그대로 뭉청(어떤 부분이 대번에 큼직하게 잘리거나 끊어지거나 허물어지는 모양) 떨어져나가 자기 혼자로서는 도저히 어떤 사색도 행동도 자유로이 할 수 없는 그런 상태에 처해 있었다.

그때까지만 해도 그가 자길 속인 이상 자기는 결코 그와 같이 행동해야 할 그 어떤 도덕적인 의무도 없을 뿐 아니라 응당 그럴 수밖에 없다고 단정했댔으나, 오늘에 와서는 그런 생각 대신 오히려 아무리 그가 자길 속였다 해도 어떻게 자기의 처지에서 그런 생각을 품을 수 있었을가 하는 의혹까지 금할 수 없는 것이었다.

하지만 그는 가끔 그런 정신 상태에 있는 자신을 발견하고는 소스라쳐 놀라기도 했다.

'아니 도대체 내 잘못이 뭐길래 내가 고민하고 있는 거야. 내 잘못은 없어! 없지 않고, 어디까지나 죄를 지은 건 내가 아니라 그니까.'

이러면서 자신을 랭철한 리성으로 다잡는 것이었으나 일단 기름에 젖었던 물체가 물에 잘 젖지 않는 것처럼 좀처럼 그 리성에 익숙되지 않는 것이었다.

사람들은 누구나 일시적인 감정보다 리성에 의해 행동하기 마련이지만, 그 리성이 리성으로만 있을 때에는 즉 그 리성이 감정과 합치되지 않을 경우에는 자기 행동에 대한 자신을 가지지 못하는 것이다. 아무리 리성으로 옳다고 여기는 것도 감정이 동반되지 않으면 리성은 그 자리에 굳어져버리던가 아니면 사멸되고 마는 법인데 바로 지금의 현옥이 경우가 그랬다. 아니 현옥의 경우는 한쪽이 다른 한쪽을 동반하지 못해서라기보다 서로 상반돼 있다는 데 문제가 있었다. 리성이 옳다고 고개를 추켜들면 들수록 그의 감정은 리성에 더 반발하는 것이였다.

바로 이런 불가사의한 정신 상태로 하여 그는 몇 번이고 진호에게 편지를 쓰려고 했으나 쓸 수가 없었다. 정작 편지지를 펼쳐놓기는 했지만 무엇을 써야 할지 알 수가 없었던 것이다.

그의 기만을 탓해야 하는지, 아니면 그런 그를 원망해야 하는지 그렇지 않으면 자기의 번민과 고통을 써야 하는지, 아니면 그에 대한 미련을 적어야 하는지 도무지 종잡을 수 없었던 것이다.

그러나 시간이 흐를수록 그는 자기의 처지가 아무리 정당한 것이라 할지라도 언제까지나 이 상태로 있을 수는 없다는 것을 똑똑히 느꼈으며, 자기가 찾아낸 결론 이외에 그와 못지않은 아니 그보다 더 강한 또 하나의 억센 힘이 자기를 조종하고 있으며, 또 그 힘은 결코 자기가 바라는 인정만을 주지 않으리라는 것을 절감하지 않을 수 없었다.

그리하여 그는 자기에게로 육박해오는 그 불가사의한 형체를 공포에 질려 바라보는 것이였다.

오늘도 그는 책상에 마주 앉아 창밖을 내다보고 있었다.

소설책을 펴놓긴 했지만 그것은 한갖 자기의 고민을 가리우기 위한 위장물에 지나지 않았다.

때 없이 방에 들어오군 하는 어머니가 빨래감(빨랫감)을 찾는 척하기도 하고 필요도 없는 말을 시키면서 자기의 내면을 투시할 때마다 나타내군 하는 그 은근한 눈길로 마주볼 때면 저으기 당황하게 되는 것이었다.

어머니 앞에서는 자기의 마음을 숨기기도 어려웠거니와 자기의 정신적 고통을 읽고 괴로와 할 어머니를 생각하면 더욱 마음이 언짢았던 것이다.

…이번 출장차에는 저에게 꼭 들려주리라는 것을 믿어 의심치 않습니다.

그의 눈에는 아까부터 몇 번이고 반복해 읽은 소설의 이 글줄이 다시금 밟혔다. 그것은 주인공이 누구에겐가 보내는 편지의 마지막 구절이었다.

'믿어 의심치 않습니다. 의심치 않습니다. 도대체 뭘 의심하지 않는다는 소릴가?'

이때 문이 열리는 소리와 함께 누군가 방안으로 들어왔다.

돌아보지 않고도 찾아온 사람이 누구라는 것을 알아차린 현옥은 아무 기척도 느끼지 못한 사람처럼 여전히 책에만 시선을 쏟고 있었다.

"또 소설책이냐?"

이렇게 묻는 오빠의 목소리가 여느 때 없는 활기에 넘쳐 있다는 것을 감촉하자 어쩐지 저도 모르게 화가 치밀어 오르는 것이었다.

사실 진호와의 결렬이 있은 후로부터는 오빠에 대한 태도를 달리하지 않을 수 없는 현옥이였다.

따져보면 오빠의 말을 부인할 근거가 없는 것은 물론 오히려 오빠로 하여 진호의 온당치 못한 새로운 측면을 깨닫게 되긴 했으나, 어째선지 오빠를 마주할 때면 저절로 반감이 솟구치고 울화까지 겹치는 것이였다. 마치 자기 둘 사이를 이렇게 갈라놓고 서로 원한의 감정을 품게 만든 고통의 장본인이 바로 오빠인 것처럼 여겨지는 것을 어쩔 수 없었다.

자기 옆으로 다가선 오빠가 소설책의 표지를 보려고 하는 것을 한쪽으로 밀어치운 현옥은 태연한 표정을 지으며 물었다.

"어떻게 왔어요?"

"너하고 말 좀 하자고 왔다."

손가방에서 몇 권의 신간기술 번역 잡지를 꺼내 책상 우에 놓은 명식은 현옥이의 기색을 살피면서 천천히 전축 옆에 있는 포의자(피륙으로 씌운 의자)에 몸을 실었다.

"무슨 말이예요? 전 별로 할 말이 없는 걸요."

"할 말이 없어? 그래 네가 요즘 고민하는 건 뭐냐? 어머닌 네가 밥도 제대로 먹지 않고 잠도 자지 못한다고 얼마나 걱정이신지 몰라. 바로 그걸 같이 얘기해보자고 왔어. 너도 이젠 모든 걸 랭정하게 따져볼 여유가 생겼을 테니 말이다."

"저에겐 고민이라곤 없어요. 아무것도."

"없다"

무슨 말을 해도 죄다 마뜩잖게 여길 현옥이라는 것을 이미부터 짐작하고 있던 명식은 빙그레 미소를 지으며 말을 이었다.

"그렇다면 다행한 일이고. 실상 그는 네가 고민할 가치가 있는 그런 사람은 못 되니 말이다."

제잡담 본론에 들어가면서 명식은 그런 문제는 대수로운 일이 아닌 것은 물론 론의할 가치조차 없는 것이라는 듯이 전축 옆에 쌓여 있는 레코드판들을 뒤적거리기 시작했다.

"물론 가슴이야 아프겠지, 너로선 그를 진정으로 사랑했으니까. 그렇지만 네가 진정으로 사랑한 그가 너를 진심으로 대해주기는커녕 도리여 속였는데도 무엇 때문에 고민하냐 말이다. 고민한다면 자길 속인 그에게 증오가 아니라 미련을 품고 있는 나약한 자신에 대해 고민해야 옳지, 안 그렇니?"

현옥이는 오빠의 말에 점점 더 부아가 솟구쳤지만 뭐라고 대꾸해야 할지 알 수 없었다. 설사 대꾸를 한다 해도 틀림없이 오빠가 언제나처럼 해당한 론거를 가지고 자기를 옴짝 못하게 하리라는 것을, 그러면 자기 맘이 더 고통스러우리라는 것을 짐작하지 않을 수 없어서였다.

그래서 그는 말로는 음악에 꽤 관심이 있고 조예가 깊은 것처럼 하지만 막상 음악을 감상하거나 거기에 심취해본 적이라고는 없는 오빠라는 것을 모르지 않는 터여서, 지금 오빠가 레코드판을 고르기는 하지만 틀림없이 회전판 우에는 올려놓지 않으리라는 것을 짐작하고 그 짐작이 옳은가 어떤가를 지켜보기로 했다.

아니나 다를가 명식은 레코드판을 이것저것 뒤적이기는 했으나 표지에 새겨진 사진이며 그림들을 보기만 할 뿐 그것들을 다시 제자리에 차곡차곡 꽂아놓는 것이었다.

'그렇겠지 뭘!'

"그러나 미련이나 동정도 애매한 경우나 뜻하지 않는 경우에만 한하는 거야. 그런데 그야 어디… 그래 넌 그렇게도 자존심이 없니? 그렇게도 사랑에 눈이 멀었느냐 말이다."

"?!"

이 말을 듣는 순간 현옥이는 여태껏 자기 마음속에 도사리고 있던 울분과 애써 극복하려고 하는 혐오감, 그것이 오빠에 대해선지 아니면 자기 자신에 대해선지 알 수 없는 그런 혐오감이 일시에 창끝처럼 고개를 추켜드는 것을 어쩔 수 없었다.

'사랑에 눈이 멀었다구? 자존심이 없다구?'

"그래요, 전 사랑에 눈이 멀었어요. 자존심도 없구요. 그러니 어쨌단 말이예요. 그게 오빠와 무슨 상관이예요!"

고민이 없노라고 한 현옥이였으나 정작 오빠가 진호를 두고 고민할 가치가 없다고 한 말을 듣자 참을 수가 없었다. 더우기 그런 감정을 자존심과 결부시켜 사랑에 눈이 먼 처녀의 미련한 짓으로밖에 치부하지 않는 데는 불만스럽기 짝이 없었던 것이다.

"…?"

명식은 한동안 의외의 경우에만 나타내는 그런 표정, 량 눈섭을 한 군데 몽고(모으고) 눈살을 한껏 좁힌 채 유심히 현옥이를 지켜보았다.

대체로 감정이라는 것을 인정하지 않을 뿐더러 필요로 하는 경우에도 오로지 합리적인 것을 위해서만 있어야 한다고 생각하는 그로서는 현옥이의 심정을 도저히 리해할 수가 없었다.

그의 견해에 의하면 감정이란 한갖 공정한 사색을 방해하는 불순물로서 나약하고 우유부단한 인간들에게만 한하는 소유물이라는 것이었다. 때문에 자기처럼 지극히 엄정한 사업을 해야 하는 사람들은 그런 불순물에 유혹되거나 희롱당하지 말아야 하는 것은 물론 결코 그럴 권리조차 없다는 것이었다.

"그러니 넌 그가 어떤 사람인가 하는 걸 알면서도 잊지 못하겠다는 거냐?"

의자를 책상 옆에 끌어다 붙인 명식은 한결 의아한 어조로 말했다.

"에 이걸 봐라, 너도 알겠지만 내가 없는 사실을 만들거나 그를 과장해서 나쁘게 보려는 건 아니지 않니. 난 언제나 사실에 기초한 공정성, 이것을 사업에서나 생활에서 첫째가는 본분으로 여기고 있어. 그가 너를 속인 건 둘째 치자, 그건 어디까지나 개인적인 문제니까. 우선 그는 우리 사회 사람이라면 누구나 응당 지켜야 할 일반적인 요구조차 깨닫지 못하는 사람이야. 우린 누구나 그가 어떤 사람이던 사회가 요구하는 위치에 있어야 할 뿐 아니라 언제나 거기에서 정보(바른 걸음걸이)로만 걸어야 하는 거야. '앞으로 갓', '뒤로 돌앗' 하는 구령에 맞추어 정확히 행동해야 하며 전체의 대오에 지장이 없이 움직여야 한단 말이다. 우리의 대오란 조직이고 집단이니까. 물론 사람이라면 누구에게나 욕망이야 다 있겠지."

'욕망?'

현옥이 머리속에는 하나의 의문이 퍼뜩 떠올랐다.

'과연 오빠한테도 욕망이 있을가? 그런 충동을 한 번이라도 느껴보았을가?'

"하지만 그런 것을 어디까지나 집단의 요구에 순응시켜야 하는 거야, 제때에 아무 미련도 없이 말이다. 왜냐하면 개인이란 아무리 천재적이라 해도 집단에 비기면 티끌에 지나지 않으니까, 알겠니? 이게 바로 우리의 생활원칙이지. 그런데 그는 이 요구를 제멋대로 무시할 뿐 아니라 자기가 대렬 내 한 성원이라는 자각조차 가지지 못 하거던. 그래서 제 맘대로 삐여지는가 하면 남달리 행동하길 바라지, 결국 어떻게 됐니? 집단은 자기의 의사를 무시하는 그런 사람을 절대로 용서하지 않는 법이야."

언제나 오빠의 말을 들을 때면 그런 것처럼 이번에도 현옥이는 오빠의 론리 앞에서 무력해지는 자신을 깨닫지 않을 수 없었다.

그러나 오늘은 왜서인지 무작정 반발하고 싶은 충동을 억제할 수가 없었다. 그래서 그는 아까보다도 더 야무진 소리로 대꾸했다.

"오빠가 말하는 그 자존심이 저에게 없기 때문인지는 모르겠지만 전 아직 그에 대한 미련이 증오로 바뀔질만치 그를 미워할 순 없어요. 아시겠어요? 그러니 제발 저 앞에선 그에 대한 얘길 말아주세요. 더우기 비난만은 말이예요. 글쎄 어떻게 사람이 감정을 오빠가 요구하는 것처럼 필요에 따라 가지기도 하고 버리기도 할 수 있나 말이예요."

"그것 참!"

사업을 설계할 때나 도면을 분석할 때에는 그 과정에 있을 수 있는 사소한 요소까지도 다 예견하고 해당한 대책을 세우는 명식이였으나, 지금 현옥이를 대함에 있어서는 자기가 진호에 대해 면박을 가하면 가할수록, 즉 그런 사람을 두고 고민할 가치가 없다는 것을 증명하면 할수록 현옥이의 가슴에 도리여 진호에 대한 그리움과 이루어지지 못한 사랑을 애달프게 여기게 만든다는 것을 모르는 것이였다.

"넌 바로 그런 하찮은 감정에 자신을 얽어매는 게 탈이야. 그럼 도대체 네가 바라는 건 뭐니?"

"바라는 거라구요? 그래요, 전 지금도 그의 일이, 그의 연구사업이 잘되기만 바랄 뿐이예요. 단지 그것뿐이예요."

"연구사업?"

대뜸 아연한 눈길로 현옥이를 지켜보던 명식은 갑자기 어이가 없다는 듯이 허거픈 웃음을 터뜨렸다.

"에 넌 그가 뭐 거기서 연구사로 일하는 줄 아니? 아직도 새 연료를 연구하는 줄 알아? 넌 어째서 아직도 그 새 연료안이 가망이 없다는 걸 모르니? 그러니까 제철소에서도 그를 현장에 배치하지 않았겠니. 생산을 위한 공정기사로 말이다. 그건 그렇다치고 지금 제철소에 어떤 일이 벌어지고 있는지 알기나 하니? 이젠 그전보다 더 많은 중유가 공급되고 있어. 말하자면 우리가 제기한 대로 지금 단계에선 새 연료의 취입이 불가능하다는 것을 우에서도 시인했단 말이다.”

“?”

현옥이는 저도 모르게 고개를 들고 오빠를 쳐다보았다.

‘더 많은 중유라니?’

이 소식은 실로 현옥이에게 충격이 아닐 수 없었다.

‘그럼 그의 기술안이 지금 단계에선 정말 무리한 것이란 말인가!’

저로서도 의심을 품고 그 가능성에 대해 따지긴 했지만 정작 국가적인 조치까지 취해졌다고 생각하니 어쩐지 두려운 생각부터 들었다. 그러나 보다 더 가슴을 찌르는 것은 그가 그처럼 대학 때부터 고심해오던 일이 이젠 영영 막혀버렸다는 절망감이었다.

‘그러니 그의 기술안이 아직은 한갖 몽상에 지나지 않는다는 것이 아닌가!’

“이것만 놓고 봐도 그의 기술안이 얼마나 현실성이 없는 허황한 것인지 명백하지 않니. 그러니까 너도 이젠 마음을 다잡고 자기 일에나 전념해라, 알겠지?”

명식의 얼굴에는 다시금 아까 방안에 들어설 때의 활기와 미소가 어리였다.

사실 그가 오늘따라 여느 때 없이 흡족해하는 데는 여태껏 질질 끌어오던 XX설비의 심사를 무난히 끝내 위원회에 통과시켰다는 데도 있지만 보다는 제철소에 중유가 공급되기 시작했다는 소식을 들은 데 있었다.

까다로운 설비의 심사를 맡아 끝낸 것이 자기의 실무를 과시한 것이라면 또 자신이 책임지고 한 연구사업의 결과를 당에 보고 올려 중유를 공급받을 수 있게 한 것이 현실에 대한 객관적인 안목을 평가받는 것으로 되지 않을 수 없었다.

실무능력과 랭철한 안목, 심사일군에게서 가장 중요한 이 두 가지를 최대의 수준에서 겸비하고 있다는 것이 이번 기회에 여실히 증명된 것으로 하여 그는 특별히 만족스러운 것이였다.

그런 기분으로 해서 그는 지금 현옥이가 겪고 있는 고민도 별로 대수롭지 않은 것으로만 여기는 것이였다.

'일 없어(괜찮아)! 그런 건 시간이 저절로 해결해주니까, 상처란 첨엔 아프지만 아물기 마련이거던, 한데 그건 상처라고도 할 수 없지. 손톱이나 발바닥에 박힌 가시를 뽑은 것과 같으니까.'

그러나 소설책에 시선을 묻고 있는 현옥이의 가슴은 걷잡을 수 없이 활랑 거렸다. 도무지 질정할(갈피를 잡을) 수가 없었다.

'그는 지금 어떻게 지내고 있을가? 희망을 잃고 절망에 잠겨 있을가? 아니면 이젠 모든 것을 단념하고 맡은 일이나 하고 있을가? 후회하고 있을가 아니면 아직도 미련을 버리지 못하고 있을가?'

그의 눈에는 또다시 아까부터 반복해 읽던 그 대목, '이번 출장차에는 저에게 꼭 들려주리라는 것을 믿어 의심치 않습니다.' 하는 그 글줄이 안겨왔다.

그는 아무 의미도 없이 글줄을 몇 번이고 몇 번이고 곱씹어 읽어나갔다.

15

자정이 가까와오는 깊은 밤이건만 책임기사 류기철은 오직 한 가지 생각에만 음해 있었다.

'세호는 전공이 기계니까 힘에 부칠 게고 석류 동문 출장 중이지? 리현이가 그중 낫긴 한데 그야 당장 급한 과제가 있지 않나!'

그는 지금 자기가 여태껏 애써 추진해오던 '중유절약안'을 누구에게 맡길 것인가를 따져보고 있는 중이였다.

로 문이 열릴 때마다 벌겋게 달아오르군 하는 유리창을 바라보며 그는 책상 우에 펴놓은 백지 우에다 공정기사들의 이름을 하나하나 적어나갔다.

'광일이? 그는 아직 그런 과제를 담당하긴 어렵지.'

그는 그의 이름 옆에다 횡십자를 그었다.

무슨 사색에 잠길 때마다 그는 종이장에 글을 쓰는 버릇이 있었는데, 흡사 진동계수를 표시하는 계기처럼 사색이 심화될수록 그 종이는 점점 알지 못할 부호와 표시로 얼룩지는 것이였다. 대학 시절 시험공부를 할 때부터 익힌 그 버릇으로 하여 친구들로부터 '오실로 그라프'라는 별명으로 불리우기까지 했다.

불현듯 그의 입가에는 저도 모르게 미소가 흘렀다.

며칠 전까지만 해도 어쩌면 좋을지 몰라 안타까와하던 자기가 오늘은 푸짐한 식탁에 앉아 이미 들었던 음식을 누구에게 줄 것인가를 따져보고 있기 때문이였다.

'정아한테?'

언제나 생기에 넘쳐 있으면서도 무슨 말을 할 때면 무엇 때문인지 곧잘 뾰로통해지군 하는 처녀의 얼굴이 떠올랐다.

대학 때부터 '중유절약안'에 남다른 관심을 가지던 그였다. 더우기 전기를 전공했다는 것이 마음에 들었다. 그만하면 그에게 맡길 만도 했으나 아직 현장에 익숙되지 못했다는 점이 머리를 기웃거리게 하는 것이였다.

기철은 그의 이름 옆에다도 횡십자를 그었다.

숱한 이름들이 적혀 있는 종이장은 마치 무슨 경기대전표 같은데 이긴 사람은 하나도 없고 모두가 패배자들뿐이였다.

"음"

그는 입술을 꾹 다문 채 천천히 자리에서 일어났다.

'누구한테 맡긴다?'

사람들 중에는 자기 느낌이나 생각을 아무에게나 거리낌을 나타내는 사람이 있는가 하면 그와는 달리 될수록 드러내지 않는 사람도 있다.

그런 사람들은 대개가 과묵하고 진중한 성격에 기인되지만 성격이 그렇지 않으면서도 의식적으로 나타내지 않는 사람도 간혹 있는 것이다.

원래의 천성을 정신적인 긴장으로 압도해버리는 사람, 바로 그런 사람 중의 하나가 강철직장 책임기사 류기철이였다.

그의 선량한 표정은 마치 '보다싶이 난 그저 일에만 쫓겨 사는 사람인

걸요.' 하는 듯했으나 그를 잘 아는 사람이면 감탄과 존경, 지어는 일종의 두려움까지도 금치 못하는 것이었다.

그런데는 그가 말이 없는 것이 유순한 성격으로 해서가 아니라 딴 사람에겐 아무 관계도 없는 일이지만 그 자신으로서는 매우 중요한 어떤 내적인 문제로 하여 감정을 토로하지 않는다는 것을 알기 때문이였다.

사실 그의 가슴 속에는 남다른 포부가 간직돼 있었다.

"기술자에게 있어서 가장 큰 재부는 실력이다. 그 실력에 따라 기술자의 가치가 규정되고 그 가치는 어떤 창조물을 내놓는가에 따라 계산된다."

이것이 그가 주장하는 생활신조였다.

실력이 없는 것보다 슬픈 일이 없고 노력을 아끼는 것보다 더 무서운 일이 없다고 여기는 그로서는, 책임기사로서의 임무를 수행하면서도 하루 취침 세 시간이라는 견인불발의 투지로 학습과 탐구를 거듭했다.

그런 노력으로 하여 벌써 적잖은 성과를 거두었고 작년부터는 공장대학 초빙강사로까지 추천되였으나 그는 이에 조금도 만족하지 않았다.

오히려 한 일은 아무것도 없고 앞으로 해야 할 일에 비해볼 때 자신의 능력이 너무도 부족하다고 느꼈으며 이 부족점들을 시급히 보충하지 않으면 영영 추서지(회복하지) 못할 락오자(낙오자)로 된다고까지 간주하는 것이였다.

흔히 이런 사람들이 그렇듯이 그도 자기에 대한 평가, 특히 자기실력에 대한 남들의 평가에는 몹시 예민했고 더없이 민감한 반응을 보이군 했다.

만약 누가 자기보다 조금이라도 앞서 나갈 여지가 있다는 것을 느끼게 되면 그의 두 눈은 대번에 시뻘겋게 충혈됐고 그날부터 그 대상자를 멀리 떨구어놓기 위해 이발을 사려 물고 달라붙는 것이었다.

언제나 다른 사람에 비한 자기 실력의 확고한 우위, 이것이 바로 그의 생활철칙이였고 확고부동한 신념이였다.

이런 그여서 제 나이라면 이젠 응당 생각하지 않을 수 없는 사랑이니 결혼이니 행복이니 하는 것에 대해서도 남들과는 전혀 다른 견해를 품고 있었다.

인생을 두 부분으로 나누어, 즉 총각 시절과 그 이후 시기로 구분하여 생각하는 그는, 총각 시절은 응당 그 이후 가정생활을 담보할 수 있는 행복의 온상이 되여야 한다는 것이였다.

가정생활은 부득불 총각 시절과 련결되기 마련인데 그것은 무엇보다 청춘 시절에 어느 정도 위훈을 세웠는가 하는 데 따라 행복의 크기가 결정되기 때문에 사랑도 이에 기초해야만 참다운 생활로 련결된다는 것이였다.

만약 이런 확고한 기여가 없이는 누구를 사랑할 자격이 없는 것은 말할 것도 없거니와 설사 사랑을 한다 해도 메마른 땅에 심어놓은 화초와 같이 이내 시들어버리지 않을 수 없다는 것이였다.

말하자면 그는 청춘 시절을 인생의 봄, 과종하는 계절로만 여기는 것이 아니라 무르녹은 가을, 수확의 계절로까지 되야 한다고 믿는 터여서 그 푸짐한 수확물이 있을 때라야 진정한 행복도 있을 수 있다는 것이였다.

때문에 시대가 바라는 문제에 대한 특출한 기여, 어떤 시련과 난관에도 굴하지 않고 세상을 놀래울 숨은 영웅들과 같은 비상한 헌신, 오직 이것만이 사랑의 전제며 결혼의 촉매일 뿐 아니라 또 행복의 비옥한 토양이라는 것이였다.

이런 그의 속심을 알 길 없는 부모들은 드러내놓고 아들을 '불효막심한 녀석'이라고 지청구를 해댔다.

"그래, 장가는 안 가겠니?"

"가야지요, 그렇지만 아직은 이른 걸요."

"이르다니? 나이 스물여덟이 적어서? 그리구 네가 가야 동생도 갈 게 아니냐."

"저도 애인은 있습니다."

"있어? 도대체 어떤 처녀게?"

"저의 애인은 야금인 걸요."

"망할 녀석! 어디 평생 쇠붙이나 끼고 살아라!"

이렇듯 오직 자기 임무인 야금에 대해서와 세상을 놀래울 기술안에 대해서만 모색하는 그였다.

그러던 그가 마침내 작년에 그처럼 바라 마지않던 그런 혁신안을 찾아냈던 것이다. 그것은 가스의 연소효률을 높임으로써 중유취입량을 절반 이상으로 감소시키는 '중유절약안'이였다.

늘 중유에 지장을 받고 있을 뿐 아니라 마침 명식이네의 연료연구까지 수포로 돌아간 때여서 대번에 그의 안은 커다란 지지를 받았다. 공장에서는 물론 연구소며 부에서까지도 그의 '중유절약안'에 특별한 관심을 돌리기 시작했다.

그는 비상한 열정으로 기술안 추진에 돌입했다. 중간시험로에서 기초시험을 끝내고 넉 달 만에는 도입단계에 이르렀다.

그러나 그처럼 순조로이 또 그처럼 확신성 있게 진전되던 일이 그만 암초에 부딪칠 줄이야!

그것은 이미의 전기장치와는 다른 고열에서도 정밀하게 작용하는 새형의 자동기구의 제작을 필요로 한 것이였다.

그는 이 난관도 서슴없이 맞받아나갔다. 보통 암초가 아니라는 것을 깨닫고는 더욱 과감히 돌진했다. 하지만 그것은 좀처럼 움쩍도 하지 않았다. 세 번 네 번을 거퍼(거푸) 덤볐으나 매번 격파당하고 말았다.

일시 주저와 동요를 느꼈으나 뭇사람들의 기대에 다시 전신의 힘을 모아 육박해 들어 갔다. 그러나 여전히 이렇다 할 전진이 없었다.

어떻게 할 것인가? 과연 내 힘으로 타개할 수 없는 장애란 말인가!

그사이 몰린 피로와 좌절감으로 하여 그는 며칠 동안 앓아눕기까지 했었다.

그런데 이 과정에 그는 우연하게도, 그야말로 우연하게도 하나의 놀라운 령감(영감)에 부딪쳤던 것이다.

그것은 '중유절약안'과는 거리가 먼 것이였지만 그만한, 아니 그보다 확실히 더 의의가 있는 그런 거대한 새 기술안에 대한 착상이였다.

그 착상이란 현재 제강행정에 도입되고 있는 산소의 취입법과는 본질적으로 다른 새로운 강욕취입법이였다.

어려운 점들이 없진 않지만 현 설비 상태를 충분히 리용할 수 있을 뿐 아니라 그 방법이 완성되면 지금보다 제강시간을 두세 시간은 확고히 더 단축할 수 있었다. 또한 산소취입에서 가장 난점인 로 벽의 혹사를 결정적으로 방지할 수 있다는 데 특별한 우점(장점)이 있었다.

그는 이 기술이야말로 야금계가 바라는 새로운 혁신안이라는 것을, 자기가 모색해 마지않던 그런 전대미문의 기술안이라는 것을 륙감으로 느끼지 않을 수 없었다.

확실히 령감이란 불시에 떠오르기는 하지만 언제나 노리는 사람에게 찾아드는 모양이였다.

걷잡을 수 없는 충동이 그를 사로잡기 시작했다.

그러나 그는 이 기술안에 대한 의욕이 불같았으나 서뿔리(섣불리) 그것을 시작할 수가 없었다. 시작은 고사하고 자신의 의도를 남들에게 말할 수조차 없었던 것이다. 바로 '중유절약안'이 발목을 잡기 때문이였다.

"그럼 이젠 '중유절약안'을 포기한다는 건가?"

"그저 기술자의 의도라는 거지 뭔가?"

모두가 이러며 자기를 비웃을 것 같았다.

'창조적 열정이란 어디까지나 기술적인 타산에 토대하는 게 아닌가! 그렇다고 내가 '중유절약안'을 버리는 건 아니니까.'

이렇게 자신을 변호해보기도 했으나 그것이 한갖 구실이라는 것을 깨닫지 않을 수 없었다.

언젠가 기술과에 있던 한 친구가 자기 기술안의 추진 전망이 막혔다는 것을 간파하고는 거기로부터 벗어나긴 해야겠는데 방도가 없어 고민하던 일이 되살아났다.

그는 그때 묘한 궁리를 해냈는데 그것은 본래의 기술안보다 더 가치가 있다고 하는 기술안을 제기했던 것이다.

사실 그 기술안이 사람들을 현혹시킬 수는 있어도 실현하기는 어려운 것이었지만 사람들은 그의 기술안에 찬사를 보냈고 그는 쉽사리 본래의 기술안에서 손을 뗄 수 있었던 것이다.

그때 기철은 그를 얼마나 질시했는지 몰랐다.

"참다운 기술자가 되려면 우선 참다운 인간이 되여야 합니다."

공장대학의 강단에 나설 때마다 이 말을 버릇처럼 외워온 그였다.

몇 해 동안 책임기사로 일하면서 그가 사람들로부터 존경과 사랑을 받을 수 있은 주요한 특질은 그가 자신에 대해서는 지극히 까다로운 반면에 남들에게는 더없이 관대한 것이었고 다른 하나는 어떤 일도 량심적으로 처리한다는 그 점이였다. 누구도 그가 하는 일을 시비하거나 우려하는 일이 없는 것은 물론 그가 맡아 하는 일은 어떤 것도 자기를 위한 것이 없으며 틀림없이 정당하리라는 것을 믿어 마지않는 것이였다.

'아무래도 중유절약안을 결속하지 않고는 새 기술안을 시작할 수 없어!'

그는 당장 먹고 싶은 것을 눈앞에 놓고도 이미 입에 넣은 것으로 하여 먹지 못하는 사람의 안타까운 심정에 처해 있었다.

그런데 놀라운 변화가 일었던 것이다. 그것은 당의 배려로 얼마 전부터 제철소에 중유가 우선적으로 공급되게 된 것으로 하여 앞으로 더는 생산에 지장 받을 일이 없게 된 사실이였다.

이 새로운 사태는 대번에 그에게 이제껏 강압적으로 눌러오던 '강욕취입안'에 대한 의욕을 한껏 부풀어 오르게 했다.

'중유가 풀리여 생산이 정상화되는 이런 정황에서야말로 무엇보다 더욱 생산을 높일 수 있는 기술안이 요구되는 것이 아닌가!'

아닌 게 아니라 제철소에서는 생산에 대한 요구를 부쩍 높이였다. 당의 배려에 더 많은 증산으로 보답하기 위한 총돌격전으로 로동자들을 추동했다. 증산대책들을 위한 토론이 매일처럼 벌어졌다.

기철은 마침내 그사이 더욱 무르익혀온 '강욕취입안'을 도면과 함께 제기했다.

대번에 일대 격찬이였다.

마치 기다리기라도 한 것처럼 모두가 쌍수를 들고 지지해 나섰다. 바랐던 바보다 몇 배 더 큰 격려와 찬사여서 그는 어리둥절하기까지 했다.

"당장 이 기술안을 구체화하오. 우선 도면부터 완성해야겠소. 다소 자재나 돈이 들더라도 빨리 실현할 수 있게만 하오! 알겠소?"

기술부기사장의 전에 없는 고무였다.

"중유절약안"은 어떡한다?'

이런 생각이 들었으나 그는 곧 새로운 충동에 사로잡혔던 것이다.

그것은 자기가 반년 동안이나 고심해온, 그래서 이젠 거의 마감단계에 들어선 '중유절약안'을 다른 사람에게 넘겨주어야겠다는 결심이였다.

'아니 넘겨주다니? 그게 어떤 거라고?'

따져보니 아까왔다. 생각할수록 그 기술안에 바친 노력이, 또 실현을 눈앞에 두었다는 사실이 미련을 품게 했다. 얼마나 많은 사람들이 관심을 가지고 주시하는 기술안인가!

하지만 그는 도리를 저었다.

'우리한테야 누가 어떤 걸 만들었는가 하는 것보다 그것이 현실에 어떻게 쓰이는가가 더 중요한 것이 아닌가!'

그는 자기에게 차례진 것이 자기의 노력으로 이루어졌음에도 불구하고 어떤 무상의 혜택이라고만 여겨졌고 그 혜택에 어쩐지 자기를 희생시키고 싶기까지 한 심정이였다.

'그래! 인계하자! 인계할 바엔 송두리채(송두리째) 깨끗이 넘겨주자! 그 정도 희생이 아니면 무슨 선행이라고 하랴!'

언제나 자기가 남들보다 확고히 앞섰다고 느낄 때에만 품게 되는 그런 아량이 그에게 작용했던 것이다.

일단 이렇게 마음을 먹고 나자 그는 자기의 결심이 자기희생에서 출발된다는 것으로 하여 자랑스러웠고 그 사실을 알고 기뻐할 사람들의 모습으로 하여 더욱 만족스러웠다.

이리하여 그는 지금 그 무상의 행복자가 될 대상을 고르고 있는 중이였다.

멍하니 창밖을 내다보던 그는 불시에 떠오르는 한 사람의 모습에 소스라치듯 놀랐다.

'그렇지!'

어째서 진작 그를 생각하지 못했는지 알 수 없었다.

불같은 열정의 소유자겠다, 또 현실을 감수하는 기민한 판단력은 어떻고? 특히 그가 시도하는 기술안과 '중유절약안'은 서로 밀접한 관계에 있는 것이 아닌가!

언젠가 흥분한 표정으로 '중유절약안'의 도면을 보여 달라고 하던 진호의 얼굴이 상기됐다.

'그래 그 이상 적임자는 없어! 이걸 수행하느라면 그 역시 새로운 눈으로 자기 기술안을 검토해볼 수 있고 또 그 과정에 적잖은 도움도 받을 테니까!'

그도 진호가 시도하는 기술안이 어떤 것인가를 모르지 않았다. 이미의 시도와는 전혀 다른 방법, 즉 완전히 새로운 첨가제를 만들어야 하는 그 일이 얼마나 힘든 것인가 하는 것도 잘 알고 있었다.

아무리 대학 때부터 해오던 연구라 해도 첨가제에 대한 확정, 부단한 반복 시험과 그를 통한 확률적인 지수의 측정, 이 과정만 해도 간단치 않는데 연료를 가공하고 취입해야 할 장치까지 도입하자면 얼마나 오랜 기일이 걸릴 지 알 수 없는 일이었다.

기철은 그의 열정에 감탄을 금치 못하면서도 한편으로는 어째서 그처럼 현실에 대한 정확한 리해를 가지고 있는 그가 그런 료원한(요원한) 과제를 잡았는지 알 수 없기도 했다.

그때마다 자기가 그랬었고 대학을 졸업하고 현장에 나온 사람이면 누구나 한땐 그런 것처럼, 진호도 간혹 가다 자기의 지혜로 도달한 어떤 결론의 가치에 지나친 흥분과 열정을 앞세운 나머지 이여(그 나머지)의 타산이며 경험은 고려에 두지 않은 상태에 있는 것으로 치부했다.

하지만 진호는 확실히 여느 대학졸업생들과는 달랐다.

흔히 대학 시절 학과에 충실했던 수재라 해도 현장의 복잡한 정황에 부딪치면 어안이 벙벙해지거나 왕청 같은 질문을 하기 마련인데, 진호가 처음부터 느끼는 것들은 거의 모두가 현실적이고 여태껏 해결하지 못하고 있는 것으로 하여 불균형이 조성된 모순점들이었다. 말하자면 교육실습에서만 생산과 접촉해본 그런 유치한 점이라곤 없었다.

기철은 그를 첫눈에 재능형으로 결론 내렸다.

그의 판단에 의하면 기술자들인 경우에 어쩔 수 없이 두 가지 류형(유형)으로 구분되는데, 첫째 부류는 재능형이고 둘째 부류는 노력형이라는 것이었다.

재능형은 잉크방울을 빨아들이는 흡인지처럼 어떤 대상에서 야기되는 문제들과 해당한 방도를 재빨리 포착할 줄 아는 사람이라면, 노력형은 이와는 달리 물방울을 빨아들이는 종이처럼 비교적 오랜 시간이 걸리긴 하지만 그만큼 폭넓고 진지하게 흡수하는 사람이었다.

이 두 부류는 어느 쪽이나 우단점(장단점)이 있는 것으로서 영민한 판단과 감수성이 있는 사람은 진지한 태도가 부족하고 꾸준하고 성실한 사람은 부득불 예민하지 못한 약점을 가지게 된다는 것이었다.

물론 이 두 부류에 속하지 못하는 제3부류가 있긴 하지만 그런 사람은 그가 제일 질시해 마지않는 '무맥형'(역량과 줏대가 없는)으로서 기술자의 셈에조차 넣지 않았다.

그러나 따져보면 진호를 단순히 한 가지 류형에만 국한시킬 수는 없었다.

언젠가 로에 취입되는 열량을 구체적으로 분석하면서 그는 현재 로들이 취입되는 열량의 8할도 소모하지 못하고 있다고 했다.

"3,500 립방(입방)의 가스와 4기압의 산소, 거기에 9천 카로리의 중유가 취입되면 80톤의 원료를 50분에는 녹여야 합니다. 그런데 어느 로나 용해시간이 1시간이 넘는군요."

"형편은 그렇소. 그러나 그건 어디까지나 기준 수치고 로 내의 구체적인 정황이야 다르지 않겠소. 로 상태를 고려했소?"

"했지요."

"열의 파동은?"

"그것도 평균수칩니다"

"그럼 장입방법도 따져봤소?"

"?"

그제야 그는 생각에 잠기는 것이었다. 그쯤으로 리해했으리라고 믿었는데 며칠 후에 또다시 그 문제를 들고 나오는 것이었다.

"확실히 이건 열량의 지나친 랑빕니다(낭빕니다). 이걸 보십시오."

그가 내미는 자료들을 보면서 기철은 놀라지 않을 수 없었다. 웬만한 경험을 가진 기사가 아니고서는 해명해내지 못할 그런 문제가 정확히 밝혀져 있기 때문이었다.

흔히 재능이 있는 사람에겐 노력이 부족하고 노력을 아끼지 않는 사람에겐 재능이 결핍돼 있기 십상이지만 진호에게는 량자가 서로 배합돼 있는 것 같았다. 아니 어떻게 보면 끈덕진 노력이 더 우위를 차지하는 것 같기도 했다.

'그래! 그 이상 적임자는 없어!'

기철은 그가 '중유절약안'을 맡으면 틀림없이 지금의 난관을 해결하리라는 것을, 또 그것으로 하여 적어도 발명권쯤은 차례지리라는 것을 믿어 의심치 않았다.

무수히 써 놓은 진호의 이름 옆에다 그는 빠짐없이 동그라미를 그려 넣었다. 숱한 공정기사들은 다 패배하고 유독 진호 하나만이 승리한 '대전표'를 내려다보며 그는 또다시 미소를 머금었다.

그러나 그는 주춤하지 않을 수 없었다.

불시에 그 어떤 힘이 자기의 충동을 다잡는 것이었다.

'과연 그에게 '중유절약안'을 맡기는 것이 옳은 일일가?'

이런 의혹이 서리면서 아무리 그의 기술안이 실현하기 어려운 것이라고 해도 그걸 위해 지금 모든 심혈을 쏟아 붓고 있는 진호에게 자기의 기술안을 인계한다는 것은 어느 모로 보나 온당치 못한 일이나 아닐가 하는 생각이 드는 것이었다.

며칠 전 연도에 들어갔다가 질식된 그의 얼굴이 떠올랐다.

어떤 사람들은 그가 실정을 모르는 데서 범한 실수라고 했지만 기철은 애초부터 그가 결심하고 단행한 행동이라는 것을 모르지 않았다. 또 그런 결심은 남다른 목적을 가졌다고 확신하는 사람에게만 있을 수 있는 것이여서 그는 진호를 더욱 새삼스런 눈으로 보지 않을 수 없었던 것이다.

누구나 자기의 정신적 희열에 지배되고 있는 순간처럼 자기 본위가 되는 적은 없는 것이고 그런 때에는 자기보다 더 아름답고 더 흥미 있는 것은 세상에 없는 듯이 생각되는 법인데 바로 진호가 지금 그런 상태에 있다는 생각이 들었다.

그런 경우에는 오직 그 유혹에 몸을 맡김으로써만 거기에서 빠져나올 수 있다는 것도 그는 경험을 통해 알고 있었다.

'아무래도 지금은 맡길 수 없어!'

허리를 편 그는 다시 창문 쪽으로 다가섰다.

출강장의 불빛이 온 용해장을 감빛 노을로 물들이고 있었다.

'어떻게 한다?'

"따르릉!"

때 없이 울리는 전화종소리에 그는 놀라지 않을 수 없었다.

수화기를 드는데 교환수가 부에서 오는 전화라고 일러주는 바람에 그는 대뜸 의자를 당겨놓으며 귀를 강구었다(기울였다).

"책임기사 동무요?"

상대가 누구라는 것을 안 그는 곧 반색을 지었다.

"실장 동무군요."

"역시 밤늦게까지 분투를 하는군. 난 틀림없이 동무가 직장에 있으리라고 믿었다니."

"흠! 실장 동무야 뭐 거기 앉아서 축구구경하는 기분일 테지만 여긴 어떤 줄 압니까? 혀를 빼물고 달리는 선수 맞잡이란 말입니다."

워낙 롱담이라고는 잘 하지 않는 그였지만 저도 모르게 이런 말이 나갔다.

"허허, 하긴 그럴 수밖에! 이젠 중유가 풀렸으니까, 그래 쇠붙이 좀 나오나 축구선수?"

"꽝꽝 쏟아지지요. 어느 로나 하루 세 차집니다."

"축하하네. 우리가 제때에 정확한 보고를 올리기 얼마나 잘했나!"

중유를 배려 받을 수 있게 된 것이 자기들이 제철소에 내려와서 한 연구결과를 구체적으로 보고했기 때문이라는 일종의 자랑이 그의 목소리에 어려 있었다.

"참! 투사기 도면을 받았습니까?"

"받았네! 바로 그것 때문에 전화를 걸던 참이야! 본래는 이달 내로 도면을 료해하고 심사원을 보내려고 했는데 갑자기 긴급과제가 제기돼서…"

"네?"

필경 심사가 늦어지는 데 대한 발명이리라는 것을 알고 물었으나 명식은 제 말을 알아듣지 못한 것으로 생각하고 더 큰소리로 곱씹는 것이였다.

"외국에 보낼 설비의 심사가 긴급히 제기됐단 말이네. 당분간 항구에 나가 있어야 할 것 같네. 어쩌겠나? 미안한 대로 좀 참아주게."

그러면서 될수록 최선을 다해 빨리 끝내도록 하겠다는 것을 부언했다.

"할 수 없지요. 어쨌던 여기선 눈이 빠지게 기다리고 있다는 것만 잊지 마십시오."

"암, 잊지 않겠네! 참! 동무가 하던 그 기술안 있지? '중유절약안' 말이야. 그것도 추진하고 있겠지."

"네, 대책을 세우지요."

"놓치지 말게. 중유가 풀린 이런 땔수록 우린 중유를 더 절약해 써얄 게 아닌가! 응?"

"참, 실장 동무!"

진호에 대한 생각에 미친 기철은 미소를 지으며 말했다.

"우리가 실장 동무 신세를 너무 지는 게 아닙니까?"

"신세라니?"

"도면만 방조 받는 게 아니라 이젠 사람까지 보내주니 말입니다."

"사람? 오 진호 말인가? 그 친구가 동무네 직장에 있다면서? 어쨌던 옆에서 잘 도와주게."

기철은 수화기를 놓고도 한동안 얼굴에 피여나는 흐뭇한 기색을 지울 길 없었다.

'그래! 아무래도 지금은 정아한테 맡기는 수밖에! 옆에서 도와주면 되

니까…'

책상 우에 널려 있는 종이장들을 주섬주섬 챙기고 밖으로 나서니 벌써 하늘엔 별들이 총총했다.

그 별들을 쳐다보느라니 어쩌선지 앞으로는 모든 일이 더욱 버젓한 긍지를 가지고 대할 수 있도록 곱절 많은 일을 해야겠다는 결심과 할 수 있다는 자신이 새로이 가슴에 맺히는 것이었다. 그 많은 일들을 또 무척 실행하기가 유쾌할 것 같은 공상의 나래가 훨훨 펼쳐지기도 했다.

그는 희망이 용솟음치는 씩씩한 기분으로 현장을 향해 걸음을 옮겼다.

16

'어쩌설가? 무엇 때문에 만나자고 할가? 도면일가? 아니면 무슨 계산 때문일가?'

현장지령실의 책상 우에 있는 일보철(일일보고 파일)을 뒤적이며 정아는 아까부터 이 한 가지 생각에만 골똘해 있었다.

지령탁에는 방금 교대를 인계받은 2교대 부직장장이 늘 그런 것처럼 뿌루퉁한 표정으로 앉아 뭐라고 중얼거리며 작업일지를 뒤적거리고 있었다.

'확실히 뭔가 주저하는 눈치였어! 부탁이라고 했지? 그런데 어째서 무엇이라는 걸 밝히지 않았을가? 그의 부탁이란 도대체 뭘가?'

누가 생각해도 책임기사가 공정기사를 찾는다면 더없이 당연한 일로 여기련만 당사자인 정아로서는 그렇게만 느낄 수 없었다.

여느 때 없이 조심스런 책임기사의 태도가 어쩐지 사뭇 야릇한 흥분으로 가슴을 울렁거리게 하는 것이었다.

낮에 그는 설계연구소에 다니는 동무와 함께 구내산 야외식당에서 점심식사를 했었다.

대학을 같이 다니다가 직장에 배치 받은 후로는 처음 만나는 터여서 음료며 얼음보숭이(아이스크림)를 청해놓고도 그동안 지내온 얘기에만 정신이 팔린 나머지 그것들을 미처 돌아보지 못했던 것이다.

"허 이건 지나친 용해구려."

이런 소리에 고개를 돌린 정아는 자기네 식탁 옆을 지나 식당 안으로 들어서는 두 사람, 공장설비과장과 그 뒤를 따르는 책임기사를 보았다.

설비과장이 '지나친 용해'라고 한 것은 받아놓고도 손을 대지 않아 그릇 우로 녹아내리고 있는 얼음보숭이를 가리켜 한 말이였다.

"누구니?"

그들이 아름드리 느티나무 옆에 있는 식탁에 앉는 것을 지켜보며 선옥이가 물었다.

"이쪽에 있는 사람은 설비과장이고 그 맞은편에 앉은 사람은 우리 직장 책임기사야!"

"책임기사? 오 그래! 대학 때 가끔 강의에도 출연하던 그 사람이구나. 발명권을 두 개씩이나 가지고 있다는 사람! 그렇지?"

고개를 끄덕여 보인 정아는 '그래서 말이야.' 하며 하던 말을 계속하려고 했으나 웬일인지 방금까지 자기가 무슨 말을 하댔는지 통 생각이 나지 않았다. 그 원인이 바로 책임기사한테 있다는 것을 짐작하자 그는 어쩐지 뾰로통 화가 치밀어 올랐다.

"넌 좋겠다, 얘. 저런 사람하고 같이 일을 하니 말야."

"좋긴 뭐가 좋아!"

"왜? 그래도 많은 걸 배울 게 아니니?"

"배워? 하긴 나도 첨엔 그렇게 생각했댔어. 많은 걸 배울 수 있다고 말이야. 그런데 정작 같이 일해 보니 영 딴판이야!"

"딴판이라니?"

"뭐라고 할가? 형편없는 메마른 사람이지 뭐야. 그저 싸늘한 대리석인 걸."

"그래도 보기엔 그렇지 않은 것 같은데?"

"얘, 사람 겉 보고야 아니?"

"…"

"저런 사람은 말이야, 겉으로는 싹싹한 것 같아도 속은 언제나 자기 생각밖에 없는 법이야. 남이 어떻게 생각하는가 하는 데 대해선 조금도 관심을 두지 않거던. 하긴 뭐 그런 것까지 내가 상관할 일 아니지만!"

"…?"

의혹이 어린 꼬부장한 눈길로 정아를 흘겨보던 선옥이는 갑자기 "너 혹시." 하며 발쭉 웃었다.

"혹시 너 저 사람을 사랑하는 게 아니니?"

"뭘?"

정아는 펄쩍 뛰었다.

"누구나 흔히 맘 드는 사람에 대해서는 괜히 내리깎는다더구나."

"바보! 아무렴 내가 사랑할 사람이 없어서 저런 사람을 사랑하겠니? 천만에! 난 저런 사람은 싫어! 사랑할 필요도 없지만 그렇다고 사랑받을 필요도 없어! 없지 않고."

그러면서 정아는 깔깔 웃었는데 그것은 사랑을 제 맘대로 주고받는 물건처럼 취급해버린 것이 어처구니없어선 데도 있었지만 보다는 선옥이가 어쩌면 자기 속심을 그리도 면바로(정면으로) 찌를가 하는 데 대한 놀라움에서였다.

사실 대학 때부터 책임기사에 대한 남다른 감정을 품고 있는 정아였다.

강단에 나선 그가 열정적인 눈빛으로 자기들을 바라보며 과학의 가장 미세하고 깊은 곳에까지 파고 들어가 수자와 실례들을 가지고 거리낌 없는 비유를 사용할 때면 그는 저도 모르게 솟구쳐 오르는 감동을 금할 수 없었다.

"내가 태양을 들어 그것을 광물이라는 바다에 던진다고 합시다…"

"내가 태양을 들어 그것을…"

그의 말을 곱씹어보는 정아의 두 눈은 열정과 환희에 반짝였다. 무한한 힘이 지식을 향해, 만물과 그 법칙을 행해 뜨겁게 분출하는 동시에 이제껏 느끼지 못했던 리성에 대한 새로운 감정이 가슴 속에서 타오르는 것이였다.

그는 왜서인지 범속하고 일반적인 것을 싫어하는 처녀였다.

자기가 그런 것처럼 자기가 바라는 대상에 대해서도 특별한 점, 특히 남들은 도저히 엄두도 못 낼 그런 비상한 포부를 품고 그 가능성을 위해 자신을 깡그리 불태우는 그런 열정과 용기가 있는 대장부가 소원이였다. 그런 사람이라면 자기 역시 모든 것을 다 바쳐 한 점의 불꽃으로 보태주고 싶은 것이 그의 념원(염원)이였던 것이다. 아니 그것을 처녀로서의 행복으로 간주하는 것이였다.

불타는 청춘 시절! 그만한 정렬(정열)도 없이야 무슨 보람이 있으랴! 그만한 패기도 없이야 무슨 젊음이라고 하랴!

그는 자기가 바라 마지않던 이런 정신적 매력을 대뜸 겸임강사 기철이한테서 느꼈던 것이다.

더우기 '중유절약안'에 대한 그의 특별강의를 듣고 나서는 너무나도 큰 격정으로 하여 며칠 밤을 한 잠도 자지 못했다.

"우리는 우리의 부족점에 대해 언제나 과학적인 시기심으로 맞서야 합니다. 그래서 과학도가 아니겠습니까. 그러자면 탐구가 없는 하루, 사색이 없는 한때를 절대로 보내지 말아야 합니다. 저는 세상에서 가장 귀중한 것도 오늘이고 가장 쉽게 잃어버리는 것도 오늘이라고 생각합니다. 오늘은 가장 잃기 쉬운 것이기 때문에 그것은 더욱 귀중한 것입니다."

'저런 사람의 세계는 얼마나 심원할가! 저런 사람들이 꿈꾸는 생활이 야말로 얼마나 벅차고 아름다울 것인가!'

끝없이 고상하고 아름다운 것을 동경해 마지않는 그의 순진한 가슴은 구름처럼 부풀어 올랐다.

점점 정아에게는 기철이가 모든 완벽의 모범으로만 간주됐다. 자기에 게는 도저히 있을 수 없는 것, 아무리 노력해야 최소의 한정된 량밖에는 가질 수 없는 지식이며 탐구력이며 열정을 최고도로 구비하고 있는 것 으로 여겨졌던 것이다.

'저 사람과 같이 일해 봤으면…'

그런데 정작 대학을 졸업하고 그가 있는 강철직장에 배치 받게 되자 정아는 기쁨보다 두려움이 앞섰었다. 어째서 그런지 따져보지 않았다.

설사 그것이 책임기사에 대한, 그의 능력과 학식에 대한 존경의 한계 를 벗어난 그 어떤 다른 감정 때문이라 해도 그는 그것을 인정하지 않았 다. 아니 인정할 수 없었던 것이다.

그런데는 책임기사가 세상에 그 누구보다도 비교할 수 없이 고상하고 흠잡을 데 없는 존재로 생각되면 될수록 자기는 너무도 평범한 존재여 서 그의 옆에는 서기조차 부끄러울 상대로밖에 여겨지지 않았기 때문이 였다. 그럴 때면 그는 자기가 좀 더 아는 것이 많고 아름다왔으면 싶었 다.

원래 외모를 무시하거나 남에게 주는 인상을 아랑곳하지 않는 습성이 라고는 없는 그였지만, 어쩐지 더욱 곱게 보이고 싶었고 부족한 아름다움이나마 될 수 있는 한 사람들의 마음에 들었으면 했다.

보통 한 사내에 대한 이런 존경은 처녀를 소심하게 만들거나 주눅이 들게 하기 십상이련만 정아는 결코 그런 부류에 속하는 처녀가 아니였다.

다른 사람에 비해 감정이 섬세한 그였으나 그것을 태연히 누를 줄 알았고 지어는 고민이 있을 때조차 웃을 수 있는 정신력을 지니고 있었다. 그런가 하면 만사에 결단이 빨라 머리속에서 어떤 결심이 생기면 서슴지 않고 실천에 옮기는 담대한 기질까지 가지고 있었다.

이런 기질에도 원인이 있었지만 그가 책임기사를 사모하면서도 정도 이상으로 랭정하게 대하게 되는 데는 바로 자기의 감정에 대한 그의 지나친 무관심에 있었다. 자기의 감정을 고백한 것도 아니고 더우기 그것을 눈치채게 행동한 적이라고는 없었지만 그래도 그가 자신의 마음을 리해해주지 않는 데는 역시 불만스러웠다.

물론 그도 책임기사가 자기에게 관심을 돌리지 않는 것이 자기로서는 전혀 알 수 없는 무슨 다른 리유가 있다는 것을, 사업에 한하는 어떤 중요한 일에 마음을 빼앗기고 있기 때문이라는 것을 모르지 않았으나 그렇다고 해서 불만을 품고 있으면서까지 태연하게 자신을 꾸미기는 싫었다.

"저런 사람은 어떤지 아니?"

바로 그런 심정으로 하여 그는 낮에도 책임기사를 더욱 몰아세웠던 것이다.

"사업에선 성공할 수 있어도 사랑에선 실패하기 마련이야. 저런 수재들이란 사랑에선 꼭 불우하기 마련이거든. 내 말이 틀리나 이제 두고 보렴! 난 말이야…”

“좀 가만가만 말해! 듣겠다, 얘.”

“듣음 뭐래?”

그쪽을 힐끔 돌아본 정아는 정말 입을 다물지 않을 수 없었다. 벌써 자리에서 일어난 그들이 이쪽으로 걸어오기 때문이였다.

자기들의 식탁 옆을 지나려던 책임기사가 걸음을 늦추며 이쪽으로 돌아서는 것으로 보아 정아는 그가 무슨 말을 하려는다는 것을 이내 알아차렸다.

“퇴근할 때 좀 들러주겠소?”

“무엇 때문이요?”

“부탁할 일이 있어서 그러오.”

‘부탁?’

어쩐지 여느 때 없이 주저하는 기색이였다.

“대리석이라구? 뭘 사근사근하기만 하다 얘.”

구내산 쪽으로 걸어가는 그의 뒤모습(뒷모습)을 바라보며 선옥이가 이렇게 말했으나 정아는 곧 고개를 저었다.

“뭐 부탁이라는 게 다른 걸 것 같니? 틀림없이 도면이 아니면 무슨 계산이야, 뻔해!”

하지만 그때부터 속으로는 ‘정말 도면이나 계산일까? 아니! 이번엔 그런 것 같지 않아! 그럼 도대체 뭘가?’ 하는 생각으로 하여 도저히 진정할 수 없는 마음이였다.

236

사람이란 누구나 자기가 사랑하는 사람의 감정에 대해서는 극도로 예민한 감정을 지니는 하나의 반응체인 것이다.

퇴근 준비를 하고 지령실에 들려오는 작업에 제기된 자기부문 공정들을 료해하는 지금에 와선 더욱 걷잡을 수 없는 심정이었다.

"아니! 그렇게 우물쭈물할 게 뭐요. 속에 있는 걸 다 털어 놓으란 말이요. 다."

수화기를 든 부직장장이 꽥 하고 소리를 지르는 바람에 정아는 깜짝 놀랐다.

언제나 무슨 억울한 루명(누명)을 뒤집어쓰고 있는 사람의 표정인 그는 입심이 세기로 유명했다. 한번 소리를 지르기 시작하면 상대방이 항복할 때까지 끊임없이 줄폭탄을 쏟아 붓는 것이었다.

"아니 뭐 용선초과라고? 우리가 언제 용선을 초과해먹었단 말야. 손이야 발이야 빌어도 안 줄 땐 언젠데 이제 와선 초과해먹었다는 거야. 제발 그따위 나발은 작작 줴치게(함부로 지껄이게). 뭐? 그게 나발이 아니구 뭔가? 나발도 왕나발이지, 꺼럼!"

그가 말한 때면 주런이 박힌 금이발로 하여 온 입안이 번쩍 거리군 했는데 특히 웃을 때는 더욱 호화찬란했다. 그래서 그는 스스로도 자기의 웃음을 '황금의 미소'로 자처하는 것이었다. 지금도 그 '황금'이 마구 번쩍거리고 있었다.

탁우(탁자 위)에 있는 또 한 대의 전화가 울자 그는 들었던 수화기를 얼른 턱짬에 끼우고는 새 수화기를 들었는데 그 모양은 흡사 연주창을 앓는 목삐뚤이 같았다.

"얼마? 파철이 920에 광석이 1,400? 가만! 자넨 좀 가만있게. 젠장 귀구멍(귓구멍)은 둘이래두 따루 듣는 재간은 아직 못 배웠소."

량쪽 수화기에 대고 번갈아가며 말을 하던 그는 턱밑에 끼운 수화기가 아래로 미끄러져 내리자 턱에 더 바싹 힘을 주기만 할 뿐 종내 그것을 내려놓으려고는 하지 않았다.

정아는 무심결에 자기 앞에 놓여 있는 텔레비죤 화면조절기를 돌려보았다.

조절에 따라 용해장은 말할 것도 없고 출강장, 남비장, 원료장의 실태까지도 한눈에 다 알아볼 수 있게 되여 있는 자동카메라였다.

원료장의 신호공 아바이가 화면에 나타났다.

어딘가 웃쪽을 쳐다보며 간절한 표정을 짓고 있는 것으로 보아 기중기 운전공에게 무슨 부탁을 하고 있는 모양인데 운전공이 잘 응하지 않는 것 같았다.

눈을 지릅뜨는가 하면 발을 굴러대며 위협하기도 하던 그는 대뜸 옆에 있는 장입바가지에서 반죽한 도이제를 한줌 쥐여뿌렸다. 그게 운전공의 얼굴을 메닥질(함부로 매대기질)해놓았는지 그는 무릎을 짯짯 치며 이발도 없는 입을 벌린 채 통쾌하게 웃어댔다.

"자, 다시 시작해볼까?"

다시 본래의 수화기를 쥔 부직장장이 후반전을 계속해보지 않겠느냐는 듯한 도전적인 목소리로 말했다. 그리고 보면 상대도 여간 질긴 사람이 아닌 것 같았다.

정아는 이번엔 용해장으로 카메라를 돌렸다.

무엇 때문인지 4호로 앞에 많은 사람들이 운집해 있고 한복판에서 한 사람이 손을 흔들며 무슨 설명을 하고 있었다. 손 세로 미루어보아 틀림없이 기중기의 가동을 놓고 얘기하고 있는 것 같았다.

그에게로 화면을 접근시켜 나가던 정아는 그가 돌아서는 순간 놀라지 않을 수 없었다. 땀을 흘리며 이쪽 어딘가를 가리키고 있는 그가 바로 책임기사였기 때문이였다.

얼른 조절기를 다른 곳으로 돌리긴 했으나 눈길은 저절로 화면을 마주하고 앉아 있는 부직장장한테로 쏠렸다.

그런데 어찌된 일이람? 방금 전까지 미간을 찌프리고 있던 그가 흐뭇한 그 '황금'의 미소를 짓고 있는 것이 아닌가!

"아, 알 만하네 알 만해! 그럼 진작 그렇다구 할 게지, 사람두 원, 그런 걸 난 또… 거야 다 좋은 일이 아닌가! 꺼럼."

워낙 능구렝이(능구렁이) 같은 부직장장이여서 수화기를 들고 있긴 했지만 자기의 속심을 들여다보고 하는 말 같아 정아는 그 자리에 더 있을 수 없었다.

'언제나 하던 부탁 같으면 이번엔 받지 않을 테야! 바쁘다든가 하다못해 다른 일이 있다고 해서라도.'

이렇게 마음 다지며 그는 총총걸음으로 지령실을 나섰다.

17

책임기사실의 방문을 열자마자 정아의 눈에 비친 것은 목에 수건을 두른 채 책상을 내려다보고 있는 책임기사의 모습이었다.

그의 이마에는 아직도 땀방울이 맺혀 있었다. 그러나 그가 왜 고개를 숙이고 있는가를, 즉 무엇을 보고 있는가를 안 순간 대뜸 바늘끝 같은 비애가 가슴을 뚫고 지나가는 것이었다.

'역시 도면이구나!'

그의 책상 우에는 커다란 도면이 펼쳐져 있었다.

어떤 반감과 서글픔이 일시에 솟구쳐 오르는 것을 어쩔 수 없었다.

'하긴 뭐 나 같은 건, 나 같이 단순하고 뛰어난 점이라고는 없는 처녀 야 한갖 그의 사업대상으로밖에는 달리 될 수 없지! 없고말고!'

저절로 목이 꽉 메여 올랐다.

"자 이쪽으로 오오. 이리 와서 이 도면을 좀 보오."

정아의 내심이 어떻다는 건 알지도 못하고 기철은 자못 반가운 기색을 지으며 자기 앞에 있는 의자를 가리켜 보였으나, 정아는 그가 가리키는 의자가 아니라 자기의 손목시계를 얼핏 내려다보았다.

"왜 무슨 바쁜 일이 있소?"

"네, 누구와 좀 만나려구요. 만나자고 해서요."

"…?"

자기를 마주 쏘아보는 정아의 눈길과 더우기 여느 때 없이 싸늘하게 들리는 목소리에 놀란 듯 기철은 정아를 멍하니 쳐다보았다. 더없이 명랑하다가도 이렇듯 리유도 없이 새침해지군 해서 도저히 갈피를 잡을 수 없다는 기색이였다.

사실 왜서인지 기철은 정아를 마주할 때면 이렇다 할 리유도 없이 당황해질 때가 있었다.

어떤 일감을 놓고 그 수행정형에 대해 따지고 새로운 과업을 주는 것은 자기지만, 오히려 그때마다 자기의 내심을 읽히우는 것 같은 그런 당혹감을 느끼지 않을 수 없는 것이였다. 그러나 그 리유가 무엇 때문인지는 저로서도 딱히 알 길이 없었다.

"그렇다면 할 수 없지. 후에 만나는 수밖에. 래일 얘기하지요."

바로 이런 점, 언제나 자기를 남들과 똑같이 대해주는 이 점이 정아에게는 더 부아를 돋구는 것이였다. 차라리 갈 수 없다고 하든가 누구를 만나느냐고 물어보기라도 해도 좋으련만!

"그래야 뭐 이 도면에 대한 계산이겠지요?"

당장 나갈 듯이 출입문 쪽으로 돌아선 정아였으나 나가지는 않고 지나가는 말처럼 한마디 던졌다.

"아니! 그런 게 아니요, 무슨 과제나 지시가 아니라 이번엔 내 개별적인 부탁 때문이요."

'개별적인 부탁?'

정아는 한 걸음 책상 앞으로 나서며 도면을 내려다보았다.

첨 보는 도면이였다.

대체의 륜곽(윤곽)으로부터 선을 따라가며 구조들을 더듬어나가던 그는 갑자기 온몸이 긴장되면서 심장의 박동이 빨라지는 것을 어쩔 수 없었다.

'아니 이건?'

자기의 짐작을 확인할 양으로 그는 도면의 맨 밑에 있는 명기란에 시선을 옮겼다.

"로 내에서 열관리 개선의 새로운 대책!"

틀림없었다. 바로 그 도면, 자기를 그토록 흥분시키던 그 기술안이였다.

'이걸 어떻게 하자는 걸가?'

가슴 속에 도사렸던 착잡한 감정은 삽시에 사라져버리고 까닭 모를 의혹이 서려들기 시작했다.

"이 기술안을 동무가 좀 맡아줄 수 없겠는가 해서 그러오."

'이 기술안을?'

정아는 더욱 어리둥절해지지 않을 수 없었다.

많은 사람들이 하나같이 찬탄해 마지않는 기술안, 고심참담한 노력을 다 바쳐 마침내 황홀한 결실을 눈앞에 둔 기술안이 아닌가! 그걸 무엇 때문에 이제 와서 나한테 인계한단 말인가?

단번에 소화하기에는 너무도 아름찬 충격으로 하여 그는 숨이 다 막혔다.

"실은 다른 과제가 제기돼서 그러오. 얼마 전에 새로운 산소취입안을 제기했더니 공장에서는 생산성을 담보하는 안이라고 당장 그것부터 추진하라는 거요. 하긴 이젠 중유도 풀렸기 때문에 모든 력량(역량)을 생산에 집중하는 것이 응당한 일이 아니겠소. 그렇다고 그것 때문에 이 기술안을 그냥 묵혀둘 수는 없고. 그래서 따져보던 끝에 난 바로 동무가 이 기술안의 적임자라고 생각했소. 누구보다 공감해 온 것도 그렇고 리해하는 것도 그렇고, 특히 이 기술안의 고충이 바로 전기장치의 도입에 있는데 그런 측면에서 볼 때도 동무 이상 적임자가 없더란 말이요."

"…"

그대로 믿기에는 너무도 놀라운 사실이여서 정아는 기철이의 표정을 유심히 살폈다.

불만과 절망의 나락으로부터 대번에 행복과 환희의 절정에 솟구쳐 오른 듯한 느낌이였다.

기술안 자체가 가지는 의의도 의의지만 그것을 다른 사람이 아니라 자기한테 맡겨주는 그의 의도에는 다만 전기를 전문했다는 것만이 아닌, 자신이 여태껏 그토록 바라 마지않으면서도 겉으로는 내색조차 할 수 없었던 그 살뜰한 온정이 스며있으리라는 믿음으로 하여 더욱 가슴이 터질 것 같았던 것이다.

'누구보다 공감해온 것도 그렇고 리해하는 것도 그렇고…'

정아는 그의 말을 되새기며 틀림없이 이 도면에 자기의 섬약한 마음의 매듭을 풀어주는 그의 따뜻한 정이 간직되어 있으리라는 것을 믿었다. 아니 믿고 싶었다.

심술 사나운 론리의 목소리는 이 사실을 믿을 만한 근거라고는 아무것도 없다고 우겨대는 것이였으나, 그의 감정은 이 모든 반박을 물리치고 한사코 "그렇다! 그렇다!" 하고 자신 있게 속삭이는 것이였다.

흔히 누구나 소망이 간절하면 할수록 사소한 일상사도 줄곧 거기에 결부시켜 생각하기 마련이고, 그것을 서로 련관시키면 시킬수록 또 틀림없이 그럴 것이라는 확정적인 결론에 도달하게 되는 법이다.

"어떻소? 맡아주겠소?"

"…"

한마디로 대답하기에는 너무도 벅찬 물음이였다.

"아까도 말했지만 이건 어디까지나 과제가 아니기 때문에 내키지 않는 걸 억지로 맡을 수야 없지 않았소. 때문에 나도 결코 강요하는 건 아니요."

기철은 방금 자기를 쏘아보던 정아의 눈길을 되새기며 못내 조심스런 어투로 말했으나, 반대로 정아는 자기의 태도가 그처럼 야무진 것이 바로 그 자신에 대한 존경과 애정이 그만치 열렬하기 때문이라는 것을 알아주지 못하는 책임기사가 여간만 안타깝지 않았다.

"하겠어요. 해보겠어요."

정아는 어쩐지 당장 눈물이 쏟아져 내릴 것 같아 얼른 고개를 옆으로 돌렸다.

"고맙소."

"그런데 제 힘으로 감당해날 수 있겠는지…"

"하기 쉬운 일이 아닌 것만은 사실이요. 그렇지만 난 동무가 꼭 해결해내리라고 믿소."

"그래도 옆에서 도와주셔야 해요."

"물론 그래야지. 그러나 내가 출장을 떠나게 되면 그땐 진호 동무가 방조하게 하려고 하오. 이 기술안의 방조가 그의 새 연료안 수행에서도 도움이 될 테니까."

'진호?'

진호의 이름을 듣는 순간 정아는 내심 언짢았다.

그의 눈으로 볼 때 진호는 아무 일에나 지나친 열정을 시위하려는 과격한 성격의 소유자였고 때에 따라서는 리해할 수 없으리만치 괴벽한 사람이기도 했다.

특히 아무 때나 자기의 주장을 고집해 나서는 것을 볼 때면 사람이 어쩌면 저렇게도 제 생각밖엔 없을가 하는 불만을 품지 않을 수 없었다.

'어쨌든 그의 도움은 받지 않을 테야. 아니 다치지(건드리지) 못하게 할 테야. 이것만은 기어이 내 힘으로 해내고야 말 테야! 보란 듯이!'

속으로는 이런 강심을 먹으면서도 그는 전혀 다른 말을 뱉었다.

"그럼 차라리 그 동무한테 맡기는 게 어때요? 아무래도 그 동무가 저보다야…"

"그렇지만 그 동무야 직장에 갓 온 사람이 아니요. 더우기 자기 과제도 있고."

이렇게 대답한 기철은 이 처녀가 이제 와서 또 발딱 뒤집지나 않을가 하는 위구에 사로잡혀 서둘러 말머리를 돌렸다.

"이 친구가 이젠 오겠는데…"

손목시계를 들여다보던 기철은 그제야 눈이 둥그래졌다.

"아니 내가 정신이 없구만! 내 얘기만 하느라고 약속이 있다는 걸 깜빡 잊고… 이제라도 어서 가보오."

"됐어요. 후에 만나지요 뭐."

"?"

너무나도 흔연한 대꾸에 기철은 또다시 얼떠름해졌다. 과연 알다가도 모를 처녀다.

이때 이마에 붕대를 감은 진호가 모자를 벗으며 방안에 들어섰다.

정아가 있는 것을 본 그는 일시 멈칫했으나 책임기사의 표정을 살피고는 들어가도 무방하다고 느꼈는지 성큼성큼 책상 앞으로 다가서는 것이었다.

그날 우연히 6호 연도 옆으로 지나가던 축로공들이 아니였다면 자기가 어떻게 됐을지 모를 처지에 있다는 것을 전혀 생각지도 않는 것 같았다. 무슨 일을 하다가 왔는지 작업복은 온통 검댕이칠이였다.

책상을 가운데 놓고 두 사람을 마주 앉힌 기철은 례의 그 단정한 목소리로 새로운 과제, 산소취입법을 선행할 데 대한 공장의 요구로부터 '중유절약안'을 인계하기로 한 결심을 말하고 나서 이렇게 덧붙였다.

"이제부터 이 기술안을 정아 동무가 맡아 하는 조건에서 진호 동무가 옆에서 도와주었으면 해서 그러오. 물론 연료안 추진에는 지장이 없도

록 하면서 말이요. 내가 이걸 권고하는 건 중유절약을 빨리 수행하자는
데도 있지만 진호 동무의 기술안 완성에도 도움이 되리라고 믿기 때문
이요. 어떻소?"

"…"

진호는 줄곧 책상만 내려다보았는데 그것은 거기에 펼쳐진 도면을 보
고 있는 것이 아니라 자기 생각을 집중시키고 있는 게 분명했다.

다시 시선을 옮겨 창밖을 한참 바라보던 그는 그제야 대꾸할 말이 생
각나기라도 한 것처럼 천천히 기철이 쪽으로 돌아섰다. 그러나 오래동
안 생각한 데 비해서는 너무도 단순한 대답이였다.

"솔직히 말하면 난 반댑니다."

"?!"

기철은 물론 정아까지도 아연한 눈길로 그를 쳐다보았다.

"책임기사 동무 이 중유절약안을 방조하는 과정이 내한테 도움이 될
거라고 했지만 그렇지 않습니다. 난 벌써 몇 번이나 이 기술안을 검토해
보았지요. 두 기술안이 다 연료를 해결하기 위한 것이긴 하지만 본질에
있어서는 서로 다릅니다. 하나는 중유를 인정하면서 절약하자는 것이고
다른 하나는 중유를 무시하고 새 연료를 쓰자는 겁니다. 그렇다고 오해
하지 마십시오. 내가 반대하는 리유가 내한테 도움이 되지 않아서가 아
닙니다. 내가 반대하는 건 이 중유절약안이 우리의 현실에 피동적이기
때문입니다."

"피동적이라니?"

"나도 이 기술안이 착상이 기발할 뿐 아니라 실현될 가능성도 풍부하다는 건 압니다. 그렇지만 우린 어디까지나 우리의 연료로 제강할 수 있는 길을 택해야 하지 않겠습니까. 아무리 힘이 들고 어렵다 해도 말입니다."

실로 천만뜻밖이었다. 이 기술안에 대한 뭇사람들의 평가를 무시하는 것은 둘째 치고라도 그만치 현실을 식별할 줄 아는 그가 이런 말을 한다는 것이 기철에게는 놀랍기만 했다.

그러나 그는 이런 놀라움쯤은 누를 줄 아는 사람이었다.

"물론 나도 동무의 의도를 모르는 건 아니요. 나 역시 어디까지나 우리의 연료에 의한 제강조업, 이게 현실이 바라는 절박한 문제라는 건 아오. 그렇지만 그건 아직 이렇다 할 성과가 없고 또 앞으로 얼마나 더 걸릴 일인지 모르지 않소. 그래 빠른 시일에 해결할 전망이라도 있소? 바로 그래서 당에서도 중유를 우리한테 우선적으로 풀어준 게 아니겠소."

진호는 책임기사에게 자기 견해를 더 명백히 이야기하고 싶었다. 자기 견해를 구체적으로 얘기한다면 그가 자기주장을 계속 피력할 필요는 없어질 것이라고 생각했다.

하지만 그는 곧 이 문제에 대한 서로의 견해가 너무도 판이하다는 것을, 그래서 자기가 아무리 설명한대야 도저히 호상리해(상호이해)에 도달할 수 없는 일이라는 것을 알아차리고는 입을 다물고 그저 묵묵히 듣기만 했다.

"이런 조건에서 그중 합리적인 생산방법이 뭐겠소? 한 방울의 중유라도 절약하면서 생산하는 이것이 우리한테 당연한 과제가 아니겠소."

"옳습니다."

진호는 아무래도 자기의 생각을 털어놓지 않을 수 없다는 것을 깨닫고는 기철이를 마주보았다.

"론리적으로 따지면 그럴 수도 있지요. 그러나 난 이런 경울 수록 오히려 우리가 중유를 하루빨리 쓰지 않는 방도를 모색해야 한다고 봅니다. 모든 력량을 집중해서라도 말입니다. 우린 언제나 자신이 자기를 어쩔 수 없는 사태에 빠뜨려 놓고도 거기서 헤여나오려고도 하지 않는단 말입니다. 도리여 거기에 만성이 돼버린군 하지요."

"?!"

기철의 눈길이 금세 꼿꼿해졌다.

이렇게까지 엇나오리 라고는 예상도 못한 그였다.

"그러니까 동문 자기 기술안만이 가장 현실적이라는 건가요?"

이렇게 쏘아붙이는, 진호를 노려보는 정아의 표정에는 어딘지 모르게 모독적이고 혐오스러운 것이 있었다.

"그렇소. 난 그렇게 생각하오."

"전 반대로 많은 사람들이 하다가 물러선 그 안이야말로 가능하지 못한 뿐더러 무모한 안이라고 보는데요. 그렇지 않아요?"

"그거야 사람 나름이지요. 동무 같은 사람이니까 그렇게 볼 수밖에!"

진호의 이 말은 대번에 정아의 비위를 거슬렸다. 자기에 대한 로골적인 멸시를 느낀 그는 자기가 받은 아픔에 대하여 앙갚음할 만한 신랄한 문구를 궁리해내여 톡 내쏘았다.

"좋아요! 저 역시 동무 같은 사람이 제 말을 리해하리라고 기대하지 않아요. 여기엔 분별과 리성이 필요하니까요. 물론 '중유절약안'에 대한 방조도 바라지 않구요."

흔히 처녀들이 모욕적인 언사를 썼다고 생각할 때 쓰는 그런 표정을 지으며 정아는 진호를 쏘아보았는데, 그의 눈길은 마치 '나를 무시하지 말아요. 그랬다간 가만두지 않겠어요.' 하고 단단히 벼르는 상싶었다.

사실 그는 지금 진호에 대한 분노로 하여 가슴이 터질 것만 같았다.

의의 있는 기술안을 무시하는 것도 하는 것이지만 그토록 자기에 대한 살뜰한 온정이 스며있는 것을 그토록 무자비하게 묵살하려는 데는 도저히 참을 수가 없는 것이었다.

'흠, 제가 뭐라구…'

진호의 방조를 달가와하지 않던 그로서 진호의 거절을 응당 기쁘게 받아들여야 할 것이나, 그의 의도가 어떻다는 것을 안 이 마당에 와서는 오히려 더없이 분하기만 했다.

한편 진호는 진호대로 놀라지 않을 수 없었다. 이 처녀가 이처럼 되바라지게 나오리라고는 상상도 못했었다. 그저 웃음 많은 명랑한 처녀겠거니 했는데 보통 암팡진 처녀가 아니지 않는가! 마치 영문 모를 뺨을 한 대 얻어맞은 것 같기도 했다.

'어째서 '중유절약안'에 그토록 큰 의의를 부여하는 걸까? 하긴 내 기술안이 어떤 건지 모르니까 이런 절충안에 매혹될 수밖에. 다른 게 없어! 하루빨리 내 기술안을 완성해서 실물로 보여주는 수밖에!'

갖가지 꽃들이 피여나고 새들이 지저귀기 시작하는 이때야말로 누구에게나 일 년 중에서도 가장 즐거운 계절, 가슴 부풀어 오르는 기쁨의 계절이련만 쇠물을 끓이는 용해공들에게는 도리여 시름이 시작되는 계절인 것이다.

일 년 사계절을 줄곧 불 앞에서 사는 사람들이여서 눈 덮인 겨울을 제외한 나머지 계절은 모두 여름으로 간주하는 데 버릇된 이들이였다.

진호도 벌써부터 앞으로의 시련이 보통 아닐 것 같은 예감에 사로잡혔다.

닥쳐올 더위도 더위지만 요즘에 와서는 주위의 분위기를 통하여 자기가 바랐던 정식적인 희열과 따뜻한 즐거움을 찾기는 어려우리라는 느낌이 드는 것이였다. 왜서인지 자꾸만 불안하고 초조해지는 것을 어쩔 수 없었다.

연료의 직접 취입을 결심했을 땐 연료에 배합할 첨가제의 성분만 확정해놓으면 되리라고 여겼던 것이, 그것을 준비해놓은 지금에 와서는 그 취입장소도 밤패워(밤새워) 설계는 끝냈으나 기술부의 검사를 거쳐 공무직장에서 완성까지 하자면 앞으로 얼마나 많은 시일이 걸릴지 알 수 없는 일이였다.

겹쌓이는 난관보다도 그가 더 불안스러운 것은 이런 난관을 타개할 자신심이 희박해지는 데 있었고 나아가서는 그처럼 가슴 깊이 다졌던 애초의 결심을 혹시 성사시키지 못하지나 않을가 하는 걱정이였다.

확실히 자기의 생각과는 너무도 거리가 먼 현실이였다.

모든 사람들이 자기의 의도를 알기만 하면 팔을 걷고 나서리라 믿었고 그리하여 쉽사리 자기의 지향이 어떻다는 것이 증명되리라고 여겼던 것이 도와주기는커녕 관심조차 보이지 않는 것이 아닌가!

첨엔 자기의 출현에 일정한 충동을 받을 것 같던 사람들도 이젠 기대를 잃고 랭랭한(냉냉한) 태도를 취하는 것이였다.

"자 이젠 두 달이 지났소. 그동안 해놓은 일이 뭐요? 당장 일을 칠 것처럼 덤비더니… 누군 뭐 동무만 못해서 고생하는 줄 아오?"

모두가 이러며 손가락질하는 것 같았다.

그런데도 자기는 무엇을 해야 할지 갈피를 못 잡은 채 어떤 대책 하나 똑바로 취하지 못하고 그저 하루하루를 하는 일 없이 빈둥거리면서 안일무위한 생활에 빠져 들어가고 있는 이것이 더욱 부아를 돋구는 것이였다.

새 연료안 추진만 아니였다.

며칠 전부터는 또 하나의 골치거리(골칫거리)가 생겼는데 그것은 여태껏 말없이 잘 쓰던 태수의 투사기를 로장이 한쪽 구석에 밀어 놓은 사실이였다.

리윤즉 로에 취입되는 가스압이 높아지자 투사기로 분사하는 보수재가 그 가스에 날려 후벽 보수를 제대로 못한다는 것이였다.

설사 그런 부족점이 있다 해도 태수가 그처럼 고생해 만들어놓은 기계를 부정해버리는 로장의 태도란 너무도 지나친 것이 아닌가! 더우기 당장 심사를 눈앞에 두고 그런 배척을 당한다면 평가에 결정적인 영향이 미치리라는 것은 당연한 일이었다.

그가 투사기에 대해 각별히 마음 쓰지 않을 수 없는 데는 출장을 떠나면서 하던 태수의 부탁 때문이였다.

"혹시 심사가 있을 때까지 내가 돌아오지 못하면 대신 변론을 좀 맡아주게. 도면심사가 아니니까 내가 없어도 일 없으리라고 보네. 사실 그 사람들한테야 내보다 동무가 훨씬 유력할 테니까."

"그러니 '막후교섭'을 하라는 겐가? 좋아, 걱정 말게! 내 힘껏 해 볼 테니!"

대학 때부터 그가 베푼 우애에 비해 너무도 무심했던 자기로서 이 부탁만은 꼭 성실히 수행하는 것으로써 친구의 도리를 지키고 싶었던 것이다.

그리하여 온밤 구체적인 작전을 세운 그는 지금 로장을 찾아가는 길이였다.

창조과정에는 어떤 부족점도 있을 수 있다는 일반적인 '지역사격'으로부터 맹렬한 '집중사격'을 들이대 볼 심산이였으나 어딘가 찜찜하기도 했다.

마침 휴계실(휴게실)에는 로장이 낮교대 작업반장과 마주앉아 한담을 하고 있었다.

무엇 때문인지 매우 흐뭇한 표정을 짓고 있던 그였으나 문을 열고 들어서는 진호를 보고는 곧 이마살(이맛살)을 찌프렸다.

"왜? 또 투사긴가?"

"그렇습니다. 전 아무리 생각해도 투사기를 쓰는 게 옳다고 봅니다."

"…"

진호는 마음을 다잡으며 로장을 지켜보았다.

"혹시 보수재 반죽을 지금보다 굳게 하고 투사압을 높여보면 어떻겠습니까?"

"그래봤네만 안 돼."

"그럼 가스를 낮춰도 안 돼요?"

"가스를 낮춰? 그렇게 하면 될 수도 있겠지. 그렇지만 그렇게 할 수야 없지 않나."

마주쳐다보는 로장의 서늘한 눈길에서 잠시도 열을 떨굴 수 없다는 뜻을 알아챘으나 그렇다고 잠자코 있을 순 없었다.

"그래야 단 몇 분 동안이 아닙니까?"

"몇 분? 이 사람아, 그 몇 분 동안에 수백 톤의 쇳물이 왔다 갔다 해! 우린 입김이라도 더 불어넣고 싶은 심정이야, 알겠나?"

"아바이!"

진호는 곧 안타까운 표정을 지었다.

"물론 결함이야 있겠지요. 그렇지만 심사를 앞둔 설비가 아닙니까. 그리고 기계란 흔히 쓰는 과정에 더욱 좋게 완성될 수도 있구요."

"나도 아네. 친구가 만들어놓은 설비니까 자네 맘이 더 간절하다는 걸.”

“아니 전 뭐 그래서가 아닙니다. 전 다만…”

서둘러 이렇게 부인한 진호였으나 갑자기 얼굴이 달아오르는 것을 어쩔 수 없었다.

“그렇지만 이것 보게. 지금 상태의 투사기로 로 보수를 한다는 건 사실 로 벽을 허무는 것이나 다를 바 없네. 우선 설사 그 기계가 없어 살거죽이 익는다 해도 우리 손으로 후벽을 보강하겠네. 살점을 떼 붙이는 한이 있어두 말일세!”

혼연한 표정으로 진호를 쳐다본 우택은 탁자 우에 놓여 있는 사탕봉지에서 알사탕 한 알을 꺼내 입에 넣더니 우드득 하고 씹었다.

호두알도 깨물 수 있는 단단한 이발을 가진 로장이라는 것을 모르는 진호가 아니였지만 사정없이 박살내어 씹어대는 거기에 자기 의견에 대한 명백한 대답이 있는 듯싶었다.

아니나 다를가 그는 곧 황소처럼 한쪽 입귀를 실룩하며 웃어 보였는데 이 웃음은 주로 어처구니없을 때만 사용하는 것이였다.

이 웃음만 나오면 벌써 어쩔 도리가 없는 것이였다. ‘집중사격’이고 ‘지역사격’이고 통할 리 만무였다.

‘이 사실을 알면 태수가 얼마나 괴로와할 텐가!’

자기를 쳐다보던 태수의 얼굴이 다시금 눈앞에 나타났다.

순간 그는 저도 모르게 자리에서 벌떡 일어났다.

‘아니! 투사기는 쓰게 해야 한다. 로장은 단지 있을 수 있는 불안정성

에 겁을 집어먹고 있을 뿐이다! 그거야말로 기술에 대한 무관심이지.'

이렇게 마음을 다지며 휴계실을 나선 그는 사무실을 향해 걸음을 옮겼다. 공정기사들과 토론해볼 생각이었던 것이다.

공장 정문으로는 벌써 휴야근 교대성원들이 떼를 지어 들어서고 있었다. 언제나처럼 정문 앞에 서 있는 방송차에서는 흥겨운 노래소리(노랫소리)가 흘러나오고 있었다.

높은 산 험한 령이 우리는 좋아
사나운 비바람이 우리는 좋아

'넨장! 그저 좋다는군! 하긴 높은 산이나 험한 령 정도라면 얼마나 좋아! 이건 발붙일 틈도 없는 절벽인 데야.'

로장을 생각하며 그는 이렇게 투덜거렸다.

노래가 끝나자 이번에는 처녀 방송원의 쟁쟁한 목소리가 귀청을 긁어댔다.

미래의 용해공들을 키우는 교수교양사업에서 남다른 성과가 있는 어느 유치원의 교양원을 소개하겠다는 것이였다.

강철전사들의 투쟁을 고무하기 위해 그의 가족들을 찾아가 취재 록음해온 내용을 노래와 함께 섞어 편집한 선동축하방송이였다.

"정말 많은 일을 하셨더군요. 래일의 강철전사들을 믿음직하게 키우고 있는 동무의 성과를 축하해서 노래를 한 곡 선물하렵니다. 어떤 노래

256

를 요청하겠어요?"

"노래요? 제가 뭘 했다고… 그래도 들려주시겠다면 '철의 도시 밤하늘에 붉은 눈이 내리네' 이 노래를 부탁하겠어요."

걸음을 멈춘 진호는 길가에 있는 파철덩이에 장갑을 놓고 그 우에 털썩 주저앉았다.

숱한 노래들 중에서도 이 서정가요의 은근한 선률과 녀성 저음가수의 부드러운 목소리를 그중 좋아하기도 했거니와 늘 수도에서만 듣던 이 노래를 철의 기지 밤하늘 아래에서 직접 듣는다는 새삼스러움이 구미를 동하게 했던 것이다.

"한데 전 이 노래를 같이 듣고 싶은 사람이 있어요. 그의 사업에 조금이라도 보탬이 되길 바래서요."

그리고 보면 교양원도 꽤 담대한 녀자가 틀림없었다.

"좋아요. 누군지 어서 말씀하세요."

"강철직장에서 새 기술안을 완성하기 위해 분투하고 있는 리진호 동무입니다."

"엉?"

진호는 후닥닥 놀라지 않을 수 없었다.

'교양원?'

얼른 머리를 스치는 한 녀자가 있었다. 두 손을 모두어 쥔 채 수집은 듯 방그레 웃던 태수의 안해 은심이였다.

'어떻게 그런 생각을 다…'

그에 대한 고마움이 절로 가슴 속에 꽉 차오르면서 아직 한 번도 체험해 보지 못한 따뜻한 감정이 온몸에 소용돌이치는 것이었다.

'고맙소. 은심 동무!'

"그럼 강철직장에서 새 기술 도입을 위해 분투하고 계시는 리진호 동무도 함께 들어주십시오."

불시에 현옥이의 얼굴이 눈앞에 떠오르는 것이었다.

'현옥이도 이 노래를 좋아했었지.'

아름찬 이들에 휩싸여 정신없이 돌아치다가도 잠시의 여가가 생길 때면 느닷없이 지나간 추억이 되살아나면서 이상하게도 꼭꼭 한 쌍의, 눈물에 젖은 맑은 눈길과 부딪치곤 했다.

그것은 현옥이의 눈이었다. 이슬이 고인 눈길로 무엇인가 원망하고 나무라기도 하고 구름에 가리워진 쪼각달처럼 애달픈 미소로 무엇인가 하소연하면서 말없이 자기를 지켜보는 현옥이의 눈이었다.

현옥이를 생각할 때마다 그는 언제나 그 처녀다운 날씬한 어깨 우에 자연스레 흘러내린 부드러운 머리칼과 애티나게 맑은 눈을 먼저 그려보게 되는 것이었다.

그중에도 매번 자기를 황홀케 한 것은 무엇을 물어볼 때마다 그 대답이 어떤 것인가를 미리 짐작하고 짓는 눈가에 새겨지는 다정한 미소의 물결이었다.

그 눈매의 독특한 표정은 그 용모의 섬세한 아름다움과 어울려 잊을래야 잊을 수가 없었다.

사실 그는 제철소로 내려오면서 자기가 제일 불안해했던 것, 즉 여기 사람들이 자길 어떻게 보며 어떻게 대해줄 것인가 하는 근심은 곧 공연한 것임을 깨달을 수 있었으나, 자기가 자신의 의지로 얼마든지 극복할 수 있으리라고 여겼던 현옥이에 대한 생각만은 좀처럼 사라지지 않을 뿐더러 더욱 강렬하게 되살아나는 것이었다.

　특히 눈 내리는 보통교의 란간에 서서 두 손에 얼굴을 묻은 채 흐느끼던 그의 모습을 상기할 때면 자기가 무엇인가 다시 찾지 못할 귀중하고 아름다운 것을 버렸다는 상실감마저 느끼지 않을 수 없었다.

　확실히 그는 자기가 현옥이를 잃어버린 데 대한 섭섭한 생각을 가슴에서 지워버릴 수 없으며 또한 현옥이와 함께 있음으로 하여 맛보았던 행복한 순간들, 그 당시에는 별반 깨닫지 못했던 것이 지금에 와서는 온갖 매력을 가지고 자기의 마음을 뒤흔들어주는 그 행복의 순간들을 기억 속에서 씻어버릴 수 없다는 것을 알았다. 그에 대한 기억은 흡사 어둠 속에서 반짝이는 밝은 점처럼 아직도 생생하니 떠오르는 것이었다.

　'나는 그를 사랑했었지. 순결한 애정으로 진실하게 사랑했었지. 그런데 그는… 아서라! 내가 무슨 생각을… 이제야 다 지나간 일이 아닌가!'

　이윽고 녀가수의 은은한 목소리가 꿈결에서처럼 조용히 흘러나왔다.

　마치 자기 가슴 속 깊은 곳에서 울려오는 것 같은 그 고요한 선률은 자기를 부드러운 요람에 태워 어딘가 멀고 먼 곳으로, 아니 황홀한 세계로 서서히 이끄는 상싶었다.

　한 소절의 노래가 이다지도 심금을 울리리라고는 상상도 해본 적이 없는 진호였다.

그 하나하나의 선률은 부드러운 눈송이마냥 천천히 가슴 속으로 끝없이 심연 속으로 떨어져 들어갔다. 떨어져서 수면에 고요한 파도를 일으키며 잠겨들면 수면은 일렁이다가 작렬한 어둠 속에서 소리 없이 심장을 쿵하고 울리는 것이었다.

이 밤도 송이송이
눈이 내리네

그의 눈앞에는 어느덧 눈 덮인 공장과 구내길이 펼쳐지면서 상급 당 책임비서의 영상이 우렷이(은근하면서도 뚜렷하게) 안겨왔다.

천천히 로 앞으로 다가서신 그이께서 보안경을 드신 채 사품쳐 오르는 쇠물을 여겨보신다. 오래도록 여겨보신다.

마침내 그이의 자애로운 안광에 환한 미소가 넘쳐흐른다.

무엇이 기쁘시여 그리도 만족해하시는 것일가? 무엇이 흡족하시여 그리도 밝은 미소를 지으시는 것일가?

세상에는 물과 불이라는 가장 거대한 힘을 가진 두 자연력이 있다. 그 불과 물이 한데 합쳐진 쇠물이야말로 얼마나 위력한 힘, 아름다운 힘을 가진 것이랴!

저것이 어떻게 기계가 되고 대포가 되며 산악을 버티고 설 동발(지줏대)이 된단 말인가! 저 령롱한 구슬이 어떻게 수천 통의 화물선이 되여

대양을 횡단하고 화려한 고층건물의 철주가 된단 말인가! 과연 뉘라서 세상의 억만 재부가 바로 저 아름다운 구슬로 쌓여지리라는 것을 믿을 수 있단 말인가!

쇠물보다 뜨거운 충성의 마음
저 하늘에 차고 넘쳐 붉게붉게 내리네

진호는 자기가 따뜻한 눈송이에 포근히 싸여 있는 것만 같았다. 영원히 그 속에 묻혀 있고만 싶었다.

노래를 듣고 나서도 그는 자리에서 일어날 수가 없었다. 가슴 속에서는 여전히 노래소리가 울려 퍼지고 있었다.

'내 어떤 일이 있어도 기어이 새 연료를 만들어 우리 당과 조국에 꼭 기쁨을 올리리라.'

자리에서 벌떡 일어난 그는 갑자기 딴 사람이 되기라도 한 것처럼 힘찬 걸음을 성큼성큼 내디뎠다.

퇴근했을 줄 알았던 공정기사들이 오늘따라 무엇 때문인지 하나같이 다 자리에 앉아 있었다. 심각한 표정들로 보아 무슨 심상찮은 일이 있는 게 분명했다.

"그러게 내 뭐라던가? 그만큼 천정연화만이라도 들여다 놓으라구 얼마나 말했어! 그런데 뭐 보수가 보름은 걸릴 거라구? 자 보란 말일세, 이

들이 일을 얼마나 열광적으로 해제꼈나!"

생산을 담당하고 있는 성일이가 이렇게 웨치자 식물성 기름만 먹고 자란 듯이 연약해 보이는 리현이가 대뜸 코웃음을 쳤다.

"흠 열광? 하긴 그런 방법이 '기적'을 낳을 수도 있겠지. 그러나 그건 열광이 아니라 력량과 설비의 무모한 랑비에 불과하다는 걸 알아야 하네. 그들은 계획과 로동조직을 무시하고 있거든. 그런 열광이야말로 소나기와 같은 거지. 그 소나기로 하여 어지러워진 진창이 이제 생산에 어떤 지장을 주게 되는지 두고 보게."

론점은 4호로 중보수 문제였다. 생산담당인 성일이는 계획보다 일찍 시작한 보수가 벌써 끝났다는 것을 긍정하면서 그에 따르는 자재와 설비, 특히 천정연화를 제때에 대주지 않는 데 대한 불만이였고 설비담당인 리현이는 반대로 계획보다 먼저 시작한 보수로 하여 자기 분야에 가해진 피해에 대해 격분해하고 있었다.

"도대체 보수를 앞당겨 한 것이 어째서 력량과 설비의 무모한 랑비라는 건가? 그게 어째서 생산에 지장을 주구?"

"이걸 보게. 계획에 의하면 4호는 이달 중순에 수리하게 돼 있네. 그런데 열흘이나 먼저 시작했지. 그럼 과연 더 가동할 수 없는 실탠가? 아니네! 노력하면 얼마든지 견딜 수 있었지. 그런데도 로를 깠거던. 그래 이것으로 해서 원료와 연료 계획은 물론 수백 톤에 달하는 자재가 랑비된다는 건 생각지 않나? 공급체계가 마비되는 건 둘째 치고 전반의 생산에 얼마나 지장을 주는가 말일세."

"지장은 무슨 놈의 지장! 그만큼 수리를 일찍 끝냈으니 절대가동 시간은 많을 게고 생산도 많아질 게 아닌가?"

"이렇게 답답하다구야!"

리현이는 가느다란 목을 설레설레 저었다.

"바로 거기에 문제가 있네. 새 로가 됐으니 지령실에서는 자연히 원료를 4호에 집중시킬 게거던. 직장적으로 보면 그렇게 하는 것이 생산성이 높으니까. 그럼 다른 로들이 한 물 뽑는 사이 4호에선 두 물을 뽑지. 일은 쉽고 성과는 배로 오르구. 바로 이걸 노린단 말일세. 다른 로들이 맥을 못 출 때 제꺽 수리해서 자기네만 강행조업을 한다! 이거야말로 중량급 선수가 경량급 선수를 때려눕히고 일등하는 것과 뭐가 다른가! 그래 생산을 많이 한다고 이런 걸 긍정할 수 있어? 그런데 문제는 뭔가? 직장에서도 이런 현상을 비판하는 대신 생산을 잘한다고 도리여 취주는 데(추어주는 데) 있지. 난 생산을 턱에 걸고 이런 교묘한 수단을 쓰는 4호로를 평가할 것이 아니라 도리여 문제를 세워야 한다고 보네."

담당기사란 자기 부문의 대변자요, 옹호자기 때문에 자주 이런 마찰이 있기 마련이지만 이번처럼 심각하게 대립되기는 처음이었다.

책임기사는 언제나처럼 책상 우에 펴놓은 종이장에 무엇인가를 열심히 그리고만 있었다.

그의 이런 태도는 론쟁에 열중하고 있을 뿐 아니라 여느 때 없이 심사숙고하고 있다는 것을 말해주는 것이었다.

새로운 '산소강욕취입안'의 부문설계가 완성되지 못한 것으로 하여 그는 아직 출장을 떠나지 못하고 있었다. 그 설계가 완성돼야 기술과의 협조성원들과 함께 현지로 떠날 수 있었다.

"옳소! 그들은 틀림없이 그런 방법으로 '기적'을 낳으려고 했소. 이달 생산평가에서 4호를 제외하는 것은 물론 설비와 자재의 소요량을 따져보고 그만큼 변상케 합시다."

그의 말은 조용했지만 움직일 수 없는 힘을 지니고 있었다.

"다른 의견들은 없소?"

모두들 잠잠했다.

"다른 문제긴 하지만 하나 제기하겠습니다."

자리에서 일어선 사람은 기계담당인 장환이었다.

"다름이 아니라 투시가 문제지요. 가스압이 증가된 것과 관련해서 투사기에 일련의 부족점이 나타난 건 사실입니다. 그렇지만 고열로동을 막기 위해 도입된 새 기계가 아닙니까. 그런데도 무턱대고 일축해버리니 이거야 어디…"

이때라고 생각한 진호는 대뜸 일어서며 다급히 말했다.

"옳습니다. 어떤 일이 있어도 우린 로장을 납득시켜야 한다고 봅니다. 만약 우리가 그의 태도를 묵인한다면 앞으로는 어떤 기술에 대해서도 사람들은 관심을 가지지 않을 것입니다. 이게 얼마나 엄중한 후곱니까? 그리고 이건 응당 대담하게 극복해야 할 사소한 결함에 지나지 않지요. 난 이 문제에 한해서는 조직적으로라도 대책을 세워야 한다고 봅니다. 기술혁명은 기계혁명이기 전에 사상혁명이니까요."

진호는 마치 자기 말에 그 어떤 의견도 있을 수 없다는 듯이 자신만만한 표정으로 사람들을 둘러보았다.

언제나 벙어리처럼 입을 다물고 있던 그가 오늘따라 웬일이냐는 듯이 모두 놀란 표정이였으나, 진호는 이렇게라도 말해놓고 나니 태수의 부탁은 물론 방금 노래를 선물해준 은심이한테도 어느 정도의 면목은 선 듯싶어 한결 가벼워지는 기분이였다.

"투사기에 대한 의견에는 나도 동감입니다. 어떻게 해서든지 투사기는 쓰도록 해야 한다고 봅니다."

기철이도 호응해 나섰다.

"전 다른 의견이예요."

맨 끝자리에 앉아 있던 정아가 야무진 눈길로 이쪽을 돌아보는 것이였다.

"?"

진호는 은연중 이마살을 찌프리지 않을 수 없었다.

"그건 옳지 않다고 봐요. 우선 우리의 립장, 기술자의 립장에서 옳지 않아요. 사상혁명은 뭐 로장한테만 해당되고 우리한텐 적용되지 않는 건가요? 오히려 우리한테 더 필요한 게 아니겠어요. 그리고 기계의 선택은 전적으로 로동자들에게 한하는 게 아니예요. 우린 그들의 선택에서 자신의 가치를 평가받을 뿐이지요. 그런데는 어째서 달가와하지 않는 것을 억지로 쓰게 해야 합니까. 그런 강압적인 방법은 자기의 임무에 대한 너무도 피동적인 자세라고 봐요."

'피동적인 자세?'

그 말이 언젠가 자기가 '중유절약안'을 두고 한 말을 그대로 옮기는 것이라고 생각하자 진호는 울컥 화가 치밀었다.

'보복을 하는 건가?'

'그래요, 보복이예요.'

마주 쏘아보는 정아의 눈길은 드러내놓고 이렇게 말하는 것 같았다.

그때 론쟁이 있을 후로는 서로 마주서지 않았지만 서로가 싸움은 일시 가라앉았을 뿐 완전히 끝난 게 아니라는 걸 느끼고 있었던 것이다.

"우린 어디까지나 자신을 위한 립장보다 로동자들을 위한 립장, 공장과 국가를 위한 립장에 서야 한다고 봐요."

"국가를 위한 립장? 그럼 우리가 뭐 개인 기업을 하오? 자신을 위한 일이자 곧 국가를 위한 일이 아니겠소."

"그래도 전 그렇게 느껴지지 않아요."

"뭐가 그렇지 않다는 거요?"

성일이와 리현이의 론쟁이 어느새 진호와 정아의 론쟁으로 번져 갔다.

"전 투사기에 대한 진호 동무의 주장이 용해공들의 립장에서가 아니라 창안자 즉 태수 동무의 립장에서만 생각한 것이라고 봐요. 그렇지 않아요? 그런데는 당장 심사를 앞두고 있기 때문이겠죠. 가까운 동무를 도우려면 더 진실하게 도와야잖아요?"

"뭐요?"

진호는 저도 모르게 버럭 소리를 질렀다.

"그럼 동문 내가 무원칙하게 싸고 돈다는 거요?"

"그래요."

정아는 눈썹 하나 까딱하지 않았다.

"됐소, 조용히 토론합시다."

분위기를 늦춰보려는 듯 어줍은(부자연스럽고 어설픈) 미소를 띠우는 기철이였으나 그 미소가 진호에게는 불쾌했다. 그것은 마치 정아가 아픈 곳을 건드린다고 해서 뭐 겁낼 필요가 없다는 것을 암시하는 것 같았기 때문이였다.

그러나 이상하게도 그는 어떤 온당치 못한 것을 교묘하게 숨겨온 자기가 그것을 적발당함으로 해서 격분하고 있지나 않나 하는 일종의 수치감 비슷한 것이 온몸을 휩싸는 것이였다.

'아니! 난 응당한 것을 위해 옳게 행동하고 있을 뿐이다.'

이렇게 거듭 확신하면서도 그는 왜서인지 얼굴이 달아올랐고 그리하여 정아를 마주볼 수가 없었다. 그럴수록 더 화만 났다.

'어디 보자! 괘씸한 것 같으니!'

19

밤교대 성원들이 올라올 때까지도 진호는 줄곧 계기실의 철판의자 우에 멍하니 앉아 있었다.

오늘도 그는 취입기 때문에 공무직장에 갔댔었다.

공장으로부터 취입기를 제작할 데 대한 지령을 받고도 과제가 바쁘오, 긴급지령이 떨어졌소 하고 차일피일 미루기만 해오는 터여서 오늘은 결판을 내자고 단단히 벼르고 갔던 것이다.

"아니 또 왔소? 소털 같이 많은 날에 덤빌 게 뭐요. 맘 푹 놓고 기다리구려! 어련히 될 날이 있지 않으리요."

이런 직장장의 대꾸에 격분이라기보다 어떤 서글픔을 느끼지 않을 수 없었다.

'도대체 이런 사람을 움직이게 하는 원동력이란 뭘가?'

이런 사람은 따지고 들어야 성을 내기는커녕 도리여 능글능글 웃으며 접어드는 법이다.

진호는 그가 누구에게나 이런 태도를 취하리라는 것을, 회의에 참가해서도 누구의 토론에도 꼭 같이 공감이라는 듯이 고개를 끄덕거릴 위인이라는 것을 생각하고는 곧 돌아서고 말았다.

'하여튼 일은 점점 개판이야!'

교대를 인계받은 작업반장 형묵이가 로 상태를 검열하고 있는 모습이며 전교대의 중유소비량이 얼마나 되는가를 알아보기 위해 중유탕크(탱크)가 설치된 머리부로 올라가는 기남이를 그는 무성영화의 화면처럼 아무런 감각도 없이 바라보고 있었다.

공구창고에서 한 아름이나 되는 삽을 안고 나온 영기가 그것을 현장에 메다치는 모습을 보느라니 저절로 입가에 쓴웃음이 스쳤다.

'하긴 누구보다 저 영기가 속상할 수밖에! 투사기를 쓸 땐 꺼내지도 않던 삽을 요즘은 매일 열 자루씩이나 거두어야 하니… 참 말썽이라니. 투사기나 취입기나 다. 투사기에 취입기라… 투사기, 취입기…'

입 속으로 몇 번이고 이 말을 되풀이하던 그는 저절로 눈이 스르르 감기는 바람에 저도 모르게 끄덕하고 이마를 쪼았다. 흔히 조는 사람이 그런 것처럼 간신히 눈을 뜬 그는 또다시 같은 말을 거듭했다.

"투사기, 취입기, 투사기, 취입기…"

그는 스무 번도 더 이 말을 반복했다.

이때였다.

꿈이런듯 혼몽한 속에서도 어떤 예감에 소스라쳐 놀란 그는 눈을 번쩍 떴다. 그 예감의 불꽃은 곧 번개 같은 섬광이 되어 눈앞에 작렬하는 것이었다.

"음?!"

그는 갑자기 자기의 심장이 세차게 고동치기 시작하는 것과 두 귀가 어떤 장벽이 걷히기라도 한듯 모든 음향이 원근의 차이를 잃어버리고 무질서하게 고막을 두드리기 시작하는 것을 느꼈다.

"그렇지!"

자리에서 튀여 일어난 그는 모든 것을 다시 한 번 음미해 보려고 했으나 가슴 속에 일어번지는 격정은 그런 생각을 대번에 무시해버리는 것이었다. 저도 모르는 사이에 고함이 터져 나왔다.

"됐어! 됐단 말이요!"

누구에게라 할 것 없이 이렇게 부르짖으며 용해장으로 달려가는 그를 용해공들은 눈이 둥그래서 쳐다보았다.

맥을 놓고 투사기 우에 걸터앉아 있던 영기는 진호가 당장 멱살이라도 비틀 것 같은 기세로 마주 달려오는 바람에 벌떡 일어나기까지 했는데, 그의 눈은 '아니 저 사람이 실성한 게 아니야?' 하는 기색이었다.

"이것 보오, 반장 동무. 연료 취입을 이걸로 한단 말이요. 이 투사기로."

"투사기로?"

발 앞에 딩구는 석회석덩이를 집어든 그는 다짜고짜 형묵이 앞에 쭈그리고 앉아 깔판에 금을 긋기 시작했다.

"1, 2차 원료장입실과 압축공기조절기, 연료발브, 글쎄 이 이상 더 적합한 취입기가 어데 있단 말이요. 투사관이 문젠데 그건 구경이 작은 바나(버너)로 교체만 하면 되오. 공기조절변은 이렇게 고정해 놓고. 자 투사기의 피스톤이 앞으로 이렇게 나갈 때 뽐프실(펌프실) 안의 격막이 이렇게 밀려나지. 그럼 이 연료가 이렇게 아래로 떨어질 게 아니겠소."

연료가 떨어지는 것을 설명할 때 지나치게 힘을 준 탓으로 쥐고 있던 석회덩이가 부서져나가자 그는 아예 주먹보다 더 큰 것을 골라잡았다.

"이때 뽐프실의 연료가 압축변을 밀면서 이쪽으로 이렇게 넘어가게 되면 흡입변이 이렇게 열리면서 피스톤을 이렇게 민단 말이요. 그럼 연료가 이 관을 통해 이렇게 이렇게…"

그는 자기가 하는 말을 누가 막거나 부인이라도 하면 어찌나 하는 두려움에 휩싸여 있는 상싶었다.

"그럼 공기와 연료의 배합비는 어떻게 하고?"

형묵이도 어느덧 흥분한 기색이였다.

"흡입변을 이쪽으로 돌려놓고 이렇게 조절한단 말이요. 점차적인 방법으로 이렇게, 공기압은 3기압이면 되니까…"

"음 그럴 듯해. 내 당장 지령실에 가서 얘길 하지. 우선 제대로 취입되는가 하는 것부터 보잔 말이요."

"가만 로장 아바이한텐 어떡한다?"

한 친구가 걱정스런 표정으로 형묵이를 쳐다보았다.

아무리 교대부직장장이 승인한다 해도 로 관리와 관련되는 일에서는 사소한 것조차도 로장 모르게 할 수 없으며 또 해서도 안 된다는 것을 누구나 잘 알고 있었던 것이다.

"아바인 걱정 말라요. 내가 맡아요."

영기가 제법 호기있게 장담해 나섰다. 그의 장담이 무슨 소용이랴만 그래도 모두가 한시름을 덜었다는 기색이였다.

"그저 굴뚝에 '봉화'가 오르지 않게만 해요."

집에 들어가서도 늘 굴뚝에서 솟구치는 연기를 바라보며 로 상태를 가늠하는 로장이였다. 연기의 색갈과 량을 보고도 무슨 강종을 졸이며 누가 로 조작을 어떻게 하고 있다는 것까지 귀신처럼 알아내는 그였다.

언젠가 한순간의 과열로 굴뚝으로 불길이 나가게 한 적이 있었는데 당장 현장에 달려온 그가 "이눔들이 어떻게 일을 하게 굴뚝에 '봉화'가

치솟게 하는 거야. 어디 네 놈들 코구멍(콧구멍)에 불을 달아보까." 하는 통에 모두들 독수리를 본 병아리처럼 질겁해서 달아났었다.

진호가 사무실에 뛰여가 시험일지며 자료들을 가지고 오는 사이 용해공들은 벌써 투사관을 손질하고 있었다.

역시 결심만 하면 행동에는 단호한 사람들이였다.

량쪽에 있는 중유취입관 중에서 한쪽만은 새 연료를 취입할 투사기를 설치하는 것이였다.

'고맙네, 태수! 동무가 아니였다면 정말… 돌아오면 내 한턱 단단히 내지!'

진호는 취입을 통해 확증해야 할 요점들을 재빨리 머리속에 새겨보았다.

우선 연료의 열량을 가늠해야 한다. 물론 단번에는 알아내기 어려운 일이지만 가능한 한 새로 배합한 첨가제의 효률이라도 알아야 한다. 그러기 위해선 연료의 취입량을 중유와 등가한 량으로 하자. 연소될 때 생성물이 어떤 궤적을 따라 류동(유동)하는가도 알아보자.

맞춤하니 가열된 연료를 장입실에 쏟아 넣고 투사기에 련결된 배관들을 검열할 때까지도 진호는 이 모든 사실이 믿어지지 않았다. 꿈을 꾸는 것 같았고 어떤 환각 속에 있는 것 같기도 했다.

그러나 한 가지만은 엄연한 현실로 받아들이지 않을 수 없었는데 그것은 가슴 속에 스며드는 불안의 그림자였다.

'만약 이번에도 실패하면?'

이런 공포가 그전 일들과 어울려 가슴을 압박하는 것이었으나 그것도 너무도 삽시에 들이닥친 행운으로 하여 미처 오래 새길 여유가 없었다.

승패가 달린 한 알이다. 아니 운명이 달린 한 알이다.

그는 마치 수만 관중의 시선을 받으며 문지기와 1 대 1로 맞선 그런 흥분을 온몸에 느꼈다.

이윽고 심판의 호각소리 같은 "삐" 하는 변경신호가 울렸다. 그 신호가 그대로 전류가 되어 자기의 심장을 지지는 것 같았다.

이제 발브만 틀면 서쪽에서 취입되는 중유 대신 동쪽에서 새 연료가 취입되는 것이다.

천천히 투사기 앞으로 다가선 진호는 스스럼없이 투사기의 취입발브에 손을 올렸다.

심장은 언제나 현실보다 결단성이 있다는 것을, 그것은 온갖 동요를 일축해버리고 언제나 새 길로 용감하게 뛰여들게 한다는 것을 그는 체험을 통해 알고 있었다.

'덤비지 말고 침착하게.'

그는 조절변을 틀어쥔 손에 지그시 힘을 주었다.

"아아니?"

"이게 뭐야?"

로 앞에서 분출구를 지켜보던 있던 용해공들이 하나같이 아우성을 치는 바람에 진호는 가슴이 철렁했다. 무엇 때문일가 하는 의혹도 느낄 사이 없이 로 문으로는 검은 연기가 탕수처럼 흘러나오는 것이였다.

'미연소?'

연료에 불이 당기지 않았다는 것을 의미했다. 여직(여태) 이런 일이라 곤 한 번도 없었다. 새하얗게 달아올랐던 로가 일시에 시커멓게 죽은 것이 아닌가!

"공기, 공기!"

누군가의 다급한 소리를 듣고 나서야 진호는 너무도 긴장한 나머지 자기가 공기발브를 미처 열지 않았다는 것을 깨달았다.

공기가 취입되자 곧 페기는 멎었다.

로도 점차 밝아지기 시작했다.

하지만 화염은 여전히 검붉은 색갈이였다. 주춤했던 열파동의 후과였다. 이번 주기는 열량을 대비할 수 없다는 것이 명백했다.

그는 변경주기를 바꾸어 서쪽에서 중유가 취입되게 하고는 로 내 온도가 1770도가 되자 동쪽으로 변경시켰다. 이제부터야말로 정확한 열량을 대비할 수 있는 것이다.

변경되는 첫 순간에 벌써 그는 화염색갈이 중유 때보다 어둡다는 것을 느끼지 않을 수 없었다.

영기에게 연료의 취입량을 높여보라고 신호했으나 여전했다. 산소량을 높여보았지만 역시 마찬가지였다. 광온계의 바늘은 1770도에서 점차 아래로 내려가기 시작했다.

"가스!"

계기실을 향해 소리친 진호는 다시 광온계로 화염을 투시했다. 역시 바늘은 1765도에서 아래로만 미끄러지고 있었다.

"취입량을 적게! 천천히!"

순간 그는 흠칫 했다. 그 어떤 변화가 있었다. 그러나 그것은 너무나도 순간적이어서 착각이 아닌가 싶을 정도였다.

아니나 다를가 바늘도 한 자리에 멎어 있었다. 1762도였다.

그러니 연료의 연소효률이 산소만 아니라 가스와도 련관돼 있다는 건가? 아니 가스만 아니라 공기와 산소의 호상배합비에 따라 달라진다는 게 아닌가! 바로 그 배합의 일반적인 법칙성을 찾아내야 한다!

"저 화염폭을 보우."

옆에 다가선 한 친구가 팔굽을 다치며 놀랍다는 듯이 말했다.

연료의 비중이 중유보다 무겁기 때문에 화염이 뜨지 않고 용금에 직접 미친다는 뜻이였으나 그것에 대해서는 이미의 시험을 통해 확신하고 있는 진호였다. 연료의 우점의 하나가 바로 그것이였던 것이다.

그런데 어째선지 벌써 변경신호가 났다.

변경주기가 지내 빠른 데 이상한 생각이 들어 계기실을 돌아보니 웬걸 어느새 왔는지 변경변 조작 스위치를 틀어잡고 있는 교대부직장장이 형묵이에게 벼락같은 소리를 지르고 있었다.

"도대체 정신이 있소? 이게 뭐 동무네 집 밥가만가 하오? 엉?"

푸접(붙임성)이 좋기로 소문난 형묵이였으나 너무나도 험악한 부직장장의 기상에 기가 질렸는지 아무 대꾸도 못하고 입맛만 쩝쩝 다셨다.

보매 승인을 얻으러 갔던 형묵이와 지령실에서부터 옥신각신한 모양인데 로에서 취입하고 있는 것을 보고는 화가 동해 달려온 부직장장인 것 같았다.

"로 설비만은 공장의 승인 없이 발브 하나 다치지 못한다는 걸 모르오? 모르는가 말이요?"

소리칠 때마다 그의 입안은 온통 현란한 빛으로 번쩍거렸다.

진호는 얼른 그에게로 다가갔다.

"부직장장 동무! 시험은 제가 하자고 해서 한 것이지 형묵 반장한테는 잘못이 없습니다."

"동무가 뭐요? 직장장이요, 지배인이요?"

도끼눈을 한 부직장장은 진호를 당장 찍어 넘길 듯이 꼬나보았다.

언제나 정도 이상으로 격하군 해서 아무 말이나 조심스럽게 하지 않으면 안 되는 부직장장이라는 것을 알고 있는 진호는 더없이 공손한 태도로 말했다.

"사실 이건 시험이라기보다 실험에 불과하지요."

"실험? 실험이면 실험실에서 할 노릇이지 왜 여기서 야단이요. 야단은!"

"이걸 보십시오. 이미 실험을 통해 많은 걸 알아냈단 말입니다. 말하자면 새로운 성냥가치(개비)를 만들었는데 그걸 시험해보는 것과 같지요. 여태까지는 만들어 놓고도 그걸 켜볼 성냥판이 없었기 때문에 시험을 못했지만 이젠 투사기가 생겼단 말입니다. 아주 멋있게 취입되지요. 그러니 이젠 그 성냥이 얼마만 한 열을 내는가 하는 것도 알아봐야 되잖

겠습니까. 방금 취입해보니 생각보다…"

"글쎄 안 된다지 않소! 안 된단 말이요."

두부모 자르듯이 손을 홱 내리그은 그는 무엇 때문인지 진호에게 손을 불쑥 내밀었다.

무슨 뜻인지 몰라 진호가 마주 쳐다보자 그는 짜증이 섞인 어조로 말했다.

"한 대 없소?"

마치 누구든 자기를 성나게 한 사람은 응당 담배를 권해야 한다는 듯한 태도였으나 진호는 그의 행동에 어떤 여지가 있을 수도 있다는 것을 느끼고 얼른 주머니에서 '제비'를 꺼내 갑 채로 맡기였다.

"그저 한두 주기만 시험하게 해주십시오. 한 시간이면 됩니다. 생산에 지장을 주거나 설비를 혹사하는 일이 없을 테니 안심하십시오."

부직장장은 아무 대꾸도 없이 담배만 빨아댔다.

"부직장장 동무!"

진호는 한 걸음 더 그에게로 다가섰다.

"첨엔 열이 떨어지더니 연료취입을 조절하니까 뚝 멎더란 말입니다. 이건 보충연료와의 배합비에 문제가 있다는 증거지요. 확실히 새로 만든 성냥은…"

"제발 그 성냥이요 성냥곽이요 하는 건 아직 주머니에 넣어두우."

그는 마치 이렇게 하라는 듯이 쥐고 있던 '제비' 곽을 통째로 웃주머니에 훌쩍 집어놓고는 지령실 쪽으로 걸음을 옮겼다.

"아니 담배는 왜 가지고 가!"

옆에 있던 형묵이가 어처구니없다는 듯이 중얼거렸다.

'과연 이다지도 힘이 든단 말인가!'

걸음마다 앞을 막아나서는 암초에 화가 동해 올랐다. 침체와 보수는 배겨낼래야 낼 수 없으리라고 믿었던 현실에 대한 자기의 짐작이 한갓 유치한 공상에 지나지 않음을 다시금 통감하지 않을 수 없었다.

'앞으로도 계속 이렇다면 도대체 혁신은 어떻게 이루어질 것인가! 새 연료안을 앞당기기는 고사하고 도리여 이런 구태의연한 분위기에 묻혀 영영 매장되고 말 것이 아닌가!'

순간 그는 몸을 떨었다.

'아니다! 이걸 극복해야 한다. 바로 이 질식을 뚫고 나가야 한다. 그러자면 어떤 일이 있어도 취입시험을 해야 한다! 오직 그 길만이 새 연료안을 완성하는 길이고 혁신을 이룩하는 길이다.'

불현듯 어떤 저돌적인 흥분이 그를 세차게 사로잡는 것이었다.

며칠이 지난 어느 날. 진호에게는 마침내 기다리던 기회가 차례졌다.

고집이 소발통(소의 발굽) 같은 교대부직장장이 대휴(휴일에 일한 대신 주는 휴가)를 받은 데다가 작업공정도 취입시험을 하기에 좋은 가열기에 맞다들렸다.

사실 공장의 승인도 승인이지만 그보다 로장의 허가를 어떻게 받을가 하는 생각에 더 암담해 있던 진호는, 아무래도 로장이 지키지 않는 휴야

근교대 때 시험해보는 수밖에 없다고 결심하고 짬짬이 취입 준비를 갖추어놓았던 것이다.

"자 빨리!"

형묵은 취입구에 투사기를 설치하고 있는 작업반원들을 더 몰아댔다.

어떤 일에 부딪쳐도 행동을 먼저 한 다음에야말로 설명하는 데 버릇된 형묵은 진호와 어딘가 일맥상통한 데가 있었다.

그를 만나는 첫 순간부터 진호는 그가 무엇인가 일단 마음먹기만 하면 그 희망을 달성하기까지는 억척스레 매여달리며, 그것이 뜻대로 안 되는 경우에도 매일처럼 아니 매 시간마다 달려와서 종당에는 한 소동 일으키고야 말 그런 형의 청년이라는 것을 알아차렸다.

사람들은 그의 너무나도 엉뚱한 행동에 자주 놀라군 했는데 그 결과가 어떻든 그는 "할 수 없지요 뭐", "욕을 먹지요 뭐" 하고 혼연히 대꾸하군 했다. 그래서 용해공들은 그를 '태평반장'이라고 부르기까지 했다.

공장대학 3학년생인 그는 대학에서도 많은 일화를 남기고 있었다.

강사의 물음에 제일 먼저 일어서는 것은 그였지만 언제나 대답은 틀린다는 것이었다.

언젠가 사회과목 시간에 선생이 공산주의에 대해서 질문하자 그는 대뜸 일어나서 "사회주의 쁠류스(더하기) 전기홥니다." 하고 자신 있게 대답했다는 것이다.

"그럼 사회주의는 뭐요?"

다시 이렇게 묻자 그는 주저하는 빛도 없이 "거야 공산주의 미누스(빼기) 전기화지요 뭐." 하고 대꾸해서 선생과 학생들이 배를 그러쥐게 만들었다는 것이다.

그만치 엉뚱하고도 배포가 유한 친구였지만 언제나 직장간부들과는 엇서기가(엇나가기가) 일쑤여서 자주 비판무대에 나서군 했다. 그런데 이상한 것은 그렇다고 그를 싫어하는 사람이 없을 뿐더러 회의 때마다 그를 두들겨 패는(매섭게 비판하는) 일군들조차 급한 정황이 생기거나 중요한 일이 생길 때면 그를 먼저 찾는 것이였다.

이윽고 조립된 투사기로 연료를 취입하기 시작했다.

진호는 처음부터 연료의 취입량을 조절하면서 화염 온도를 주시했다.

우선 가스와 산소의 취입량을 고정시켜 놓은 채 연료량을 증가시켜 보았다. 그러나 이렇다 할 변화가 없었다.

이번엔 반대로 취입량을 점점 적게 해보았다. 역시 마찬가지였다.

이때 로 앞에 바투 서 있던 형묵이가 환성을 지르다싶이 했다.

"아니 저걸 보오. 저 화염 색갈을!"

진호는 얼른 광온계를 눈에 갖다 댔다. 까딱하지 않던 바늘이 1770도에서 미미하게 상승하고 있는 것이 아닌가!

'그렇지! 이건 바로 연료의 취입량과 온도가 서로 비례하지 않는다는 것을 의미하지 않는가. 문제는 보충연료와의 적합한 배합비를 찾는 데 있다. 그 배합비도 보충연료들이 중유취입 때보다 적어야 하며 그러면서도 필요한 온도를 얻을 수 있게 해야 한다. 그러자면?'

그는 자기의 생각을 되새겨보는 순간, 다시 말해서 자기의 구성을 확증해 보는 순간, 모르긴 해도 자기가 확신하고 있는 것이 옳으리라는 것을 본능으로 느꼈다.

하지만 이런 확신은 찰나에 불과했다.

아무런 변화도 주지 않았는데 로 내 온도가 다시 내려가기 시작했기 때문이였다.

진호는 곧 발브의 조절 없이도 취입이 계속되는 경우에는 연료량이 점차 많아질 수 있다는 것을 짐작하고 얼른 연료를 적재해둔 장입실에 올라섰다. 아니나 다를가 엄청나게 많은 연료가 취입되고 있었다.

'혹시 지나친 취입이 도리여?'

이런 의혹은 그를 대뜸 새로운 흥분으로 휘몰아갔다.

'취입량이 많아도 열이 떨어질 수 있지! 있고말고! 그래! 다음 주기엔 이걸 확인하자!'

변경신호가 날 때에야 그는 자기 몸이 흠뻑 젖어 있다는 것을 알았다.

"후"

장입실 턱에 허리를 얹은 그는 취입에서 나타난 현상들을 다시 되새겨보며 련관된 고리를 하나로 이어보았다. 그러나 아직은 많은 것이 집중되지 않고 분산돼 있었다.

그는 지그시 눈을 감았다.

미지근한 땀방울이 가슴이며 등골을 타고 흘러내렸다.

다시금 "후" 하고 긴 숨을 내쉬며 목에 건 수건으로 흐르는 땀을 씻으려던 바로 그 순간이였다.

갑자기 귀를 멍멍 하게 하는 요란한 폭음에 이어 자기 몸이 공중 까마 득히 솟구쳐 오르는 것을 그는 똑똑히 알았다.

"꽝!"

무엇을 가릴 사이도 없이 또 한 번의 폭음과 함께 자기 몸에 특히 한쪽 어깨에 무자비한 타격이 가해지는 것을 이번에는 꿈 속에서처럼 어렴풋 이 느꼈던 것이다.

그 다음부턴 아무 생각도 감각도 없었다. 다만 주위의 모든 것이 이상 하리만치 조용하고 적막할 뿐이였다.

20

그는 옹근 이틀이나 의식을 회복하지 못했다.

오늘이 사흘째였다.

방금 전부터 그는 자기 눈앞에 나타나 맴돌이(소용돌이)치기 시작하는 반점들, 빨갛고 파랗고 노란 색갈의 반점들과 맹렬히 싸우고 있었다.

커졌다가는 작아지고 작아졌다가는 다시 커지는 그 반점들은, 무섭게 소용돌이치는 회오리 속에 자기를 몰아넣고는 까마득히 높은 하늘로 치 솟아 오르게 하는가 하면 갑자기 천 길 아득한 나락으로 메다꽂기도 했 다. 그때마다 그는 아츠러운 비명을 지르며 까무라치군 했다.

그러기를 몇 차례… 얼마나 시간이 흘렀는지…

영영 사라진 듯싶던 반점들이 다시 먼 곳에서부터 서서히 나타나기 시작했다. 그러나 이번은 자기를 아까처럼 어지럽히지는 않고 조심스레, 마치 안개처럼 차분히 자기 주위를 감도는 것이었다. 뜻밖에도 그 요지경 같이 현란한 장막을 헤치고 부드러운 미소를 머금은 한 녀인이 조용히 다가서고 있었다.

어머니였다. 수수한 치마저고리를 입고 있는 어머니의 표정은 언제나처럼 사려 깊고 인자했다.

다정한 목소리로 무슨 말인가 속삭이는데 통 알아들을 수가 없었다. 눈에는 눈물이 어려 있는 것 같기도 했다.

무엇 때문인지 어머니의 표정은 삽시에 돌변하는 것이었다. 온화한 기색은 간데없이 사라지고 노한 눈길로 무섭게 쏘아보는 것이었다.

"안 돼! 안 되고말고."

연방 엄한 질책을 퍼붓기만 했다. 그런데 자세히 보니 그것은 자기에게가 아니라 방 아래목에 있는 진희에게 하는 꾸중이었다.

"용서할 수 없어! 절대로 널 가만두지 않을 테야!"

진희는 방바닥에 엎드려 서럽게 울기만 했다.

"왜 그러니?"

얼른 자기에게 매달린 진희였으나 말은 못하고 그냥 흐느껴 대기만 했다.

"무엇 때문이야? 글쎄."

긴 속눈섭에 내려덮인 눈시울로는 뜨거운 눈물만 줄지어 흘러내리고 있었다.

"자 눈을 뜨고 말해봐. 어서!"

눈물에 젖은 눈을 조심스레 뜬 진희가 자기를 바라보는 순간 그는 놀라지 않을 수 없었다. 누이동생이 어느새 다른 처녀로 변해 있기 때문이였다. 금세까지 눈물을 흘리던 처녀가 빙그레 웃기까지 하는 것이 아닌가!

"아니?"

그 처녀가 누구라는 것을 안 순간 진호는 한 걸음 물러서지 않을 수 없었다.

"저예요."

"?"

마주 서 있는 처녀는 아무리 봐야 현옥이가 틀림없었다.

생글생글 웃는 얼굴로 자기를 빤히 쳐다보고 있었다. 그러다가 갑자기 눈섭을 바르르 떨면서 곁에 바싹 다가서더니 타는 듯 뜨거운 입김을 들씌우면서 자기 목에 매달리는 것이였다.

진호는 저도 모르게 그를 그러안고 힘껏 애무하기 시작했다.

그런데 어째선지 돌연 현옥이가 자기 품에서 빠져나가려고 안깐힘을 쓰는 것이였다. 아무리 붙잡으려고 해도 한사코 자길 떠박지르는(힘껏 떠미는) 것이였다. 가슴을 주먹질까지 하는 것이였다.

"눈을 떠요! 정신을 차려요."

진호는 정말 누군가가 자기의 가슴을 흔들고 있다는 것을 느꼈다.

천천히 눈을 뜬 그였으나 첫 순간에 뭐가 뭔지 분간할 수가 없었다. 다만 육안으로 쇠물을 볼 때와 같은 그런 강렬한 빛이 동공을 찌를 뿐이였다.

차차 사람들의 희미한 모습이 얼른얼른(무엇이 잇따라 보이다 말다) 하는데 그것도 초점이 맞지 않는 사진기 렌즈를 볼 때처럼 온통 뿌옇기만 했다.

'왜 이럴가? 어째서 제대로 보이지 않을가?'

그는 다시 눈을 감았다.

희미한 망막 속에 어머니와 진희의 모습이 떠올랐다.

문득 현옥이에 대한 생각에 미치자 은연중 지나간 일들에 대한 구슬픈 선률의 추억이 가슴을 헤집는 것이였다.

자기가 사랑하였고 자기를 사랑한 그 미모의 처녀가 자기에게 준 가지가지 감정의 신비로운 세계가 몽롱하게 떠올랐다. 그러면서 그 처녀에게서 받은 모욕과 그 모욕에서 흘러나온 분노와 반감도 기억에 새로웠다.

'잊자! 이젠 다 잊어버리자! 아무래도 우린 그렇게밖에 될 수 없으니까.'

한쪽으로 돌아누우려던 그는 갑자기 어깨를 찌르는 동통으로 하여 그만 비명을 지르고 말았다.

그제야 그는 자기의 상체가 붕대에 감겨 있다는 것을, 상체만이 아니라 머리며 얼굴에도 온통 붕대가 동여져 있다는 것을 알았고 자기를 둘러싸고 있는 사람들이 의사들이라는 것도 알아보았다.

'그러니 내가 병원에 와 있는가? 어째서? 참! 투사기로 취입시험을 했었지. 1760도까지 올랐던가? 아니 그보다 더 상승했어!'

그의 머리속에는 취입시험을 하던 때의 일이 점점 선명하게 되살아 올랐다. 그러나 곧 새로운 흥분이 심장의 박동을 박차를 가하기 시작하는 것이었다.

'확실히 이전보다 첨가제의 질이 좋아졌어. 그만하면 배합도 괜찮다는 걸 의미하지 않는가! 아니! 아직은 그런 결론은 일러! 그건 보충연료의 덕택일 수도 있으니까.'

그는 자기의 부상이 어느 정돈가 하는 것보다 자신에 대한 어떤 자랑스러운 감정에 도취돼 있었다. 마치 경기에서 결정적인 한 알을 넣고 부상당했을 때와 같은 기분이라고 할가.

'그래도 이 친구가 돌아오면 시까슬러대겠는 걸(상대를 올렸다 낮췄다 하며 비위 상하게 하겠는 걸)? 호케이 선수가 언제부터 자유락하 선수가 됐느냐고 넨장!'

그는 자기 몸이 공중에 솟구쳐 오르던 때의 광경을 되새겨보았다. 압의 반출, 연료의 폭풍, 굉장한 폭음과 함께 자기 몸에 미치던 드센 타격!

'과연 무엇이 그리도 요란한 소리를 냈을가? 압의 반출로만 그런 굉음이 날 리는 없지. 확실히 뭔가 터지는 소리였어. 분명 어떤 쇠붙이가 깨지는 그런 소리였어. 뭘가? 혹시 투사기가?'

투사기 생각에 이른 그는 갑자기 흠칫 했다.

'뭐 투사기가?'

후다닥 자리에서 일어나려던 그는 다시금 드센 망치로 얻어맞는 것 같은 아픔이 뒤통수에 미쳤으나 미처 그걸 가릴 여유도 없었다.

'아니 그게 어떤 거라구! 태수가 얼마나 고심해 만들어놓은 것이라구. 아니야! 그 육중한 설비가 어떻게 파괴된단 말인가!'

하나 이런 믿음을 리성은 삽시에 부인해버리는 것이었다. 불안은 점점 어떤 확신으로 굳어졌고 그 확신은 또 무서운 절망으로 번졌다.

'내가 무슨 일을 저질렀단 말인가! 친구가 그토록 고심을 들여 만들어 놓은 기계, 그것도 심사를 부탁받기까지 한 투사기를 파괴하다니! 세상에 이렇게 무뢰한 일이 어디 있단 말인가!'

변론을 당부하던 태수의 표정이 되살아나는가 하면 걱정 말라고 장담하던 자기의 모습이 상기됐다. 그러나 보다 더 똑똑하게 들려오는 것은 량심에 대해 력설(역설)하던 자기의 목소리였다.

"난 바로 그걸 증명할 테네. 우리 생활에선 순수한 것만이, 오직 성실한 량심만이 승리한다는 걸 말일세. 그 진리가 누구한테 있는가 하는 걸 똑똑히 보여줄 테란 말이네."

'그러던 내가 이젠 도리여 한 푼의 량심도 없는 인간이라는 것이 증명된 게 아닌가! 자기를 위해서는 친구의 성과까지도 서슴없이 해치는 그런 비렬한으로 된 것이 아닌가?'

이미 자기를 그런 인간이라고 손가락질하던 사람들의 얼굴이 떠오르자 더욱 가슴이 미여지는 것 같았다.

'이 일을 어떻게 한단 말인가!'

저절로 신음이 터졌다.

그 신음은 상처의 아픔으로 해서가 아니라 만회할 길 없는 실패로 하여 그처럼 이루어보려던 소원이 사라져버렸다는 허무감, 몸을 깨면서까지 자기의 진정을 증명하려고 했건만 오히려 더 험한 구렁텅이에 빠졌다는 괴로움이 심장을 아프게 비틀어 짜기 때문에 새여나오는 소리였다.

21

세상에 자기처럼 불행한 처녀가 어데 있을가? 자기처럼 지꿎은 운명의 장난에 희롱당하는 처녀가 또 어디 있을가 하는 생각으로 하여 현옥이는 숨이 다 막혔다.

제철소에 도착할 때까지만 해도 진호에게 그런 일이 일어났으리라고는 상상도 못했던 그였다.

"글쎄 몰래 시험했지요 뭐. 그래서 문제가 더 커졌답니다. 공장에서는 지금 야단이예요. 그런데다가 심사를 앞둔 태수 동무의 투사기까지 파괴했으니…"

태수를 찾아갔으나 그가 출장을 떠나고 없는 것으로 하여 할 수 없이 직장 사무실에 들렀을 때 자기를 맞아준 통계원 처녀가 하던 말이였다.

이 말을 듣는 순간 그가 느낀 것은 까무러칠 듯싶은 경악도 경악이였지만 보다는 자기가 왜 한 발 먼저 오지 못했을가 하는 뼈저린 후회였다. 며칠만 먼저 왔어도 진호에게 결코 그런 불상사가 없었으리라고 믿게 되는 것이였다.

제철소로 떠나오기 전에 그는 진호가 어떻게 지내고 있는가를 알기 위해 제철소와 밀접한 련계가 있는 부문에서 일하는 동무들을 일일이 만나보았던 것이다.

그들의 말을 통해 진호가 여전히 새 연료안에 몰두하고 있다는 것을 알았을 때 현옥은 놀라움도 컸지만 보다는 역시 그는 자기 희망을 쉽사리 포기할 사람이 아니라는, 결코 오빠가 말하는 그런 사람이 아니라는 일종의 믿음으로 하여 가슴이 후더워 오르기까지 했다.

그러나 그 믿음은 곧 많은 사람들, 특히 연료를 연구하는 전문가들의 얘기를 통해 점점 불안으로 확대되였던 것이다.

그것은 그들이 진호가 하는 일을 두고 진심으로 걱정하고 있었기 때문이였다.

"물론 절실한 과젠 것만은 사실이요. 그래서 또 그만치 어려운 일이기도 하고. 하지만 아직 어디서도 해본 적이 없는 그걸, 그것도 혼자 힘으로 해보겠다는 것이 좀 무리가 아닐가? 이젠 국가적으로도 중유를 맘대로 쓸 수 있는 조치가 취해졌는데 이럴 때야말로 덤비지 말고 과학의 매 단계를 차곡차곡 밟아나가는 게 어떨는지."

이런 충고는 현옥이에게 많은 걸 생각해보지 않을 수 없게 했다.

'사실 무엇 때문에 아직 파악도 없는 것을 도입하기 위해 서두를 필요

가 있단 말인가! 생산에 지장을 받는 것도 아니고 당장 수행하라는 급한 지시가 있는 것도 아닌데!'

사정이 그렇다는 걸 모르지 않을 진호가 왜 그토록 그 기술안을 고집하는지 현옥은 짐작이 갔다.

그것은 이미부터 해오던 일에 대한 미련도 미련이지만 그 기술안으로 해서 받은 수모와 울분이 그에게 이젠 아무것도 가리게 하지 않는 처지에 몰아넣고 있다는 확신이었다.

'그래! 틀림없어! 그것 때문에 그는 자기를 더 과격하게 내모는 거야! 가자! 이제라도 가서 그를 타이르자! 현실을 랭정하게 봐야 한다고, 지나친 감정으로 자기를 내몰지 말라고.'

그런 권유는 오직 자기만이 할 수 있다는 의무감이 솟구쳤던 것이다.

물론 자기의 출현이 그를 괴롭히는 것으로 되지 않을가 하는 우려, 즉 배신한 처녀를 마주하게 될 때 느끼게 될 진호의 수치와 고통에 대해서 생각하지 못한 것은 아니였지만 그런 걱정에 비하면 그를 만나고 싶은 충동이 너무나 불같았다.

그가 자길 어떻게 대하며 지나친 모멸감이 분노로 폭발하여 혹시 무례한 행동으로 망신시키지나 않을가 하는 위구 따위도 문제로 되지 않았다.

다만 그를 만나기만 하면 항시 끈덕지게 자기를 괴롭히는 형체 모를 불안으로부터 해방되여, 사소한 구속도 느끼지 않고 살 수 있고 그에게도 진정한 도움을 줄 수 있으리라는 그 하나의 기대가 모든 불안과 근심을 일소해 치웠던 것이다.

그래서 부랴부랴 내려왔건만 바로 이틀 전에 그가 사고를 내고 중상까지 입었다니 무슨 운명이 이렇게도 가혹하단 말인가?

어쩐지 이제 와선 진호가 그런 사고를 낸 것이 마치 자기가 한 발 늦게 도착한 탓으로 빚어진 후과 같아 눈앞이 깜깜해지기만 했다.

'투사기를 파괴한데다가 분출구까지 허물어 로를 수리하지 않으면 안 되게 했다니 이번엔 필경 무사치 못할 거야. 더우기 한 번도 아니고 두 번째가 아닌가!'

이런 두려움을 느끼면 느낄수록 그는 진호를 두고 하던 오빠의 말이 상기됐다. 진호와 같은 사람이 어떻게 되나 두고 보라던, 그런 사람은 집단이 결코 용서하지 않는다는 그 말이었다.

아무리 괴로와도 상기하지 않을 수 없고 상기할수록 그 말은 현실에 그대로 증명되고 있다는 것을 의식하지 않을 수 없었다.

'그를 만나야 하나? 만나지 말아야 하나?'

그제야 너무나도 단순한 생각으로 제철소에 내려온 자신의 소행이 돌이켜졌다.

아무리 잊으려고 해도 잊을 수 없고 잊으려고 할수록 도리여 더더욱 간절히 되살아나는 진호의 모습이 못 견디게 보고 싶어 내려온 그였다.

단 한 순간 먼발치에서 얼핏 보기만 해도 자기의 괴로움이 덜어질 것 같았고 모든 의혹이 가슴 속에서 씻은 듯이 사라지리라고 여겨 달려온 그였다. 더우기 그가 오빠가 말하는 것 같은 그런 사람이 아니라는 믿음을 안고 싶은 충동이 그를 기차에 태웠던 것이다.

한데 사태는 자기가 바라던 바와는 너무나도 반대가 아닌가!

'만나야 하나? 만나지 말아야 하나?'

그는 또다시 이렇게 중얼거렸다.

하지만 그는 자기의 처지가 아무리 고통스럽고 난감하다 해도 그를 만나지 않고는 돌아갈 수 없다는 것을, 자기의 출현이 자기뿐 아니라 그에게도 괴로우리라는 것을 여겨 만나지 않고 간다면 후에 자기 맘이 몇 배 더 고통스러울 것은 물론 두고두고 자신을 후회하리라는 것을 느끼지 않을 수 없었다.

그리하여 그는 진호가 입원해 있는 제철소 병원을 향해 무거운 발걸음을 옮겨놓았다.

그 시각 진호는 침대에 드러누워 앞으로 자기에게 닥쳐올 일들을 불안한 마음으로 점쳐보고 있었다.

아무리 생각해도 막연하기만 했다. 그럴수록 자신에 대한 멸시와 함께 여태껏 가슴 속에 고여 있던 묵은 상처의 아픔까지 되살아나는 것이였다.

'하긴 나 같은 놈이 연구는 무슨 연구란 말인가! 밤낮 손가락질만 받는 처지에 희망은 무슨 희망이고, 자길 위해서는 친구의 성과까지도 서슴없이 해치는 놈이 량심은 또 무슨 량심이란 말인가!'

누구를 탓할 것도 없었다. 모두가 제 불찰이고 제 잘못이였다.

'연료연구는 고사하고 이젠 공정기사로도 둬두지 않을 게다. 아니, 직

장에서 내쫓을지도 모른다. 그럼 이번엔 어떻게 한다?'

밤낮 쫓겨 다닌다는 소리만 듣는 자기의 처지가 스스로도 가련하고 역겨웠다.

이때 그는 출입문 쪽으로 고개를 돌리지 않을 수 없었는데, 누가 방안으로 들어와서도 아니고 그렇다고 시선을 끄는 일이 있어서도 아니였다. 다만 그쪽으로 돌아보지 않을 수 없게 하는 그런 내적인 충동이 일었기 때문이였다.

순간 그는 자기 눈을 의심하지 않을 수 없었다.

여태까지 비여 있던 출입문 옆 의자에 웬 처녀가, 곤색 양복을 단정하게 차려입은 어떤 처녀가 고개를 숙인 채 어깨를 떨고 있는 것이 아닌가!

"?!"

처녀를 여겨보던 그는 더욱 놀랐으나 너무나도 어이없는 자기의 착각에 곧 랭소를 머금고 말았다.

'정신이 나갔지. 도대체 그가 무엇 때문에 여기에 나타난단 말인가!'

어제 꿈에서 보았던 환각이 재현된 것이라고 여기며 그는 다시 창문 쪽으로 고개를 돌렸다.

그러나 그는 곧 어떤 흐느낌 소리, 아무리 참으려고 해도 참을 수 없어 터져 나오는 그런 흐느낌 소리에 놀라 재차 시선을 그쪽으로 돌렸다.

'아니?'

그제야 두 손에 얼굴을 파묻고 흐느끼고 있는 처녀가 누구인가를, 자리에서 일어나긴 했으나 정작 발걸음을 떼지 못하고 있는 처녀가 누구라는 것을 그는 똑똑히 알아보았다. 그랬다. 그는 틀림없이 현옥이였다.

두 눈에 눈물을 가득 담은 현옥은 무슨 말부터 해야 할지 갈피를 못 잡고 있었다. 공포에 질려 얼굴을 두 손에 묻었다가는 다시 묻었던 얼굴을 들고 할 뿐이였다.

"어쩜 동문… 어쩌면 이렇게까지…"

토막토막 끊어지는 그의 목소리는 당장 통곡을 터뜨릴 것만 같았다.

그래도 병원에 올 때까지만 해도 될수록 태연한 태도를, 지어는 자기를 기만했던 진호에게 어느 정도 못마땅하게 여기고 있다는 것을 보여주려고 맘먹었던 그였으나, 정작 요드(요오드) 냄새가 코를 찌르는 입원실에 들어서서 벽에서 조금 떨어진 침대 우에 머리와 상체를 온통 붕대로 감고 누워 있는 그를 보느라니 그 결심은 가뭇없이 사라지고 울음이 북받쳐 올라 견딜 수가 없었다.

특히 붕대 밑으로 삐여져 나온 굽실굽실한 머리카락과 피골이 상접한 그의 안면을 보느라니 살을 에는 듯한 련민의 정으로 하여 가슴이 갈기갈기 찢어지는 것이였다.

'과연 저 사람이 그란 말인가! 그처럼 억센 근육을 자랑하던 그란 말인가!'

이제 와선 그가 겪는 모든 불행이 다 자기 때문인 것만 같았다.

그가 제철소에 내려온 것도, 내려와 무리한 시험을 한 것도, 그리고 엄청난 사고를 내고 이런 처참한 상태에 있는 것도 다 자기 탓인 것만 같았다.

전에는 그가 자기를 괴롭히고 불행에 빠뜨렸다고 원망했으나 지금에 와선 자기가 바로 그를 이런 처지에 빠뜨렸다는 생각을 지울 길이 없었다. 당장 그의 발밑에 엎드려 잘못했다고, 용서해 달라고 두 손 모아 빌고 싶기만 했다.

생각 같아서는 당장 그의 가슴에 파고들며,

"동무에 대한 사랑을 이기지 못해 체면도 자존심도 다 버리고 온 저예요. 그런데 어째서 동문 침대에 묶인 몸이 되어 따뜻한 손길 한번 내밀어주지 않아요. 어째서 다정한 미소 한번 던져주지 않나 말이예요."

하고 몸부림치고 싶기만 했다.

"…"

진호는 아직도 자기가 어떤 착각에서 깨나지 못하고 있지 않나 하는 의혹에 잠겨 있었다.

침대 모서리를 움켜잡고 흐느끼는 이 처녀가 현옥이라는 것이 도저히 믿어지지 않았다. 아니 믿을 수가 없었다.

그러면서도 한 가지만은 점점 뚜렷이 느끼지 않을 수 없었는데, 그것은 오래간만에 들어보는 그 감미롭고 부드러운 현옥이의 목소리가 갈가리 터 갈라진 자기 가슴을 따뜻이 감싸주면서 일시에 온몸의 피를 설레게 한다는 그것이었다.

다시 만나는 날에는 그에게서 받은 모욕을 기어이 앙갚음하리라고 별렸던 자신이 죄스러웠다. 그에게서 받았던 모멸과 수치 따위는 문제로도 되지 않았다.

설사 아직까지 현옥이가 자기의 과실이 무엇이라는 것을, 자기를 의심한 것이 단순한 오해가 아니였다는 것을 깨닫지 못한다고 해도 좋았다. 다만 자기를 찾아 내려왔다는 이 사실, 어째서 이렇게 되였느냐는 그 한마디 말에 그의 모든 잘못을 백배로 용서해주고 싶었다.

이제 와서야 그는 그때 자기가 현옥이에게 결별을 선언했고 그것을 태수에게도 종지부라고 단언했지만, 그것은 어디까지나 가식에 지나지 않았다는 것을, 속으로는 언제나 그를 생각하고 있었으며 또 그와 다시 만나 뜨겁게 포옹할 날이 오기를 간절히 바라 마지않고 있었다는 것을 절실히 깨닫지 않을 수 없었다.

"낮차로 왔소?"

애써 마음을 진정시키며 이렇게 물었으나 현옥이는 대답 대신 고개만 끄덕이였다.

"거기 동무들은 다 잘 있소?"

"네."

비로소 자기가 눈물만 흘리고 있어서는 안 될 처지라는 것을 깨달은 현옥은 손수건으로 눈굽을 훔치면서 오던 길에 사들고 온 과일이며 사이다를 꺼내놓았다.

그리고는 그 사이 자기 직장에서 벌어진 일들에 대해, 동무들에 대해 또 흔히 문병 온 사람이 환자의 기분을 위로할 때 하군 하는 그런 얘기들을 하기 시작했다.

동무들의 생활에서 일어난 변화와 누가 어떤 과제를 맡고 있는가에 대해서도 말해주었다.

그러나 그런 얘기를 하면 할수록 현옥은 그 얘기가 자기들과는 별로 인연이 없으며 아무런 의의도 가지지 못하는 것이라는 걸 알았다.

자기가 그런 얘기를 하는 것은 단지 자기들 사이에 놓여 있는 본질적인 문제, 즉 헤여진 다음에 겪은 고통이며 그 과정에 얻은 결론, 특히는 자기의 결심을 밝히기 꺼려해서 하는 말에 지나지 않다는 것을 자신은 물론 진호도 벌써 다 짐작하고 있다는 것을 눈치채지 않을 수 없었던 것이다.

이윽고 의자를 들어 침대 옆에 놓은 현옥은 거기에 걸터앉으며 나직한 목소리로 말을 이었다.

"전 가끔 동무가 혼자서 얼마나 고생이 많을가 하고 생각해보군 했어요. 그러나 제가 상상해본 동무의 고통이란 아무것도 아니예요. 아무것도 아니라는 것을 전 오늘에야 똑똑히 알았어요. 과연 동무 일은 어쩌면 모두…"

자기 목소리가 또다시 젖어들기 시작하는 것을 느낀 현옥은 얼른 마음을 다잡았다.

"그렇지만 제가 오늘 보다 절실히 느낀 건 동무가 자기에 대해 너무도 가혹하다는 거예요. 확실히 동문 언제나 자기 스스로가 자신을 그런 처지에 내몰군 하지요. 의식적으로 말이예요. 저도 동무가 바라는 것이 뭔지 모르지 않아요. 그걸 꼭 해야 한다는 것도 알고요. 그렇다고 당장 그런 모험까지 해야 해요? 누구나가 아직은 실현하기 어렵다고 하는데도 그런 무리한 시험까지 해야 하나 말이예요. 전 이 말만은 꼭 해야겠어요. 아니, 이 말은 하자고 왔어요."

"…"

현옥이 쪽으로 돌아선 진호는 붕대를 감은 팔을 힘겹게 옮겨놓으며 입을 열었다.

"나도 내가 하는 일이 쉽지 않다는 걸 알고 있소. 그러나 아무리 힘이 들어도 그 일만은 그만둘 수도 없고 미룰 수도 없소."

"어째서요?"

현옥이의 두 눈에는 대뜸 의혹이 어렸다.

"아직도 자기가 겪는 고생이 모자란다는 건가요? 아직도 사람들한테서 받은 수모가 부족하다는 건가요? 이것 봐요. 이젠 제발 그러지 말아요."

현옥이의 표정은 갑자기 애원하는 사람의 간절한 표정으로 변했다.

"부탁이예요. 제발 이젠 그런 고집은 버려주세요. 그래 그 고집의 결과가 뭐예요. 뭔가 말이예요. 이젠 주위를 좀 랭정한 눈길로 돌아보세요. 남들의 말에도 귀를 기울이고요. 동문 지금 제 마음이 얼마나 안타까운지 알기나 해요? 얼마나 괴로운지 아는가 말이예요."

진호는 얼굴을 감싸쥐는 현옥이의 손목을 저도 모르게 잡았다.

"너무해요. 동문 정말 너무하단 말이예요. 언제나 자기 생각밖엔 없지요. 없구말구요."

진호의 따뜻한 손길이 참아오던 오열을 터뜨리게 한듯 현옥이는 다시금 흐느끼기 시작했다. 그야말로 억울한 사연을 하소연할 길이 없는 사람의 설음에 겨운 울음이었다.

그런 현옥이를 바라보는 진호의 얼굴에는 은연중 서글픈 랭소가 어렸다.

입가에 맺혀 흩어질 줄 모르는 그 랭소는 현옥이 때문이 아니라 어느 땐가는 자기의 진정을 리해하고 자신의 잘못을 뉘우치게 되리라 여겼던 바로 그 처녀한테서 도리여 설복당하고 있는 자신의 처지 때문에 떠오른 것이었다.

"사실 동무가 어떤 말을 한다 해도 난 할 말이 없소."

자신의 잘못을 인정하는 사람의 자책 어린 목소리로 그는 말을 이었다.

"확실히 난 무모한 인간일 뿐 아니라 한 푼의 량심조차 없는 인간이요. 모든 사실이 그걸 증명하고 있지 않소. 그렇지만 난 어떤 소리를 듣는다 해도, 설사 지금보다 더한 소리를 듣는다 해도 새 연료연구만은 미루지 못하겠소."

"할 수 없는 일인데두요?"

"그래도 꼭 해야만 할 일이 아니요."

"…?"

절망과 분노와 안타까움이 어린 눈길로 마주보는 현옥이의 시선에서 진호는 새삼스레 비참한 몰골이 되여 누워 있으면서도 한사코 제 고집만을 내세우는 자기에 대한 련민의 빛, 동정의 빛을 똑똑히 읽을 수 있었다.

그러나 여태까지와는 전혀 다른 어떤 소외감이 전신을 휩싸는 것이였다.

'바로 현옥이의 저 눈빛은 흔히 불치의 병에 걸려 있으면서도 자기의 병이 뭔지 모르고 있는 환자를 바라볼 때의 그런 눈길이 아닌가! 어째서 현옥이는 아직도 나를 제대로 리해하지 못하는 걸가? 어째서 내가 일생을 바치기로 결심했고 그래서 어떤 고통을 참아가면서도 기어이 이룩하려고 하는 일을 한갓 무모한 객기로밖에 여기지 않는 걸가?'

이런 느낌은 곧 현옥이에 대한 감정을 서글픔으로 변하게 했을 뿐 아니라 보다 이제 자기는 완전히 고독하다는 의식으로 하여 비통하게까지 만들었다.

자기가 동정을 받는 처지, 그나마 오로지 진정을 리해해주었으면 하고 바랐고 이젠 자기의 진정을 리해한 것이라고 믿었던 처녀한테서 동정을 받게 되였다고 생각하니 저절로 두 눈에 눈물이 핑 어리였다.

'어째서 우린 단 한 번도 서로 진정한 리해에 도달하지 못하는 걸가? 나의 지향과는 너무나도 먼 거리에 있는 현옥이가 아닌가? 도저히 넘어서지 못할 단애가 있는 이것이 바로 우리의 운명일가?'

방금 전까지만 해도 현옥이가 자기 잘못이 무엇이라는 걸 알지 못한다 하더라도 용서해주리라던 진호였으나, 그가 무엇을 의심하고 무엇을 바라는가를 알게 되자 그런 생각은 고사하고 아무리 해도 자기와 현옥이를 결합시킬 수 없다는 생각이 들면서 자기를 찾아온 그가 못내 야속스럽기만 했다.

만일 현옥이가 그때 자기에게서 완전히 멀어졌다면 분노와 불행만을 느꼈을 뿐 지금 느끼고 있는 것 같은, 자기로서는 도저히 다잡을 수 없는 정신 상태에 빠지지 않았으리라는 한 가지 생각밖에는 없었다.

그는 될수록 태연한, 지어는 무관심한 태도를 지어 보이려고 애썼다. 지금 부닥친 사건이 이외의(이치 밖의) 일이 아니며 따라서 그 일이 평범한 사건에 지나지 않는 것으로 느끼는 사람과 같은 태도를 취하기 위해 온 신경을 썼다.

하지만 그러면 그럴수록 자꾸만 목이 메여 오르는 것을 어쩔 수 없었다.

(2권에서 계속)

〈아시아 문학선〉을 펴내며

우리는 무엇보다 언어에 주목한다.

지난 오 백 년 동안, 우리에게 알려진 세계의 언어들 중 거의 절반이 사라졌다고 한다. 에트루리아어, 수메르어, 컴브리아어, 메로에어, 콘월어, 음바바람어……지금 이 순간에도 지구 곳곳에서 수많은 언어들이 사라지고 있다. 소멸의 속도도점점 빨라진다. 대신 그 자리를 영어와 또 하나의 언어, 그러나 기왕에 존재했던어떤 언어와도 전혀 다른 종류의 기계어 '비트'가 메워 나가는 중이다.

한 가지 언어가 사라진다는 것은 무슨 뜻일까. 그것은 한 집단의 기억이 최후를 맞이한다는 뜻이다. 물론 성실한 언어학자들의 노력으로 운 좋게 몇몇 단어가 살아남을 수도 있다. 그렇지만 엄밀한 의미에서 그것은 살아 있는 언어가 아니다. 언어는 언어학자의 노트에 적히는 것만으로 생명을 보장받을 수 없다.

이제 우리는 이와 같은 일방통행의 역사에 작으나마 흠집을 내고자 한다. 그출발이 바로 〈아시아 문학선〉이다.

우리는 서구가 주도했던 지난 시기의 근대화 과정에서 수많은 문명의 유전자가 흔적도 없이 사라졌고, 지금도 아시아 어딘가에서 어떤 기억의 보살핌도 받지 못한 채 속절없이 사라져가는 것들이 많다는 사실을 잘 알고 있다. 그러나우리는 겸손해야 한다. 소멸은 대개 슬프지만, 때로는 자연스럽게 권장되어야할 어떤 것이기도 하다. '불멸의 신화'가 지닌 폭력성을 흔히 목격하지 않았던가. 우리는 서구 근대의 가치를 대체하는 아시아 담론을 창출하겠다는 다부진야심을 갖고 있지 않다. 우리는 다만 아시아의 수많은 언어가 제각기 품어 온기억의 서사들을 존중하려 할 뿐이다.

특히 문학에 관한 한, 아시아는 이른바 세계화가 가장 덜 진척된 영토로 존재한다. 아시아 문학은 대다수 서구인들에게 여전히 낯설고 어색하면서도 이따금 신기하고 흥미로운 존재다. 가상공간과 더불어, 빈약한 서사를 보충해 줄 최후의 영토로 간주되기도 한다. 그런 시선 속에서, 지난 몇 세기 동안, 아시아는 수없이 발명되고 발견되었다. 그 결과 논과 밭, 구릉과 숲으로 이루어진 아시아의 주름진 대지는 이차원의 매끈한 평면으로 아주 쉽게 왜곡되었다. 거기에서 소수와 은유는 묵살되고, 틈과 사이는 간단히 메워졌다.

이제 우리는 다시 주름들을 기억하려 한다. 고속도로와 지름길이 길의 다가 아니듯, 표준어와 다수만 아시아의 입체를 구성하지는 않는다. 그러나 놀랍게도, 서구인에게 낯설고 어색한 것 이상으로, 우리 스스로 아시아를 얼마나 낯설고 어색하게 생각하고 있는지! 불행히도 우리 주변에는 읽고 싶어도 읽을 아시아조차 많지 않다. 우리의 기획은 이런 경이로운 무관심과 태만을 반성하는 데서 출발한다. 동시에 우리는 혹 '미지의 세계' 아시아를 또 하나의 개척영역, 흔히 말하듯 '미래의 먹거리' 쯤으로 상정하는 것은 아닌가, 우리 안의 유혹을 끊임없이 경계한다.

이렇게 경계선을 넘으려 한다.

바라건대, 저 너머에는 새로운 세계문학이!

〈아시아 문학선〉 기획위원회

청춘송가 1

2018년 6월 29일 초판 1쇄 펴냄

지은이 남대현 | **펴낸이** 김재범 | **편집장** 김형욱

인쇄·제본 AP프린팅 | **종이** 한솔PNS

펴낸곳 (주)아시아 | **출판등록** 2006년 1월 27일 | **등록번호** 제406-2006-000004호

전화 02-821-5055 | **팩스** 02-821-5057

주소 경기도 파주시 회동길 445(서울 사무소: 서울시 동작구 서달로 161-1 3층)

이메일 bookasia@hanmail.net | **홈페이지** www.bookasia.org

페이스북 www.facebook.com/asiapublishers

ISBN 979-11-5662-359-5 04800
       978-89-94006-46-8(세트)

*값은 뒤표지에 표시되어 있습니다.

이 도서의 국립중앙도서관 출판시도서목록(CIP)은 서지정보유통지원시스템 홈페이지(http://seoji.nl.go.kr)와
국가자료공동목록시스템(http://www.nl.go.kr/kolisnet)에서 이용하실 수 있습니다.(CIP제어번호: CIP2018010937)